Louis Bouffard

Une lueur dans les tranchées

Roman historique

Pierre TÉQUI *éditeur*
8 rue de Mézières 75006 Paris
www.editionstequi.com

ISBN : 978-2-7403-2451-6

À ma petite maman chérie

Préface

Quelle humanité dans ce roman qui nous plonge dans la vérité d'une époque, au cœur de la souffrance et de la vie, comme si son auteur avait vécu la période ! La souffrance, Louis Bouffard ne la connaît que trop bien, mais ici, elle n'est pas déshumanisante. Au contraire, elle révèle l'homme qui se cache derrière une pudeur délicate. Les pages se dévorent tant l'écriture délicieusement désuète, pour nous rappeler ce début du XXe siècle, est aérienne mais réaliste. La dimension spirituelle, elle aussi très incarnée dans l'époque, m'a beaucoup touché. La foi des personnages se décline de façon différente selon l'éducation, l'expérience de chacun, mais elle est ancrée dans la réalité. Oui, Dieu s'intéresse à nos vies, comme un témoin discret de nos souffrances et de nos espérances. À ceux qui se demandent où était Dieu dans l'enfer des tranchées, l'auteur répond : dans le cœur des hommes et des femmes qui se sont battus, à l'avant comme à l'arrière. Il souffrait avec ceux qui souffrent, il criait avec ceux qui crient, il aimait, comme toujours, inlassablement avec ces amoureux dont la sincérité des sentiments, au cœur d'une époque bousculée, nous émeut. Aujourd'hui encore, notre époque a besoin d'espérance, mais l'espérance n'est pas l'utopie ni le rêve lointain que tout va s'arranger. L'Espérance, la vraie, s'enracine au cœur de la vie réelle, au pied de la Croix, lorsque la mort semble victorieuse. Elle habite le cœur de ceux qui savent que « les grandes eaux ne pourront éteindre l'amour, ni les fleuves l'emporter » (Ct 8, 7).

Merci, Louis, pour ce bel exemple que nous donnent tes personnages, merci pour cette leçon de courage et d'espérance que tu nous donnes.

Monseigneur Emmanuel Gobilliard

« Seul l'Esprit, s'il souffle sur la glaise, peut créer l'Homme. »
Antoine de Saint-Exupéry, *Terre des hommes*

Première partie

L’ancien monde

Chapitre 1
La rencontre

Le jour se levait sur les terres agricoles situées au sud de la ville de Sens lorsque Joseph Tournier sortit de chez lui, dans la fraîcheur du mois d'avril, pour se rendre à l'écurie. Il était grand et mince, légèrement voûté par les travaux des champs. Il avait des cheveux grisonnants, une grosse moustache en broussaille, des yeux saillants et verts, plissés par le vent de la plaine. Monsieur Tournier était un homme d'une cinquantaine d'années, respecté de tous et très courageux. On disait de lui qu'il s'était battu toute sa vie pour rendre fertiles et cultivables ses vingt-sept hectares de terre, laissés en pâture depuis 1856 par son grand-père paternel. Joseph Tournier avait repris l'exploitation familiale à la mort de son père, Jacques Tournier. Malheureusement, il ne s'entendait guère avec lui, et celui-ci avait toujours refusé de lui transmettre les *secrets du métier*. Il dut donc apprendre, seul, les lois de la terre. Par chance, sa mère, elle-même issue d'une longue lignée de fermiers, avait remis à son fils chéri un petit cahier rouge qui avait appartenu à son grand-père et qui contenait des dates de semis des plantes, des recettes de remèdes pour les animaux malades et des modes d'emploi pour les outils. Ce fut le cadeau le plus précieux qu'il reçut de toute sa vie vu que l'agriculture représentait pour lui la science des sciences. À ses yeux, le travail était ce qu'il y avait de plus sacré dans une vie d'homme. C'est pourquoi

Joseph voulut transmettre à ses fils, dès leur plus jeune âge, sa passion pour le travail de la terre. Il s'apprêtait à entrer dans l'étable quand il fut rejoint par son fils aîné, André, qui, à peine réveillé, arrivait à grandes enjambées. André avait la stature de son père, des cheveux blonds coiffés en arrière et des yeux d'un vert clair qui lui donnaient un regard limpide. Il avait vingt-trois ans et aimait travailler avec son père. Il était à la fois tendre, volontaire et énergique. Joseph se précipita à la rencontre de son fils pour le sermonner :

– As-tu vu l'heure ? demanda-t-il.

– Non, pourquoi ? répondit André.

Joseph haussa le ton :

– Tu n'es même pas capable d'arriver à l'heure ! Je te rappelle que le travail, mon fils, est le moyen qu'a l'homme de prouver ce dont il est capable !

André baissa la tête en signe de repentance. Son père lui dit alors :

– Allez, il faut nourrir les chevaux, maintenant !

Joseph et son fils se rendirent à l'écurie qui jouxtait le corps de ferme, servant d'habitation familiale. Puis, ils firent un tour à l'étable pour vérifier que le veau qui tétait encore sa mère ne s'était pas détaché. La ferme, crépie à chaux et à sable, n'était pas très grande, mais possédait des bâtiments bien distribués autour d'une cour fermée par un lourd portail de bois. Le tas de fumier où picoraient quelques poules et un coq, ainsi que la mare boueuse constituaient les deux pôles d'importance de cet ensemble. À gauche de l'entrée se trouvaient clapiers, poulaillers et enclos à cochon. Tandis qu'à droite se dressaient l'écurie, l'étable et les granges avec leurs charrettes, le matériel agricole et les montagnes de balles de foin. Du matin au soir régnait une joyeuse animation sonore qui avait mérité à cette ferme le nom de Villoiseaux, car elle était le refuge des pépiements des hirondelles, des martinets et de leurs autres compagnons ailés. Face à l'entrée, et au centre du corps de bâtiment principal, se trouvait la maison de famille surmontée de ses greniers bien garnis qui occupaient tout l'étage.

À l'intérieur de ce logis, madame Tournier et sa petite dernière, Jeanne, se préparaient pour la messe du dimanche de Pâques qui devait avoir lieu à neuf heures dans la petite église Saint-Mathis, près de la cathédrale. Pour cette grande occasion, Charlotte Tournier et Jeanne avaient revêtu leur plus belle robe et leur chapeau de paille à rubans. Malgré l'allégresse de cette fête de Pâques, Charlotte était désappointée, et même exaspérée de savoir que son mari ne l'accompagnerait pas à l'église et manquerait ainsi la messe la plus importante de l'année du chrétien. Charlotte Tournier était une petite femme que les rudes travaux de la ferme avaient rendue robuste, mais elle gardait un cœur tendre de mère aimante et compatissante. Ses mains aux doigts noueux et à la peau ridée et épaisse portaient les marques de l'éprouvante vie paysanne. Son regard était clair et franc. Elle avait largement passé la quarantaine. Elle était pieuse et très attachée aux traditions, se déclarant ouvertement royaliste et hostile aux idées progressistes. Sa dernière fille, Jeanne, âgée de neuf ans, était si timide et si réservée qu'elle n'avait pas beaucoup d'amies à l'école. C'était une belle enfant aux cheveux blond doré et aux yeux bleus. Elle passait son temps à jouer avec sa poupée Lucette et à inventer des histoires. Elle vivait dans un monde féerique, peuplé de princesses et de créatures fantastiques. Ses parents l'adoraient. Elle enchantait leur vie et était la petite fée de leur foyer. Chaque soir, jusqu'à son sixième anniversaire, son père lui racontait une histoire. Jeanne en était si heureuse qu'elle avait des difficultés à quitter le monde merveilleux de l'enfance.

En ce matin de Pâques, Charlotte et sa fille partirent en direction de l'église, avec des bouquets de jonquilles d'un jaune éclatant qu'elles avaient cueillies la veille pour les déposer au pied de la Vierge. Le temps était maussade et gris mais la pluie avait cessé de tomber. Lorsque la porte d'entrée se referma, son claquement sec réveilla Arthur, le second garçon de la fratrie, qui sauta de son lit, s'habilla en hâte, dévala les marches de l'escalier quatre à quatre, et rejoignit en courant sa mère et sa sœur. Il ne pouvait pas être en retard car il était le chef des enfants de chœur, auprès de l'abbé Thomas Bellec, le curé de la paroisse. Il était brun, grand, solide et vigoureux. Son caractère constant et persévérant à la tâche avait incité ses parents à le placer comme apprenti boulanger chez monsieur Lebrun, dès l'âge de quinze ans. Il était passionné par ce métier ! Il pensait avoir davantage appris en deux ans que durant toute sa scolarité et espérait bien racheter la boulangerie quand monsieur Lebrun prendrait sa retraite.

*

À quelques kilomètres de la ferme des Tournier, dans la ville de Sens, se trouvait une belle maison bourgeoise, à la façade de pierre blanche et aux hautes fenêtres munies de volets gris, réparties harmonieusement sur deux étages. L'arrière de la demeure donnait sur un jardin à l'anglaise, soigneusement entretenu. La maison comptait cinq chambres et offrait la commodité rare et coûteuse de deux salles de bain avec eau courante. Elle avait été construite par les Lecomte, riche famille de pharmaciens, en 1889. À l'intérieur de cette demeure, tout respirait l'ordre et la distinction. Le salon aux murs garnis de boiseries et de portraits d'ancêtres donnait, avec sa cheminée de marbre blanc sur laquelle trônait une pendule de bronze, l'image d'un bonheur bourgeois inaltérable et rassurant. La famille aimait s'y retrouver. Cette élégante demeure était habitée par Georges et Anne-Marie Lecomte, mariés depuis plus d'un demi-siècle. Le couple avait donné naissance à quatre beaux enfants, Henri, Albert, Cécile et Louise. C'était une famille respectable et très appréciée de la société sénonaise. Georges tenait la pharmacie familiale, située non loin de là, à deux rues de la cathédrale Saint-Étienne. Cette officine était dans sa famille depuis trois générations, et il en était très fier. Avec sa haute taille qui en imposait, il toisait tout le monde de son regard perçant et dominateur. Ses cheveux blancs bien fournis lui donnaient un surcroît d'autorité qu'il affirmait volontiers en faisant des moulinets avec sa canne au pommeau d'argent. La femme de Georges, Anne-Marie, avait hérité de son père une fortune qui avait servi à la construction de la belle maison familiale sur un terrain appartenant à la famille de son mari. Anne-Marie Lecomte était bonne cavalière, elle avait fait construire des écuries au fond du domaine. C'était une grande femme aux cheveux châtains et aux yeux noisette. Elle avait l'élégance et l'aisance que donnent une éducation soignée et une culture raffinée. Son fils aîné, Henri, avait fait des études de pharmacie et devait reprendre l'officine familiale. Mais il était de nature assez maladroite et s'attirait souvent les réprimandes de son père. Il était grand et mince, avait les yeux verts, tirant légèrement sur le gris. Il semblait perpétuellement distrait et peu attentif à ce qu'il faisait. Ses cheveux bruns étaient toujours impeccablement peignés. Son frère cadet, Albert, était le plus pieux de la famille. Il était entré au séminaire après avoir effectué son service militaire. Albert avait des qualités de douceur et de précision qui auraient fait de lui un bon pharmacien, comme disait son père. Mais il avait plus le souci du soin des âmes que de celui des corps, et sa charité était grande. Leur sœur, Cécile, qui venait de fêter son vingtième anniversaire, était une belle jeune fille aux cheveux châtains qu'elle portait en chignon. L'ovale de son visage était doux et son regard tendre et bienveillant. Son sourire exprimait la bonté d'un cœur indulgent. Elle était très attachée à sa mère et partageait avec elle sa passion pour l'équitation. Son père aurait souhaité qu'elle fît des études d'infirmière mais, jusqu'à présent, il n'avait pas réussi à la convaincre. En effet, depuis de nombreuses années, Cécile avait un rêve, celui de fonder un atelier de couture et de vendre ses créations dans un magasin attenant. Cependant, son père ne voulait pas en entendre parler. Selon lui, sa fille devait faire des études scientifiques, comme tous les Lecomte avant elle. Quant à la benjamine, Louise, c'était le boute-en-train de la famille. Elle était drôle, joyeuse et un brin coquette. C'était une jolie jeune fille. Un nez aquilin donnait de la distinction à son visage. Elle avait de ravissants cheveux auburn, légèrement ondulés, et des yeux d'un bleu intense. Elle occupait depuis sept mois le poste de secrétaire du docteur Ernest Vernet, le vieux médecin de la famille. C'était un petit vieux trapu et moustachu, sérieux et méticuleux, non dépourvu d'humour.

Huit heures venaient de sonner, en ce matin de Pâques, lorsque Georges entra dans la salle à manger pour prendre son petit déjeuner. Il s'assit en face de son épouse et se servit une tasse de café noir en y ajoutant deux morceaux de sucre. Sa femme et Cécile parlaient de leur dernière promenade à cheval. Anne-Marie racontait à son mari comment sa monture l'avait forcée à rebrousser chemin, après avoir aperçu au loin les chiens de monsieur Dukas, l'épicier du quartier. Georges lui rétorqua que ce cheval était, par moments, incontrôlable et qu'elle devrait se montrer plus vigilante à l'avenir :

– Car, ma chère, dit-il, un accident est si vite arrivé !

– Entendu, Georges. Je serai plus prudente désormais ! répondit-elle en jetant discrètement un regard complice à sa fille qui comprit que sa mère n'accordait guère d'attention à la mise en garde de son mari.

À la fin du repas, Georges dit à sa femme qu'il devait terminer une lettre urgente et qu'il ne redescendrait de son cabinet de travail qu'au moment de partir à la messe de onze heures. Georges s'apprêtait à gravir l'escalier lorsqu'il aperçut son fils Henri qui descendait, vêtu d'une veste tachée d'encre. Il se fâcha, l'accusant de déshonorer sa famille par sa tenue négligée. Henri fit volte-face et remonta précipitamment dans sa chambre pour se changer, tandis que son père alla se mettre à son bureau. Il prit une feuille de papier et un stylographe, et entreprit la rédaction d'une lettre adressée à son fournisseur principal, monsieur Brunswick. Puis, il ouvrit une lettre qui venait d'Orléans. Il s'agissait de la confirmation d'un rendez-vous avec son banquier, Edgar Fontenelle, fixé au jeudi suivant. Après avoir achevé la lecture de la missive et pris bonne note dans son agenda, il resta une dizaine de minutes à sa fenêtre pour observer le jardin sous le ciel gris. Soudain, il se souvint que c'était le jour de Pâques et que, pour le déjeuner de fête, il avait omis de dire à sa femme qu'il souhaitait absolument accompagner son gigot de petits pois. Il en raffolait et il y tenait comme à d'autres petits détails qui donnaient du corps et du relief à son existence bien réglée. Sa femme, avertie, fit en sorte de satisfaire son désir en les ajoutant au menu. Puis, Georges descendit au salon où il s'installa confortablement dans un fauteuil près de la cheminée et se mit à lire le journal de la veille. Il avait pris cette habitude tant pour satisfaire son appétit d'apprendre des nouvelles, que pour le plaisir d'étriller ses contemporains. En première page du journal était décrite une réception qui venait d'être donnée le 9 avril 1914 à l'hôtel de ville par le sénateur-maire de Sens, Lucien Cornet, en l'honneur du dixième anniversaire de l'inauguration de ce bâtiment municipal. D'après le journaliste, qui n'avait pas manqué les festivités, cette réception avait été particulièrement somptueuse avec ses buffets plantureux et ses discours solennels. Les membres du conseil municipal avaient même entonné l'hymne national et des feux d'artifice avaient été lancés depuis les toits du magnifique bâtiment néo-Renaissance. La réception avait rassemblé plus de deux cents personnes, dont les notables de Sens, tous davantage attirés par les alléchants plateaux de petits fours que par les déclarations officielles dont ils ne se souciaient guère. Le sénateur-maire n'avait pas oublié de convier l'archevêque. Mais monseigneur Chesnelong avait décliné l'invitation car la réception tombait le Jeudi saint et l'ecclésiastique préférait garder un certain recueillement. Après avoir lu l'article du journal, Georges Lecomte se dit que monseigneur avait eu bien raison de repousser l'invitation de Cornet, comme lui-même d'ailleurs. Les deux hommes étaient depuis de nombreuses années de redoutables opposants politiques. En effet, le sénateur-maire était radical alors que monsieur Lecomte était orléaniste. Sans être partisan du rétablissement de la monarchie, il était persuadé que la liberté d'entreprendre et de se consacrer aux affaires privées était essentielle pour l'homme. Plusieurs dizaines de minutes s'étaient écoulées lorsque madame Lecomte et ses deux filles entrèrent au salon et s'assirent toutes les trois sur la banquette. Anne-Marie sortit de son sac un nécessaire à couture et entama la conversation avec Cécile et Louise. Une quinzaine de minutes plus tard, Henri entra et vint se poster devant la cheminée presque éteinte. Il resta quelque temps à observer les braises rougeoyantes. Relevant la tête, Georges regarda son fils, vit que le feu était éteint et lui lança :

– Remuez-vous, Henri, et ranimez-moi ce feu !

Par des gestes hésitants, Henri raviva le reste de feu et sortit chercher du bois dans le bûcher.

– Ah ! Que vais-je bien pouvoir faire de lui ! marmonna Georges.

– Que se passe-t-il, mon cher ? questionna Anne-Marie.

– Absolument rien, ma chère ! répondit-il en allumant un cigare.

Henri venait de poser quelques bûches dans la cheminée lorsque dix heures sonnèrent. La famille Lecomte s'apprêta pour sortir et Georges fit signe à un fiacre de s'arrêter. Henri aida sa mère et ses sœurs à monter dans la voiture, laissant son père passer devant lui et dire au cocher d'une voix distinguée :

– À la cathédrale !

*

Joseph Tournier et André venaient d'aller donner du foin aux chevaux lorsque le père, avec le souci de ne pas laisser se perdre les traditions, dit à son fils :

– Si tu veux aller à la messe de onze heures, tu as encore le temps de filer !

– Oui, mais Père, je ne vais pas vous laisser terminer la besogne seul ! répondit André.

– Ne discute pas avec moi, vas-y ! Moi, je serai au bistro de l'angle de la place !

André fila vers la ferme, monta l'escalier en toute hâte et mit sa tenue du dimanche après avoir fait un brin de toilette. Il enfourcha sa bicyclette et prit la direction de la cathédrale dont on apercevait au loin le très haut clocher que les habitants de la ville appelaient la « Tour de pierre ».

Une fois sur le parvis, André déposa sa bicyclette non loin de là, contre l'un des murs du palais archiépiscopal. Il entra par le portail de la Vierge et s'assit dans le transept sud. Soudain, il entendit vibrer les premières mesures des grandes orgues qui résonnaient puissamment dans l'immense vaisseau de pierre. Cela faisait des années qu'André n'était pas entré dans cette fameuse cathédrale Saint-Étienne où avait été célébré, sept siècles auparavant, un mariage royal, celui de saint Louis et de Marguerite de Provence. Lorsque toute l'assemblée se leva, André vit la procession d'entrée avancer lentement dans l'allée centrale : les enfants de chœur, les chanoines du chapitre, le vicaire général et l'archevêque, éblouissant dans sa chape rehaussée d'or et impressionnant avec sa crosse et sa mitre. Dans le chœur, entouré d'imposantes grilles, le maître-autel avait été magnifiquement orné pour la grande fête pascale. Il était surmonté d'un baldaquin avec sa couronne de bois doré. Quelques instants plus tard, l'archevêque entonna le *Gloria* et la chorale de la maîtrise chanta les répons à quatre voix. André était resté assis, saisi par le faste et la beauté du cérémonial. Il était aussi un peu intimidé. À quoi donc pensait-il ? Où était-il ? Il ne le savait pas lui-même… Cela faisait des mois qu'il n'avait pas assisté à la messe. Il avait une foi un peu vague, celle de sa famille. Tout ce qu'il voyait et entendait lui semblait étranger. Son monde à lui, c'était celui de la terre, du labourage, des semailles et des récoltes. À l'école, il avait appris à lire et à écrire mais son instituteur trouvait inutile de lui faire passer son certificat d'études.

– À quoi bon ? Le travail de la terre n'exige aucun diplôme ! avait dit l'instituteur à sa mère.

Depuis lors, André travaillait aux champs avec Joseph, son père, qui lui transmettait son savoir-faire. Pendant cette messe pascale, André essayait néanmoins de suivre les lectures et les paroles de la liturgie.

À quelques mètres de là, sous la nef, une jolie jeune fille aux cheveux châtains était assise dans les premiers rangs du côté gauche, sur le banc de sa famille, avec ses parents, sa petite sœur et son frère. Lorsque l'archevêque monta en chaire pour prononcer son homélie, André se leva sans savoir vraiment ce qu'il faisait, se glissa furtivement vers le côté gauche de la nef et s'assit à l'extrémité d'un banc, quelques rangées derrière cette famille. Tout à coup, une pensée lui traversa l'esprit. Il se dit que si quelqu'un venait lui demander pourquoi il était venu s'asseoir là, il devrait trouver une excuse comme :

– C'est pour mieux entendre le sermon de l'homme d'Église !

C'est alors qu'André vit la belle demoiselle. Il resta immobile et abasourdi, la fixant du regard. Jamais il n'avait vu une si belle et si ravissante personne. Il était en admiration et contemplait ses magnifiques cheveux lisses et brillants. La lumière d'un vitrail bleu et or posait sur eux des reflets de ciel qui les enluminaient et en rehaussaient l'éclat naturel. André était sidéré et restait figé dans la contemplation de cette vision qui lui semblait sublime. Après quelques instants, la sœur de cette belle inconnue surprit le regard d'André. Mi-amusée mi-hésitante, Louise fit comprendre à André qu'elle l'avait découvert. André, confus, détourna les yeux. Pendant tout ce temps, Cécile semblait ne prêter aucune attention à ce qui se passait autour d'elle. André, sans attendre la fin de la messe, se leva et se dirigea vers la sortie. Il s'en retourna à la ferme tout bouleversé.

Quant à la famille Lecomte, à la fin de la messe, elle sortit sur le parvis en bon ordre. Le père alla saluer son frère cadet, René, et son épouse Joséphine. La mère bavarda avec sa meilleure amie, Élisabeth Dumont. Mais, sans s'attarder, ils prirent un fiacre pour rentrer chez eux.

André, lui, quand il fut de retour à la ferme familiale aux alentours de midi, alla ranger sa bicyclette dans la grange et se dirigea vers la salle où la table de Pâques était dressée. C'était l'unique grande pièce où se réunissait la famille autour de l'imposante cheminée de pierre. Sur le dessus était fixé un volant froncé de coton à carreaux rouges et blancs destiné à arrêter la fumée. Il y avait aussi l'almanach de l'année et un crucifix orné d'une petite branche de buis béni du dimanche des Rameaux. Dans l'âtre cuisait une potée de choux au lard dont l'odeur prometteuse d'un joyeux repas familial égayait la pièce. Près de la porte, la pierre à évier installée à hauteur d'homme était alimentée par des seaux d'eau tirée du puits. À côté, dans le four d'une modeste cuisinière à bois finissait de cuire la tarte aux pommes des jours de fête. Au fond de la salle, près de la porte vitrée menant au potager, trônait l'unique meuble : la huche de chêne, sorte de coffre profond où madame Tournier serrait entre autres les deux miches de pain de la semaine enveloppées dans des torchons de lin blanc. L'ensemble était rustique et propre. En entrant, André alla suspendre sa veste au porte-manteau et entendit sa mère lui demander :

– Où étais-tu ?

– À la cathédrale pour la messe, avec la permission de Père !

– Où est-il lui ? reprit-elle.

– Derrière vous, Charlotte ! dit joyeusement son mari.

Joseph vint s'asseoir à côté d'André.

– Pourquoi n'êtes-vous pas venu à l'église avec nous ? se hasarda à demander Charlotte à son époux.

– Je suis allé au bistro avec les autres fermiers du pays ! s'exclama-t-il.

Pour toute réponse, Charlotte mit un couvercle sur la potée qui mijotait dans la cheminée et sortit de la pièce. Joseph regarda son fils en haussant les épaules. Cinq minutes plus tard, Charlotte réapparut avec Jeanne qui traînait sa poupée défraîchie. Elles étaient suivies de près par Arthur. Tous deux s'assirent en face d'André et de leur père. Après avoir posé la belle potée fumante remplie de viande de porc et de beaux légumes au milieu de la table familiale, Charlotte commença à faire joyeusement le service. Son mari fit un court bénédicité et une croix sur la miche de pain avec la pointe de son couteau. Durant le repas, Charlotte, qui en voulait beaucoup à Joseph d'avoir accordé plus de valeur au bistro qu'à Dieu, évita de revenir là-dessus et fit tout pour ne pas gâcher la joie familiale. Finalement, elle se disait qu'elle n'avait rien à reprocher à son mari qui consacrait toute son énergie à nourrir les siens. Mais elle aurait tout de même aimé le voir transmettre la foi à ses enfants. Pour Joseph, ce n'était pas du tout la préoccupation du moment, il pensait surtout à préparer ses plantations de pommes de terre et ses semis de blé. Pour ce faire, il avait prévu un programme de travail très précis, sachant d'expérience que le temps lui était compté avant de possibles gelées tardives. Quant à André, le souvenir de la vision de la belle inconnue ne le lâchait plus. Il souhaitait de tout son cœur savoir qui elle était, d'où elle venait, et quel prénom elle portait… Mais ses questions restaient sans réponse. Quand il dut sortir de la maison avec son père pour aller donner leur ration de foin aux bovins, il vit ses rêveries prendre fin comme effacées par la pluie qui tombait dru, et il ne fallait pas traîner. Lorsque Jeanne eut terminé son repas, elle monta dans sa chambre pour s'évader dans son monde merveilleux avec sa poupée Lucette. Après avoir rangé la cuisine, Arthur et sa mère, profitant d'une brève éclaircie, sortirent faire un petit tour du potager pour admirer les pousses fraîches des épinards et les bourgeons des fruitiers.

*

De l'autre côté de la ville, chez les Lecomte, Georges, assis dans son fauteuil près de la cheminée, s'était légèrement assoupi. Anne-Marie était retournée à son ouvrage de couture. À l'étage, Cécile était assise à son secrétaire et rédigeait des notes dans un petit cahier. Elle élaborait le plan du projet d'atelier de couture qu'elle avait en tête. Soudain, quelqu'un frappa deux légers coups à la porte.

– Entre Louise ! dit Cécile.

Louise ouvrit délicatement la porte car son père ne supportait pas d'entendre les huisseries claquer. Elle s'assit près de la fenêtre et dit à Cécile :

– Tu ne devineras jamais ce qui s'est passé à l'église ce matin !

– Attends, tu as perdu la broche que Grand-Maman t'a offerte pour tes dix-huit ans ?

– Mais non ! Heureusement, sinon je n'oserai plus jamais paraître devant elle ! répliqua précipitamment Louise.

– Alors, quoi donc ! Que se passe-t-il ? demanda Cécile d'un air agacé.

– En fait, ce matin… Oh ! Je ne sais vraiment pas par où commencer…

Cécile, exaspérée, la coupa :

– Tiens-t'en aux faits !

Louise s'éclaircit la voix :

– Durant le sermon de monseigneur Chesnelong, un beau jeune homme, dit-elle d'une voix malicieuse, est resté plusieurs minutes à te regarder fixement. Je l'ai aperçu… et, ajouta-t-elle, en réprimant un fou rire, je lui ai fait signe de détourner le regard !

– Ah bon ! À quoi ressemblait-il ? Est-ce que tu le connais ? questionna Cécile d'un air à la fois surpris, intéressé et gêné.

– Il n'est pas mal fait ! Il est grand, mince et blond, aux yeux clairs ! Non, je ne le connaissais pas avant qu'Henri m'apprenne qu'il est le frère de l'apprenti de monsieur Lebrun ! André ou Alfred Tournier, si ma mémoire est bonne ! expliqua Louise.

Cécile resta bouche bée, abasourdie par ce que sa sœur venait de lui apprendre.

– Tu sais, ce sont des choses qui arrivent à de belles et charmantes jeunes filles comme nous ! reprit Louise amusée.

Constatant que Cécile ne répondait rien, Louise se leva et sortit de la pièce en adressant un sourire mutin à sa grande sœur. Une fois seule, Cécile ne savait pas si elle devait être ravie qu'un jeune homme ait été subjugué par elle ou, au contraire, si cela devait la contrarier. Néanmoins, en retournant à son bureau, elle décida de rester indifférente. Elle craignait seulement que Louise en parlât à son père. Un quart d'heure plus tard, elle décida de sortir prendre l'air et d'aller rendre une petite visite à sa jument Libellule dans les écuries situées au fond du domaine. Il y avait trois boxes, dont deux seulement étaient utilisés pour les chevaux de Cécile et de sa mère. Sur le côté gauche, des bottes de paille et de foin étaient entreposées sur de grandes palettes de bois. Le reste de la nourriture équine était remisé dans quatre grandes caisses. Cécile resta un long moment à caresser sa jument et lui donna une pomme. Lorsqu'elle sortit, elle vit Fernand, le palefrenier, qui entrait avec une brouette chargée de bottes de paille destinées à la réfection des litières. Elle s'écarta pour le laisser passer :

– Bonsoir, mademoiselle ! dit-il en passant devant elle.

Cécile retourna à la maison, monta dans sa chambre, prit son nécessaire à couture et redescendit dans le salon qui était vide à cette heure-là. Elle s'assit sur la banquette, heureuse de se trouver seule, et commença son ouvrage. Quelque temps après, Raymond, le majordome, entra dans la pièce et déposa quelques bûches dans la cheminée pour entretenir le feu du soir. Il esquissa un sourire discret à Cécile qui, tellement absorbée par son activité, ne releva pas la tête, et il ressortit avec son panier sous le bras. Six heures sonnèrent lorsque Louise et Anne-Marie entrèrent joyeusement au salon et s'installèrent de part et d'autre de Cécile sur la banquette.

– Alors, ma belle enfant, j'apprends par Louise que vous avez déjà un futur prétendant ! dit Anne-Marie Lecomte d'un ton taquin, en s'adressant à Cécile.

– Non, Mère, ce n'est qu'une rumeur ! répondit-elle sur un ton mal assuré.

– Eh bien, la rumeur avait les yeux éblouis par toi ! renchérit Louise, amusée, avant d'ajouter sur un ton malicieux :

– En revanche, j'ai vraiment du mal à t'imaginer au bras d'un paysan !

Hors d'elle, Cécile se leva brusquement et sortit de la pièce.

*

Quelques jours plus tard, dans la ferme des Tournier, Charlotte s'activait au fourneau pour préparer le souper. Jeanne jouait sagement avec sa poupée, non loin du poêle à bois qu'Arthur avait pour mission de recharger. André et son père revinrent des champs vers sept heures du soir et toute la famille se mit à table. On parla de la foire aux bestiaux qui devait avoir lieu prochainement. Joseph était tout excité par l'événement car il était parvenu à économiser pour acheter une ou deux têtes de plus, et il comptait bien profiter des offres de printemps.

Le jeudi suivant, Joseph, qui travaillait aux champs depuis le lever du jour, dut rentrer à la ferme vers onze heures, soutenu par son fils. Charlotte, qui revenait du lavoir, laissa tomber sa corbeille à linge et se précipita vers son mari en lui demandant :

– Que se passe-t-il, Joseph ?

– Rien, j'ai simplement mal à la tête, une migraine sans doute, voilà tout ! répondit-il d'une voix fébrile.

Charlotte dit à André :

– Va vite à la pharmacie de monsieur Lecomte, dis-lui que ton père a la fièvre et la migraine et demande-lui de l'aspirine ! Tiens, je te l'écris sur ce papier ! Et ne va pas te tromper !

– Je pars tout de suite, Mère ! dit-il en partant en toute hâte.

*

Pendant ce temps, à Sens, Georges Lecomte faisait part à sa fille Cécile de son prochain voyage :

– Cécile, je dois aller à Orléans voir mon banquier Fontenelle, mais je serai de retour avant la nuit. Peux-tu me remplacer à la pharmacie et aller aider ton frère ?

Cécile répondit :

– Oui, Père, je me prépare et j'y vais de ce pas !

Georges se rendit à la gare de Sens pour attraper le train de onze heures pour Orléans. Quant à Cécile, elle se rendit à la pharmacie située à trois rues de la demeure familiale. C'était la plus belle bâtisse de la place. Elle en imposait avec ses trois étages et sa longue façade percée d'une double porte vitrée, encadrée de deux grandes vitrines à demi encloses par d'élégants rideaux coulissants sur de petites tringles de cuivre qui protégeaient l'intimité de la clientèle. Une riche enseigne en lettres d'or sur fond noir attirait le regard des passants. Depuis la rue, les enfants étaient captivés par les rangées de bocaux de verre remplis de bonbons rouges et jaunes au coquelicot et au miel, ou de pastilles à la violette et au réglisse. Derrière le comptoir, sur trois rangées d'étagères, il y avait des pots de verre bleu étiquetés aux noms savants des poudres et des plantes destinées aux préparations. Les murs lambrissés se trouvaient ainsi illustrés par tout le savoir médicinal de l'époque, soigneusement enfermé dans les vases et les flacons. Depuis la vitrine, on était impressionné par le spectacle qu'offrait toute une série d'objets bizarres, représentant les dernières innovations de la science. Cela allait du nécessaire pour la fumigation ou la désinfection aux semelles orthopédiques en passant par les béquilles articulées... De nombreuses réclames en couleurs annonçaient les eaux de Vichy et de Barèges, ou les traitements contre les poux et les tiques. Sur le comptoir se dressaient deux balances de cuivre étincelantes. L'intérieur de l'officine sentait bon la cire, la naphtaline et les plantes aromatiques. Et le client était rassuré et conquis dès l'entrée par une certaine atmosphère d'aisance et d'honnêteté professionnelle. L'étage supérieur servait de réserve à l'officine. Cécile entra dans la pharmacie, accrocha son vêtement et son écharpe au porte-manteau, désireuse de prêter main-forte à son frère Henri. Celui-ci descendait tout juste l'escalier qui menait à l'étage, les bras chargés d'une grande boîte. Il vit sa sœur et la salua en disant d'un air désappointé mais courtois :

– Merci d'être venue, mais ce n'était pas nécessaire, je me débrouille très bien tout seul… Je constate une fois de plus que notre père n'a pas confiance en moi !

Cécile ne lui répondit pas mais lui adressa un large sourire compréhensif. Henri déposa la lourde boîte, l'ouvrit et s'empara des différents flacons qu'elle contenait pour aller les ranger à leur place. Cécile, quant à elle, s'était placée dernière le comptoir dans l'attente de la venue d'un client. Le premier fut le docteur Vernet qui salua chaleureusement la jeune fille et sortit de la poche de sa veste une liste de médicaments dont il avait besoin pour son cabinet. Cécile alla les chercher à l'étage. Lorsqu'elle revint, l'officine était remplie de monde et il y avait une longue file d'attente. Elle mit toute la commande dans un sac en papier et le tendit à Vernet en disant :

– Tout y est, docteur !

– Merci, ma petite ! répondit-il à Cécile en la saluant avec son chapeau.

André était le client suivant. Il entra, encore tout essoufflé par sa course. Lorsqu'il leva la tête, il eut la surprise de sa vie. En effet, pour la seconde fois, il vit le beau visage de la jeune fille inconnue. Il resta immobile et bouche bée. Et ce ne fut que lorsque Cécile, intriguée par son attitude, lui demanda ce qu'il voulait, qu'il revint à la réalité. Il murmura en montrant un petit papier :

– Tout est écrit ici !

Soudain, Cécile, se souvenant de la description de sa sœur, reconnut André Tournier. Elle fila vers la réserve pour échapper à son regard mais, en revenant, elle comprit que le jeune homme n'avait pas pu être au courant de sa présence à la pharmacie ce jour-là. En reprenant sa place au comptoir, elle s'apaisa et fut finalement plutôt flattée d'avoir été l'objet de l'attention du jeune homme. Elle donna à André un paquet dans lequel était enveloppé le remède demandé.

– Pour qui est-ce ? demanda-t-elle timidement.

– Pour mon père qui a la migraine ! répondit André nerveusement.

– Cela lui arrive-t-il régulièrement ? demanda-t-elle gentiment.

– Non, je ne l'avais jamais vu dans cet état ! répondit-il d'un air ennuyé.

– Vous devriez peut-être appeler un médecin ! conseilla-t-elle avec sollicitude.

Cécile se pencha, prit un bout de papier, écrivit quelque chose puis le tendit à André :

– Voici l'adresse du docteur Ernest Vernet !

– Merci beaucoup, Mademoiselle ! dit-il en rougissant légèrement.

Tandis qu'André sortait de l'officine, il sortit de sa poche le petit papier sur lequel il pouvait lire :

– 26 rue de la République.

Cependant, d'un geste machinal, André retourna le papier et lut sur le verso un message qui semblait lui être destiné :

– Je vous ai vu dimanche mais je ne voudrais pas vous laisser de fausses espérances, nous ne sommes pas du même monde !

André fut bouleversé par ce rappel abrupt de la barrière sociale qui les séparait. Il n'y avait nullement songé. Après quelques instants, revenu à la réalité, il se mit à courir à grandes enjambées vers le cabinet du docteur Vernet. Il frappa et entra précipitamment à l'intérieur. Au même instant, Louise Lecomte, la secrétaire, releva la tête et fut ahurie de voir André :

– Bonté divine, mais c'est vous ! s'exclama-t-elle effarée.

André, ne sachant quoi répondre, resta figé sur place, mais en apercevant le docteur, il trouva assez de courage pour lui dire :

– Je viens vous voir de la part de la pharmacienne qui m'a engagé à venir vous chercher pour mon père. Pouvez-vous venir à la ferme pour l'examiner ?

– Que puis-je faire pour lui ? demanda le médecin. Quels sont ses symptômes ?

– Il souffre de la fièvre et de migraines !

– Alors en route ! dit Vernet, avant d'ajouter à l'intention de sa secrétaire :

– Louise, je serai de retour dans moins d'une heure !

Vernet et André se rendirent à la ferme des Tournier en calèche. Quand ils y arrivèrent, Charlotte Tournier vint les accueillir :

– Tu en as mis du temps, André ! dit-elle, avant d'ajouter en voyant le docteur Vernet :

– Merci docteur d'être venu pour mon pauvre mari. Entrez !

Quelques instants plus tard, le médecin était au chevet de Joseph Tournier qui était étendu sur son lit, semblant aller un peu mieux mais restant très fatigué. Après avoir ausculté son patient, Vernet s'écria :

– Du repos, il vous faut du repos !

– Mais je ne peux pas, docteur ! Et mes semis, comment vont-ils se faire sans moi ? répondit Joseph nerveusement.

Vernet lâcha d'un ton grave :

– Il y va de votre santé !

Puis se tournant vers Charlotte, visiblement soulagée, il lui demanda :

– Puis-je compter sur vous, madame, pour prendre soin de votre mari ?

– Oui bien sûr, docteur ! répondit-elle.

– Très bien, je reviendrai dans quelques jours ! déclara le docteur Vernet.

Se relevant, il lança à André :

– Mon garçon, je compte sur vous pour remplacer votre père aux champs !

Lorsque Vernet fut sorti, la petite Jeanne, cherchant à mettre un peu de gaieté dans la chambre, courut dans les bras de son père et lui demanda :

– Raconte-moi une histoire, Papa !

Joseph passa le reste de la journée à lire des contes à sa fille.

Le lendemain, André enfourcha sa bicyclette et se rendit à l'épicerie de monsieur Dukas. Habituellement, c'était Charlotte, sa mère, qui s'occupait des commissions mais elle devait rester auprès de son mari pour l'empêcher de braver l'interdiction du médecin en repartant aux champs. Une fois arrivé devant le magasin, André fut agréablement surpris de voir que Cécile Lecomte, la fille du riche pharmacien de Sens, en sortait. Elle salua joyeusement le jeune homme qui lui répondit avec un large sourire. André, malgré sa timidité, entama la conversation et ils passèrent vingt longues minutes à bavarder. Soudain, ils entendirent la lourde cloche de la cathédrale sonner onze heures. André dut interrompre leur échange pour se rendre à l'épicerie. Lorsqu'il en ressortit, Cécile était toujours là et André lui proposa de la raccompagner chez elle. Cécile, d'abord hésitante, finit par accepter. Une fois arrivée devant la maison des Lecomte, André, s'appuyant sur le guidon de sa bicyclette, posa une question audacieuse à Cécile :

– Quand pourrai-je vous revoir ? Ne pourrions-nous pas nous retrouver dimanche à l'entrée du parc du Moulin, vers trois heures de l'après-midi ? Est-ce possible pour vous ?

Cécile hésita et chercha un prétexte pour se dérober mais n'en trouvant pas, elle dit sur un ton réservé :

– Cela ne pourra être qu'une brève rencontre, mais pourquoi pas !

André quitta Cécile et repartit le cœur léger en direction de la ferme. Mais il eut à peine le temps de se réjouir que déjà sa mère en lui ouvrant la porte lui demandait :

– Mais que faisais-tu ? Cela fait plus d'une heure que je t'attends ! Ton père est furieux !

Au même moment, Joseph appela sa femme :

– Oui, j'arrive ! dit-elle d'un ton agacé.

Lorsqu'André pénétra dans la chambre de son père, celui-ci le réprimanda :

– C'est comme cela que tu t'occupes de moi ?

André chercha vainement à se défendre :

– Mais Père, c'est que…

– Il n'y a pas de « mais » qui tienne ! Retourne à ton travail ! coupa sèchement son père.

André obéit sans enthousiasme et s'en alla aux champs. Il pensait qu'il venait de vivre le plus beau jour de son existence, mais il était préoccupé par l'idée d'avoir à demander à son père l'autorisation de se rendre en ville le dimanche suivant. Cependant, il avait de l'ouvrage à faire et il ne tarda pas à oublier ses amoureuses pensées en commençant le débroussaillage d'une parcelle destinée à de futurs semis.

Le dimanche suivant, jour où il devait retrouver Cécile, André se leva plus tôt qu'à l'ordinaire. Il sortit de la maison avant le lever du jour et alla s'occuper des bêtes. Il travailla plus dur qu'à l'accoutumée, jusqu'au repas dominical. Après cela, il se rendit dans la chambre de son père qui était toujours alité. Il lui fallait demander le précieux sésame. En entrant dans la pièce, il ne fut guère surpris d'apercevoir sa petite sœur Jeanne assise sur le bord du lit, écoutant les sempiternelles histoires de son père. André fut néanmoins étonné de voir son père s'interrompre et lui adresser un beau sourire avant de lui dire :

– Tiens, tiens, quelque chose me dit qu'André va me demander s'il peut aller à un rendez-vous !

– Oui, Père. Comment l'avez-vous deviné ?

– Ah, ça, c'est l'instinct paternel ! dit Joseph.

Puis, il reprit :

– Oui, vas-y André ! Je pense que c'est mérité, tu as bien travaillé ce matin !

– Oh merci, Père !

André monta dans la chambre qu'il partageait avec son frère Arthur, enfila ses vêtements du dimanche, fit un brin de toilette, se rasa et mit une belle paire de chaussures. Il partit tout joyeux vers le parc. Arrivé au pied de la grille, André aperçut Cécile qui portait ce jour-là une belle robe printanière et un grand châle de soie bleue. Elle avait également une jolie ombrelle qu'elle faisait tournoyer. André s'avança d'un pas assuré vers elle, la salua affectueusement et il lui dit :

– Vous êtes vraiment ravissante, Cécile !

– Vous me flattez, André ! répondit-elle d'une petite voix gênée.

André, sentant que ce compliment tombait un peu à plat, voulut trouver un vrai sujet de conversation. Il demanda à Cécile si elle connaissait le parc du Moulin. La jeune fille, trouvant la question maladroite, répondit :

– Bien sûr, je le connais très bien, ce sont de très bons amis de mes parents, les Domange, qui l'ont créé en 1887 !

Puis, tout en conversant, André et Cécile se promenèrent dans le parc qui s'étendait à perte de vue. Ils observaient les oiseaux qui volaient dans le ciel azuré, le striant de leur vol léger. Ils s'amusaient à suivre du regard, dans un petit ruisseau qui coulait en contrebas, des canards bruyants qui s'ébrouaient joyeusement et des carpes joueuses. Ils évoquaient leurs familles et leurs occupations. André partagea avec Cécile le plaisir qu'il prenait à soigner les chevaux. Cécile fut touchée par son savoir-faire et, à ce moment-là, se rappelant que sa jument boitait légèrement, elle eut l'idée d'en faire part à André. Celui-ci lui offrit de venir la voir dès que possible. Puis, ils allèrent s'asseoir sur un banc niché dans un bosquet et restèrent là, en silence, absorbés dans la contemplation de la nature et souhaitant que ces instants de plénitude se gravent dans leurs cœurs.

Chapitre 2
Les dernières festivités

Le mois de mai 1914 fut marqué par de nombreuses fêtes. Le dimanche 17, plusieurs centaines de Sénonais participèrent à la procession consacrée à la Vierge Marie. En tête, quatre jeunes hommes portaient une très ancienne statue de la Vierge à l'Enfant. Ils étaient suivis par monseigneur Chesnelong, plusieurs prêtres et séminaristes, ainsi que par un groupe de moines et de moniales. Le long des rues, une foule de curieux et de croyants suivait le cortège. La procession était rythmée par la récitation du rosaire qui proclamait les mystères de la foi. Entre chaque dizaine d'*Ave Maria*, les fidèles chantaient des cantiques en l'honneur de la Vierge Marie, Mère du Sauveur. La ferveur était si grande que les prières des fidèles semblaient monter tout droit vers les cieux. La procession s'acheva par le *Salve Regina*. La famille Lecomte ne manquait jamais de participer au grand complet à ces grandes manifestations de la foi populaire. Albert, le fils aîné, était sorti du séminaire pour l'occasion. Il marchait en tête de la procession aux côtés de ses jeunes amis séminaristes. Cécile avait même réussi à faire venir André qui aurait fait l'impossible pour lui faire plaisir. Néanmoins, la jeune fille lui avait défendu d'aller saluer ses parents de sorte qu'il était obligé de rester en arrière afin de ne pas attirer leur attention. Quant à la famille d'André, elle était représentée par sa mère, Charlotte Tournier, et par sa petite sœur Jeanne. Charlotte n'avait jamais manqué une seule procession mariale et priait de tout son cœur pour le salut de l'âme de son mari et de ses fils. À quelques rues de là, le docteur Vernet, homme de science réputé pour ses opinions anticléricales, s'était retrouvé avec le maire, acquis aux idées du socialisme, pour faire une partie de jeu d'échecs.

Un autre événement vint marquer ce beau mois de mai. Le dimanche qui suivit la fête de l'Ascension, des dizaines d'enfants attendaient sur le parvis de la cathédrale Saint-Étienne. Ils allaient faire leur première communion. Les petites filles ressemblaient à de petites mariées. Elles étaient vêtues de longues robes en dentelle immaculé et portaient un voile blanc surmonté d'une couronne de petites roses de la même couleur. Les jeunes garçons, quant à eux, étrennaient fièrement leur premier pantalon long, une chemise blanche et une veste ornée d'un brassard de satin blanc noué sur le haut du bras. Ils portaient aux pieds des chaussures noires, impeccablement cirées : les mères avaient certainement dû consacrer une partie de la nuit à préparer le beau costume de ce grand jour ! Les enfants étaient répartis sur deux files, les filles à droite et les garçons à gauche. À l'intérieur de la cathédrale, depuis de longues minutes, les familles Tournier et Lecomte attendaient que la cérémonie commence enfin. Comme à son habitude, la famille Lecomte était assise sur le banc qui lui était réservé sur le côté gauche de la nef. Monsieur Lecomte s'impatientait et ne cessait de jeter des regards exaspérés sur sa montre à gousset :

– On ne va tout de même pas les attendre jusqu'au Jugement dernier ! s'exclama Georges.

– Soyez patient, mon cher ! l'interrompit discrètement son épouse.

– Oui, eh bien ma patience a des limites !

– Père ! Vous devriez songer aux filles de madame Dumont qui vont faire leur première communion ! dit Louise d'un ton jovial.

Lorsqu'un jeune prêtre passa devant eux, Georges lui fit signe d'approcher et lui dit :

– Mon père ?

– Oui, mon fils ! répondit chaleureusement l'abbé Thomas Bellec.

– Auriez-vous l'amabilité de nous dire quand la cérémonie va enfin débuter ? demanda nerveusement Georges.

– D'un instant à l'autre, dès que monseigneur l'archevêque sera là ! répondit l'abbé d'un air désolé.

Georges exprima son mécontentement en grommelant :

– Onze heures dix ! C'est insupportable !

Soudain, l'archevêque entra dans la cathédrale par le portail du transept sud, qui donnait sur la cour du palais épiscopal. Monseigneur Chesnelong alla faire sa génuflexion devant le maître-autel avant de repartir vers le portail central à la rencontre des communiants qui patientaient sagement sur le parvis. L'ecclésiastique était suivi d'un groupe d'enfants de chœur parmi lesquels se distinguaient le cruciféraire entouré de deux acolytes portant un cierge et le thuriféraire tenant l'encensoir. À leur suite venaient, selon un ordre immuable et séculaire, le cérémoniaire, les porteurs de la crosse et de la mitre épiscopales et enfin le porte-missel. Lorsque tout ce petit monde fut en place et que les premières notes des grandes orgues résonnèrent dans la nef, le long cortège des communiants, précédé des enfants de chœur et de l'archevêque, s'avança solennellement par l'allée centrale. Toute la famille Tournier, assise au fond de la nef, se retourna afin d'apercevoir la petite Jeanne qui s'apprêtait à vivre le jour le plus important de sa vie, celui où elle allait recevoir Jésus dans l'hostie consacrée. Elle était si heureuse qu'elle en avait les larmes aux yeux. C'est sa mère qui avait confectionné sa belle robe blanche. Charlotte était très émue de voir sa fille communier pour la première fois, et elle appréciait la présence et le soutien de son époux. Joseph était heureux lui aussi de participer à cette cérémonie qui ressemblait, pour lui, au couronnement de sa fille chérie. André, lui, n'avait d'yeux que pour Cécile qui était assise quelques rangées devant lui. Quant à Arthur, qui n'accordait guère d'intérêt à l'événement, il papotait avec son patron, monsieur Lebrun, le boulanger, qui était fier de lui parler de sa nouvelle recette de pain.

À la fin de la messe, la famille Lecomte sortit de la cathédrale en cherchant des yeux Alexandre et Élisabeth Dumont qu'il tenait à féliciter. Cécile se fraya un chemin dans la foule pour tenter de dire quelques mots à André. Elle réussit à l'apercevoir mais eut du mal à le rejoindre car il se trouvait loin devant elle et, surtout, il était en compagnie de sa famille et de l'abbé Bellec. La mère d'André avait absolument voulu aller saluer le curé de la paroisse Saint-Mathis. André vit que Cécile lui faisait signe d'approcher. Il lui demanda des nouvelles de sa jument et elle répondit :

– Je suis inquiète car le pied avant droit est un peu gonflé et je ne voudrais pas que la situation s'aggrave.

– Voulez-vous que je passe la voir cet après-midi ? proposa André ravi.

– Oh, ce serait gentil à vous ! Je vous attendrai devant la petite porte du fond de notre jardin, à cinq heures.

André comprit que Cécile lui donnait un rendez-vous. Il n'en revenait pas et se réjouissait de revoir la jeune fille. Mais il était tout de même un peu surpris que les choses aillent si vite et que les événements prennent cette tournure. Il se demandait s'il n'allait pas passer pour le palefrenier aux yeux de la famille de Cécile et cela ne faisait guère son affaire. Il commençait sérieusement à se demander comment il allait pouvoir conquérir Cécile et réussir à surmonter leur différence sociale. À qui pouvait-il se confier. Aux hommes ? Ils se moqueraient de lui. À Dieu alors ? Mais existait-il vraiment ? Se relevant, André se dirigea vers le déambulatoire qui permettait de faire le tour du chœur et s'arrêta devant une chapelle latérale qui abritait une belle statue de la Vierge. Il regarda le visage de la belle dame céleste et fixa son regard sur ses mains fines et accueillantes qu'elle semblait ouvrir pour lui. Il sentit une immense paix l'envahir et toutes ses inquiétudes se dissiper. Il avait l'impression que la Vierge l'enveloppait de son voile de tendresse. Il resta immobile. Quelques instants plus tard, il s'avança vers l'intérieur de la chapelle, alluma un cierge, s'assit et se mit à prier de tout son cœur pour la première fois de sa vie en disant :

– Ô Marie, ma Mère, ayez pitié de moi ! J'ai besoin de votre secours !

André se sentit soulagé d'avoir pu confier ses soucis et ses angoisses à la Vierge Marie. Il sortit de la cathédrale l'âme en paix et retourna chez lui à pied.

*

Pendant ce temps, toute la famille Lecomte était conviée à déjeuner chez Alexandre et Élisabeth Dumont pour fêter la première communion de leurs filles jumelles, Alice et Adélaïde. C'étaient deux belles petites enfants rousses aux yeux clairs, un tantinet espiègles. La famille Dumont habitait une charmante maison, sans doute l'une des plus anciennes de Sens. Elle datait de la période médiévale. Le rez-de-chaussée en pierre de taille avait dû servir d'échoppe tandis que les étages à pans de bois abritaient le logis, offrant au regard de magnifiques colombages. La table de réception était superbement dressée à l'extérieur, sur une terrasse ombragée par un grand tilleul qui déployait d'épaisses frondaisons. Une trentaine de personnes avaient été invitées. C'était, pour la plupart, des membres de la famille Dumont, rassemblés autour de leur doyenne, madame Marguerite, la mère d'Alexandre. Comme à l'habitude, la conversation fut très animée et porta sur les exploits des enfants. De temps à autre, depuis sa cage, le perroquet gris et rouge se mêlait aux bavardages mondains en les ponctuant de petits cris aigus, qui ressemblaient à de stridentes approbations. À la fin de ce repas de fête, les messieurs passèrent au salon, dont l'odeur de tabac froid se mêlait à la fragrance de la lavande que la maîtresse de maison avait pris soin de diffuser largement un peu partout dans la pièce. Alexandre Dumont et Georges Lecomte parlèrent de l'état lamentable du réseau routier du pays. Georges cherchait à convaincre les invités de l'importance que l'essor du chemin de fer avait eue dans le développement et la richesse de certaines régions de France. Par ailleurs, il raconta comment, une semaine auparavant, son banquier, Edgar Fontenelle, lui avait proposé d'investir dans l'élaboration d'un nouveau modèle d'automobile, plus performant, une prouesse de l'ingénierie. Puis, désirant briller encore davantage aux yeux de tous, Georges Lecomte se fit fort d'expliquer quelques-unes des avancées majeures de la technique qui venait de permettre la création d'un engin de l'aéropostale capable d'acheminer le courrier outre-Manche. Tout le monde l'écoutait d'une oreille attentive. Les femmes, elles, étaient au jardin. C'était un espace joliment fleuri de marguerites, de roses, de pivoines et arboré de fruitiers plantés en quinconce sur des pelouses tondues de frais. Élisabeth Dumont, Anne-Marie Lecomte et ses deux filles parlaient de la première course hippique de la saison, qui devait avoir lieu à la fin du mois de mai à l'hippodrome de Fontainebleau. Élisabeth Dumont devait y voir concourir pour la première fois sa jument qu'elle avait confiée au meilleur jockey de la région. Madame Lecomte promit à sa meilleure amie de ne pas manquer cet événement et de s'y rendre avec Cécile et Louise. L'une des jumelles jouait à la balançoire tandis que l'autre s'affairait à la construction d'une cabane.

*

À quelques kilomètres de là, les habitants de la ferme des Tournier fêtaient eux aussi la première communion de leur fille Jeanne. Joseph Tournier avait même sorti pour l'occasion son vieil accordéon, un cadeau de sa défunte mère. La musique anima la fête. André dansa maladroitement avec sa petite sœur et Arthur joyeusement avec sa mère. Pour la première fois depuis de longues années, le père ne pensait plus aux travaux des champs et, gagné par le rythme de la musique et l'insouciance de tous, il partageait avec les siens la joie et l'allégresse du jour.

*

Quelques heures s'étaient écoulées lorsque Cécile, qui bavardait avec sa sœur Louise sur un banc du jardin, se souvint brusquement qu'André avait promis de venir voir sa jument. Elle se leva d'un bond, faisant sursauter sa sœur, qui lui demanda ce qui se passait. Cécile lui dit simplement qu'elle devait rentrer de ce pas à la maison :

– Sais-tu où est Père ? l'interrogea Cécile.

– Au salon, sans doute ! répondit Louise.

– Merci, je vais le voir !

Mais au moment où Cécile s'apprêtait à s'éloigner de Louise, celle-ci la retint par le bras et lui dit d'un air malicieux :

– Oh toi, tu me caches quelque chose !

– Non, pas du tout ! Allez, laisse-moi partir !

Lorsque Cécile entra au salon, son père s'appliquait à évoquer le modèle de l'atome proposé par le physicien danois Niels Bohr. Son enthousiasme était tel que son auditoire était captivé et littéralement fasciné depuis un bon bout de temps. Cécile se dirigea vers son père et l'interrompit :

– Père, m'autorisez-vous à rentrer chez nous ?

– Toute seule ? réagit Georges.

– Oui, je connais le chemin !

– Hors de question ! Louise va t'accompagner ! répliqua sèchement Georges qui, agacé d'avoir été interrompu, ne songeait qu'à poursuivre son œuvre de promotion de la science.

Une fois de retour dans le jardin des Dumont, Cécile se demandait comment elle allait pouvoir se débarrasser de sa sœur. Une chose était sûre, elle devait absolument retrouver André à la petite porte du fond de son jardin. Passant devant Louise, Cécile lui dit brusquement :

– Viens avec moi, nous rentrons !

– Mais pourquoi ? Je suis très bien ici ! répondit Louise.

– Papa te demande de m'accompagner à la maison, rentrons vite! supplia Cécile.

– D'accord, mais à une condition! dit soudainement Louise.

– Laquelle? questionna Cécile d'un air soucieux.

– Que tu me dises ce qui t'arrive! rétorqua Louise.

Après quelques hésitations, Cécile lui dit :

– Je suis inquiète pour ma jument, tu sais bien qu'elle a un pied enflé!

– Ah, je comprends mieux, alors, allons-y! reprit gaiement Louise.

Les deux sœurs prirent joyeusement le chemin qui les menait chez elles. Pendant ce temps, André attendait l'arrivée de Cécile devant la petite porte du fond du jardin de la famille Lecomte. Il s'impatientait car l'heure fixée pour le rendez-vous était dépassée et l'attente commençait à lui peser. Il se demandait s'il ne ferait pas mieux de rentrer à la ferme. Mais repensant à Cécile, à ses beaux cheveux châtains, à son regard attachant et à son ravissant sourire, il trouva le courage de rester. De plus, André comptait profiter de l'occasion pour dire quelque chose de très important à Cécile. Depuis le premier jour où il avait posé les yeux sur elle, il sentait une émotion nouvelle l'envahir... Elle lui manquait et il n'avait plus qu'un désir, être en sa présence. Ce devait être l'amour, un sentiment nouveau pour lui et dont la force semblait le rendre capable de franchir les obstacles et les frontières! Mais, allait-il vraiment oser dévoiler ses sentiments? N'allait-il pas effrayer la jeune fille et courir le risque de se faire repousser. Malgré ses doutes, André était résolu à parler et avait même répété son rôle plusieurs fois. La chose qui le préoccupait le plus était la façon dont il pourrait aborder le sujet. Mais il se rassurait en se disant que pour lui, le plus important était d'ouvrir son cœur à Cécile. Celle-ci n'arrivant toujours pas, il se trouvait un peu sot devant cette porte close. Pendant ce temps, la jeune fille et sa sœur venaient de rejoindre la maison. Cécile essayait de trouver une solution pour se défaire de

Louise. Une fois entrée, elle monta dans sa chambre d'un pas assuré mais sa sœur était toujours sur ses talons. Cécile ordonna à Louise :

– Attends-moi ici, je vais aller voir ma jument, je ne pense pas en avoir pour très longtemps !

– Mais es-tu certaine que tu ne souhaites pas que je vienne avec toi ? demanda gentiment Louise.

– Non, non, ne t'inquiète pas !

– Bon d'accord, comme tu voudras ! répondit simplement Louise.

Cécile redescendit l'escalier et se rendit au fond du jardin. Lorsqu'elle se trouva devant la petite porte, elle ouvrit discrètement à André qui lui dit :

– Je commençais à me demander si vous viendriez !

– Eh bien, me voici ! s'exclama-t-elle.

– J'en suis très heureux ! renchérit-il.

Puis, Cécile reprit :

– Je suis navrée mais je n'ai pas beaucoup de temps, ma sœur m'attend ! Allons voir tout de suite ma jument !

André examina soigneusement le pied avant droit :

– Oh ! Ce doit être un abcès au-dessus de la couronne du sabot !

– Que faut-il faire ?

– Il faut percer la corne et laisser couler le pus avant de poser un désinfectant.

Cécile avait du mal à apprécier le diagnostic et la présence d'André parce qu'elle avait peur d'être surprise en compagnie du jeune homme. Au bout d'un moment, lorsqu'André sentit que Cécile était prête à l'écouter, il lui avoua :

– Cécile, j'ai quelque chose d'important à vous dire... !

Tout à coup, Cécile entendit la voix de Louise :

– Cécile, où es-tu ?

Pris de panique, André se releva, courut à toute allure vers la porte du jardin et disparut. Cécile ne bougeait pas. Quelques secondes plus tard, Louise apparut et demanda à Cécile d'un ton inquiet :

– Tout va bien ? J'ai cru qu'il y avait quelqu'un avec toi ?

Cécile, revenant à la réalité, lui répondit :

– Non, j'étais seule avec Libellule ! Je regardais son pied !

Néanmoins, Louise, voyant sa sœur troublée, ne la crut pas et lui répliqua d'un air désapprobateur :

– Je sais bien que tu me caches quelque chose ! Donc soit tu as confiance en moi et tu me dis la vérité, soit j'en parle à Père !

Cécile, regardant fixement Louise, ne sut pas quoi répondre. Alors, d'un pas décidé, Louise fit demi-tour et retourna à la maison. Lorsqu'elle fut de nouveau seule, Cécile fondit en larmes. Bien que fâchée contre sa sœur, elle appréhendait terriblement la réaction de son père s'il apprenait que sa fille côtoyait un fils de paysan.

*

De l'autre côté de la ville, André, absorbé dans ses pensées, marchait d'un pas lent et mal assuré au hasard des rues dans le jour qui déclinait. Il était triste et mélancolique car il n'était pas parvenu à dévoiler ses sentiments à Cécile. Il avait le cœur gros et l'âme torturée ne sachant pas comment il pourrait parvenir à la conquérir et à se faire accepter par cette riche famille sénonaise, lui, le paysan, l'ignorant, le mal loti. Ce sentiment d'exclusion ne faisait qu'accroître sa douleur et la rendit insoutenable. Après plusieurs heures passées à déambuler dans les rues de Sens sans savoir où il allait, André arriva sur le pont de l'Yonne. En cette nuit de mai 1914, le temps était calme. Il percevait le léger friselis de l'eau sous la brise et il voyait déjà quelques étoiles apparaître dans un ciel limpide. Lorsqu'il traversa le pont, il vit sur l'autre rive l'église Saint-Maurice éclairée tel un vaisseau de lumière se réfléchissant sur les eaux sombres de l'Yonne. Brusquement, André, sans vraiment savoir pourquoi, pressa le pas, atteignit l'autre rive et le parvis de l'église. C'était un édifice du XIIe siècle qui avait été dédié aux pêcheurs, nombreux sur les bords de l'Yonne. En entrant, André se signa puis se dirigea vers le bas-côté droit. Il s'arrêta au fond de l'abside qui abritait la chapelle de la Vierge. Là trônait une statue de pierre grise représentant Marie et l'Enfant Jésus, dans le style champenois du XVIIe siècle. André s'assit sur un banc et se mit à dire des *Ave* en s'abandonnant à la protection maternelle de Marie. Mais il était las et découragé. Il avait surtout l'impression que ses prières étaient vaines et n'étaient qu'un cri poussé dans le désert. Après un long moment, il s'endormit.

*

Pendant ce temps chez les Lecomte, Georges et Anne-Marie étaient au salon. Celle-ci demanda à son mari si elle pouvait se rendre à Fontainebleau à la fin du mois avec leurs filles pour assister à la première course de la jument d'Élisabeth Dumont. Georges le lui accorda volontiers. Puis, les parents retournèrent chacun à leur occupation, Georges à sa lecture et Anne-Marie à son tricot. Quant à Cécile, elle s'était réfugiée dans sa chambre et, allongée sur son lit, elle regardait le plafond sans bouger. Sa sœur Louise était toujours intriguée et anxieuse, et bien décidée à descendre au salon pour faire part de ses inquiétudes à ses parents. Jusqu'ici elle n'avait pas osé engager la conversation, pourtant elle aurait pu le faire au dîner mais elle ne savait comment s'y prendre. Enfin, rassemblant tout son courage, Louise se décida à frapper à la porte du salon qui était entrouverte. Georges, levant la tête de son journal, aperçut sa fille dans l'entrebâillement et l'invita à entrer. Mais Louise fut prise de court et ne trouva pas quoi dire, restant bouche bée, tel un poisson hors de l'eau. Anne-Marie, posant ses aiguilles à tricoter sur ses genoux, questionna sa fille d'un air attendri :

– Eh bien, que se passe-t-il, chérie ?

Louise prit une profonde respiration avant de s'exclamer :

– Eh bien voilà, je suis inquiète pour Cécile : lorsque nous sommes rentrées de chez les Dumont toutes les deux, je l'ai vue ressortir toute seule dans le jardin sous prétexte d'aller voir sa jument. Au bout d'une vingtaine de minutes, ne la voyant pas revenir, je suis sortie à sa rencontre. J'ai eu l'impression qu'elle n'était pas seule car j'entendais parler deux personnes dans l'écurie. J'ai appelé, mais personne ne m'a répondu. Quelques instants plus tard, j'ai fini par retrouver Cécile et je l'ai questionnée, mais elle n'a rien voulu me dire. C'est la raison pour laquelle je suis inquiète, et que je viens vous voir ce soir !

Lorsque Louise eut terminé son récit, Georges esquissa un geste dubitatif :

– Mais que vas-tu chercher là ? Je connais ma fille, elle est des plus sérieuses et ne parlerait pas à un inconnu !

– Ah bon ! Eh bien, je vous laisse découvrir son secret par vous-mêmes !

Sur ce, Anne-Marie intervint :

– Mon cher, laissez-moi régler cette affaire ! Merci, Louise, de nous en avoir fait part. Je vais aller voir ce qu'il en est exactement et parler à Cécile !

Anne-Marie rangea son ouvrage de tricot dans un tiroir du buffet, sortit de la pièce, monta l'escalier et entra discrètement dans la chambre de Cécile. Celle-ci était toujours allongée sur son lit et pleurait à chaudes larmes. Anne-Marie s'assit sur le bord du lit de sa fille et lui dit :

– Que se passe-t-il, ma chérie ? Ce sont sans doute les premiers émois du cœur d'une jeune fille. Je les ai connus moi aussi à ton âge ! Je vais te raconter ce que je n'ai encore jamais dit à personne : je venais d'avoir dix-huit ans, j'habitais Orléans et j'étais très éprise d'un jeune homme appelé Léon. Il était beau, charmant et galant, mais hélas, nous n'étions pas du même monde. Lui était le fils d'un ouvrier et moi, j'étais la fille d'un riche banquier. Nous étions très amoureux l'un de l'autre mais ma famille n'aurait jamais accepté notre mariage. À cette époque, moi, j'étais jeune et insouciante, et j'étais prête à défier les règles de la société en abandonnant tout pour suivre Léon. J'avais même tout préparé pour ma fuite mais, au dernier moment, au fond de mon cœur une petite voix, qui semblait venir d'ailleurs, sans doute de Dieu lui-même, m'en dissuada. Je suis donc restée auprès de mes chers parents. Peu après, j'ai rencontré ton père et nous avons fondé une famille !

Lorsqu'Anne-Marie eut achevé son récit, Cécile, qui avait posé sa tête sur les genoux de sa mère, se redressa et la serra dans ses bras. Quelques instants plus tard, Cécile, très émue, lui dit :

– Merci, chère Maman, de m'avoir fait cette confidence ! Je tâcherai de m'en souvenir ! Cela ne me concerne pas pour l'instant mais il y a quelqu'un qui semble s'intéresser à moi !

– Qui ça ? Est-ce que je le connais ? demanda Anne-Marie.

– Oui ! C'est André, le fils aîné de la famille Tournier ! répondit Cécile.

– Mais c'est un fils de paysan ! J'espère que tu ne donneras pas suite !

Cécile voulut rassurer sa mère :

– Soyez tranquille, Maman, je n'ai pas l'intention de m'engager auprès de lui !

– Bien Cécile, je suis soulagée de l'apprendre !

*

Alors que Cécile conversait avec sa mère, André, lui, était toujours dans l'église où avait été gagné par le sommeil. Il fut réveillé en sursaut par un prêtre qui lui toucha légèrement l'épaule. Le jeune homme se redressa aussitôt et tourna son regard vers le visage du clerc. C'était un vieil abbé au dos courbé et au regard lumineux. Il lui demanda :

– Que faites-vous ici ?

– Je me promenais au hasard, près de la rivière, quand soudain, l'église m'est apparue... Elle semblait si lumineuse qu'elle me sembla surnaturelle ! Oui, je vous assure, monsieur le curé, c'était quelque chose d'extraordinaire !

En entendant cela, le vieux prêtre dit doucement :

– Le hasard n'existe pas mon fils, si vous étiez là, à l'heure où vous y étiez, c'est que Dieu voulait que vous y soyez ! Pour ce qui est de l'apparition d'une église lumineuse, il y a une raison à cela : ce soir, des dizaines de cierges ont été allumés dans la chapelle du Saint Sacrement, en l'honneur de l'exposition de l'Hostie Très Sainte. L'adoration eucharistique va durer vingt-quatre heures. Si vous voulez, vous pouvez vous joindre à nous.

André remercia le vieux prêtre mais sortit de l'église et s'en retourna chez lui. Lorsqu'il arriva à la ferme, il fut accueilli par Jeanne :

– Nous étions tous inquiets de ne pas te voir rentrer ! Nous pensions qu'il t'était arrivé malheur !

Au moment où André entra dans la maison, sa mère, les yeux rouges de larmes, apostropha son fils :

– Plus jamais tu nous fais ça, plus jamais ! tu entends ?

– Oui, Mère ! dit-il d'un ton navré.

*

Le mois de juin 1914 fut marqué par un grand événement. La bonne société de Sens attendait avec impatience la venue d'une troupe de théâtre, qui faisait une tournée dans la région et donnait en représentation la pièce d'Edmond Rostand intitulée *L'Aiglon*. Edmond Rostand était devenu très célèbre grâce à son *Cyrano de Bergerac*. Sa nouvelle pièce racontait le destin malheureux du fils de l'empereur Napoléon Ier et de l'impératrice Marie-Louise d'Autriche. Le jeune prince avait été recueilli par son grand-père autrichien. L'Aiglon allait tenter par tous les moyens de rejoindre la France pour succéder à son père. L'événement théâtral tant attendu provoqua beaucoup d'agitation dans toute la ville. Les esprits les plus hostiles aux Allemands étaient d'une humeur massacrante et s'échauffaient car *L'Aiglon* montrait en toile de fond les conflits qui avaient eu lieu entre la France et la Prusse. La guerre de 1870 était dans tous les esprits. Depuis le début du mois de juin, ceux qui voulaient à tout prix se venger de la perte des territoires de l'Alsace et de la Lorraine et des humiliations faites par l'Allemagne avaient pris l'habitude de se rassembler chez les Lecomte. Ils étaient bien décidés à faire un triomphe à cette honorable troupe de théâtre parisienne venue en tournée chez eux afin, pensaient-ils, de raviver le patriotisme du peuple de France.

La veille de la représentation, qui devait avoir lieu le 23 juin au théâtre de Sens à huit heures du soir, monsieur le maire était à son bureau. Lucien Cornet mettait la dernière main à un discours de bienvenue adressé à la troupe parisienne. Dehors, sur la grand-place, une foule de gens attendait l'arrivée des comédiens. Au pied de l'hôtel de ville, il régnait une ambiance joyeuse et bon enfant. Monsieur Lecomte et sa famille étaient, bien évidemment, présents avec tout ce que la ville pouvait offrir de plus bourgeois et de plus mondain. Soudain, lorsque sept heures sonnèrent, monsieur le maire sortit sur la place et dit aux policiers de faire reculer la foule amassée de cinq mètres pour assurer sa protection. Monsieur Lecomte et monsieur Dumont s'offusquaient de se voir ainsi bousculés par la piétaille. Enfin, après une longue attente, trois fiacres arrivèrent sur la place sous un tonnerre d'applaudissements. Les membres de la troupe en descendirent et se regroupèrent devant l'hôtel de ville. Le docteur Vernet, fidèle ami du maire, fit signe à la foule de se taire et prit la parole :

– Sénonaises et Sénonais, veuillez, s'il vous plaît, faire un accueil triomphal à nos amis les comédiens !

À peine Vernet avait-il achevé sa phrase qu'il déchaîna une nouvelle vague d'intenses applaudissements exprimant l'immense joie et la sympathie des habitants de Sens à l'égard de ces comédiens parisiens. Le docteur parvint à interrompre les applaudissements :

– Toute notre gratitude va à cette troupe venue jouer une œuvre monumentale exaltant le patriotisme et l'héroïsme, ainsi que la grandeur de toute une nation !

Lorsque ce fut au tour du maire de prendre la parole, la foule se tut. Il confirma son admiration pour les comédiens et conclut sur un ton des plus solennels :

– La ville de Sens vous transmet ses plus sincères salutations républicaines !

Les applaudissements redoublèrent. Puis, les comédiens remontèrent dans leurs fiacres pour rejoindre le théâtre et la foule se dispersa.

*

De retour à la ferme des Tournier, André déposa sa bicyclette dans la grange et alla directement à la cuisine où il vit sa mère qui préparait le repas du lendemain. Il s'assit avec lassitude sur une chaise placée contre le mur et sa mère lui demanda :

– Est-ce que tout va bien ?

– Oui, mais je suis déçu car je n'ai pas pu voir la personne que j'espérais apercevoir ! dit-il d'une voix éteinte.

– Quelle personne ? demanda sa mère.

– Si je vous le dis, je souhaiterais que vous le gardiez pour vous. Il y a quelques semaines, lors de la messe de Pâques à la cathédrale, j'ai rencontré une jeune fille dont je ne parviens plus à effacer le souvenir de mes pensées.

– Ah bon, mais c'est un événement ! Dis-m'en davantage ! répliqua Charlotte.

– Oh ! ce n'est pas la peine, car malheureusement elle reste inaccessible pour moi ! Un fils de paysan ne peut pas se déclarer à une jeune fille de bonne famille.

– Dans ce cas, je n'insiste pas, mais tu la reverras bien un jour ou l'autre, et puis ce n'est pas la seule jeune fille de la ville ! dit Charlotte en tentant de consoler son fils.

Mais André ne répondit pas et, se relevant, il monta dans la chambre qu'il partageait avec son frère Arthur.

Depuis plusieurs semaines, Cécile ne donnait plus aucun signe de vie à André. Pourtant, le dimanche qui suivit leur brève rencontre dans l'écurie, il la guetta en vain à la sortie de la messe. Le lendemain, il eut l'idée de faire un tour à la pharmacie, pensant que Cécile s'y trouverait. Il resta un long moment, posté au coin d'une rue adjacente, mais il ne la revit toujours pas. Cette longue absence irrita son père. Joseph Tournier, tenant à garder son autorité de chef de famille, décida d'interdire à son fils de quitter la ferme. André dut attendre la veille de la représentation de la pièce de théâtre pour pouvoir sortir et espérer voir Cécile afin de lui demander des nouvelles de sa jument. Hélas, il ne la vit point, sûrement à cause de la foule qui était massée devant l'hôtel de ville. Mais où était-elle ? Pourquoi ne cherchait-elle pas à le retrouver ? André était angoissé de ne pas avoir de réponses.

En fait, Cécile avait d'autres occupations qui étaient presque venues à lui faire oublier l'existence d'André. Après la frayeur que lui avait causée la visite du jeune homme interrompue par sa sœur, elle avait souhaité passer à autre chose et s'était appliquée à la réalisation du projet qui lui tenait à cœur. Depuis quelque temps, elle envisageait d'ouvrir son propre atelier de couture et de vendre ses modèles à Sens en se faisant sa propre clientèle. Depuis le Noël précédent, elle avait élaboré un plan très détaillé pour mener à bien son dessein. Il lui fallait penser à tout : trouver des locaux, aussi bien pour l'atelier que pour le magasin, choisir des tissus et acheminer sa production. Pour le financement, elle pouvait compter, en partie, sur le soutien de sa grand-mère maternelle. Le seul problème d'importance était que, dès le départ, Georges, son père, était résolument opposé à ce projet, voulant que sa fille suive une formation d'infirmière pour devenir l'assistante du docteur Vernet. Mais Georges n'avait jamais pu convaincre Cécile qui bénéficiait du soutien d'une alliée de poids, celui de sa mère. Anne-Marie connaissait les qualités manuelles et artistiques de sa fille et souhaitait les développer. Une occasion se présenta à Cécile de trouver un nouveau soutien. Lors du voyage qu'elle fit à Fontainebleau, à la fin du mois de mai, pour assister à la première compétition de la jument de madame Dumont, Cécile put lui exposer son projet. L'amie de sa mère lui promit de plaider sa cause auprès de son père. Ce qu'elle fit le soir même de son retour à Sens. À peine Élisabeth descendit-elle sur le quai qu'elle prit le mari de sa meilleure amie par le bras et lui demanda sans détours :

– Georges, voulez-vous vraiment faire le bonheur de vos filles ?

– Oui, bien évidemment, chère madame ! répondit Georges d'un air surpris.

– Parfait ! Eh bien, je vous demande de ne pas empêcher la mise en œuvre du projet d'atelier de couture de votre Cécile ! lâcha-t-elle d'un ton persuasif.

– Quoi ? s'exclama-t-il furieux en laissant tomber son cigare. Mais je crois avoir été clair, je souhaite que ma fille tienne son rang, et ce n'est pas en devenant une petite *cousette* qu'elle le fera !

– Enfin Georges, vous ne pouvez pas interdire à Cécile de mener à bien son projet ! Je suis sûre que nous pouvons trouver un terrain d'entente !

– Non, je ne discuterai pas avec vous sur un sujet aussi personnel !

– Bon, comme vous voudrez ! acheva simplement Élisabeth Dumont.

Elle fit demi-tour et alla retrouver Anne-Marie Lecomte et ses fillesqu'elle retrouva dans le hall de gare assises sur un banc. Elle leur expliqua :

– Votre mari, ma chère amie, est une vraie tête de mule ! Il n'a pas fait la moindre concession à mes propos, j'en suis encore ahurie ! Néanmoins, je n'ai pas dit mon dernier mot ! Je vais de ce pas en parler à mon époux, et celui-ci saura certainement mieux que moi le convaincre ! Permettez-moi, mesdames, de prendre congé de vous !

Élisabeth Dumont disparut dans la nuit. Cécile, Louise et leur mère, qui avaient tout entendu, se regardèrent d'un air effaré et prirent la direction de la demeure familiale.

– Père doit-être d'une humeur massacrante ! dit Louise inquiète.

Cécile ne voyait pas comment elle pourrait faire changer d'avis son père et elle était très soucieuse de sa réaction. Toutefois, quand la mère et ses filles entrèrent dans le hall, la maison paraissait silencieuse, plus tranquille qu'à l'ordinaire, et tout était plongé dans l'obscurité. Anne-Marie dit en murmurant :

– Montez discrètement dans vos chambres, les filles !

Anne-Marie se rendit au salon qui était dans l'obscurité. Elle alluma une lampe qu'elle déposa sur une petite table et s'empressa de fermer l'une des fenêtres qui était resté ouverte. Mais quelle ne fut pas sa surprise d'apercevoir, dans le reflet de la vitre, la haute silhouette de Georges qui était là, debout, accoudé à la cheminée de marbre blanc, regardant fixement sa femme. Il alla s'asseoir dans son fauteuil et alluma un cigare. Anne-Marie, s'étant retournée, ne savait pas quoi dire. Georges lui déclara :

– Je pense que vous me devez quelques explications !

– Lesquelles ? demanda Anne-Marie qui avait retrouvé son sang-froid.

– Pourquoi avez-vous parlé à Élisabeth de mon opposition au projet minable de notre fille ?

– Enfin Georges, j'ai le droit de parler de ma vie avec mes amies sans toujours vous en faire part !

– Vous vous devez de préserver l'image de votre époux et de ne pas colporter partout de fausses rumeurs sur mon compte !

– Mais enfin Georges, vous ne pouvez nier que vous refusez depuis le début de soutenir le projet de votre fille ! Vous faites souffrir Cécile en refusant d'accorder la moindre attention à son projet... Vous ne lui avez même pas expliqué votre refus !

– Assez, taisez-vous, ma femme ! C'est moi et moi seul qui commande dans cette famille ! Et je ne vais tout de même pas céder à un caprice d'enfant ! vociféra Georges.

Anne-Marie, humiliée, se rendit dans sa chambre et ferma la porte vivement. Georges, quant à lui, resta assis dans son fauteuil et termina son cigare.

Le lendemain matin, Anne-Marie Lecomte n'adressa pas la parole à son époux. Cécile et Louise se taisaient aussi car elles sentaient que l'atmosphère était particulièrement tendue. Au petit déjeuner, Henri, qui ne comprenait pas la situation, questionna son père :

– Père, avez-vous bien dormi ?

– Oui, oui ! grogna Georges.

Puis Henri reprit gentiment :

– Je pense que vous devriez vous ménager !

– Oh, mais laissez-moi tranquille, je vous prie !

Après plusieurs minutes de silence, quelqu'un frappa à la porte et Raymond, le majordome, alla ouvrir. Alexandre Dumont, le mari d'Élisabeth, était sur le pas de porte. Lorsque Georges en fut averti, il se leva et alla le saluer froidement. Alexandre lui dit d'un ton mal assuré :

– Bonjour, Georges, puis-je vous dire quelques mots ?

Puis, apercevant Anne-Marie et ses filles, il leur lança le plus chaleureusement possible :

– Bonjour, mes chères dames !

– Par ici ! dit Georges en désignant le salon.

Quand Alexandre et Georges se retrouvèrent seul à seul, la conversation débuta.

– Alexandre, que se passe-t-il ? Que voulez-vous me dire de si urgent ? s'enquit Georges à la fois inquiet et impatient.

– Urgent, en effet ! Voyez-vous Georges, j'aimerais que vous mettiez un terme à une terrible injustice ! Une injustice qui m'a empêché de fermer l'œil de la nuit !

– Ah, bon, c'est si grave ! Quelle injustice ? Et en quoi cela me concerne-t-il ? questionna Georges.

– Oui ! Cela vous concerne personnellement !

– Ah bon !

– Je n'entrerai pas dans les détails, cependant, permettez-moi de vous donner un conseil d'ami : laissez votre fille Cécile réaliser son rêve !

– Mais comment pouvez-vous vous immiscer de la sorte dans notre vie de famille ! Les projets de Cécile ne concernent que moi ! Elle doit faire des études scientifiques pour suivre la tradition de la famille ! dit Georges sur un ton des plus autoritaires et impérieux.

– Vous pensez peut-être que la création de modèles de couture n'est pas un métier noble ? Eh bien, je vous assure du contraire ! Ce métier est un art qui nécessite beaucoup de talents ! Bien sûr, je comprends que vous ayez la pharmacie en haute estime, mais votre fille, elle, a le droit d'avoir un projet différent du vôtre !

– Je n'ai pas élevé ma fille pour qu'elle rompe avec la tradition de sa famille ! dit Georges agacé.

– Sachez, cher ami, que ma propre mère a fait une belle carrière dans la couture !

– Certes, mais rien ne dit que Cécile pourra briller dans ce domaine !

– Laissez-lui une chance de faire ses preuves !

Georges concéda en soupirant :

– Oui, évidemment, considérée sous cet angle, la question pourrait être envisageable ! Mais je reste très réservé, et la seule chose que je puisse faire c'est de ne pas m'opposer au projet de Cécile, mais pas question pour moi de le soutenir !

– Merci pour elle, cher ami, permettez-moi d'aller de ce pas annoncer votre nouvelle disposition aux filles ! répliqua Alexandre joyeusement, comme s'il venait de remporter une victoire.

Alexandre sortit de la pièce, tandis que Georges s'était laissé tomber sur la banquette, la tête basse, comme après une défaite. Lorsqu'Alexandre entra dans la salle à manger, il trouva Cécile pleurant dans les bras de sa mère, tandis que Louise, les yeux rougis, essayait de consoler sa sœur. Il déclara avec un sourire de satisfaction :

– Votre père ne s'opposera plus à votre projet, Cécile !

– C'est vrai ? demanda Cécile, en relevant la tête.

– Mais oui ! répondit Alexandre.

– Merci infiniment, monsieur Dumont ! remercia Anne-Marie avec beaucoup de reconnaissance.

– Permettez-moi de prendre congé de vous, dit-il courtoisement. Mes hommages, mesdames !

Dès qu'Alexandre fut parti, Cécile se leva et se glissa discrètement dans le salon, par la porte entrebâillée. Son père était toujours affalé sur la banquette et avait l'air encore complètement abasourdi du tour qu'avaient pris les événements. Elle se précipita vers son père et l'embrassa pour le remercier. Georges marqua un temps d'arrêt, puis il déclara :

– Je reconnais que je me suis mal comporté avec toi, Cécile. J'ai été dur et autoritaire ! Je ne lutterai plus contre tes projets.

– Oh, merci du fond du cœur, Père ! s'exclama joyeusement Cécile, les larmes aux yeux.

À partir de ce jour, Cécile eut la conviction que plus aucun obstacle ne s'opposait à la réalisation de son rêve et elle se prépara à mettre ses plans à exécution.

*

Quelques semaines plus tard, le mardi 23 juin 1914, eut lieu la représentation de *L'Aiglon* au théâtre de Sens. Toute la bonne société sénonaise, depuis la vieille aristocratie jusqu'à la petite bourgeoisie, en passant par les représentants de la municipalité, était massée devant les portes encore closes du théâtre de la ville. Les messieurs étaient en habit fraîchement repassé, tandis que leur femme, leurs filles ou leurs sœurs avaient revêtu leurs plus belles robes de soirée, la dernière mode parisienne. Néanmoins, une famille semblait manquer à l'appel, celle des Lecomte. En effet, Georges Lecomte et sa famille étaient toujours dans le fiacre qui les menait au théâtre. Ils avaient pris du retard en attendant Henri, l'aîné de la fratrie, qui avait tardé à se préparer. Georges Lecomte était toujours agacé par son fils. Presque chaque jour, il lui reprochait d'être maladroit et de ne faire qu'un piètre pharmacien. Ce soir-là, Georges était encore plus furieux contre Henri qu'à l'ordinaire et il ressassait des reproches à propos de ses négligences. Il l'accusait d'avoir mis tout le monde en retard, privant la famille d'une brillante et ponctuelle entrée au théâtre. Louise dut faire beaucoup d'efforts pour ne pas éclater de rire. Cécile et sa mère ne purent s'empêcher de sourire et de se lancer des petits regards complices. Lorsque le fiacre les déposa devant le théâtre, il n'y avait plus personne à l'extérieur. Les trois grandes portes étaient ouvertes. Toute la famille pressa le pas et entra. Ils avaient réservé cinq places dans une loge située au premier étage afin d'être vus et de voir ce qui se passait dans la salle !

Une fois installés dans leur loge, ils s'amusèrent à passer en revue leurs connaissances qui se trouvaient au parterre. Mais, en se tournant vers la droite, Georges eut le déplaisir de se rendre compte qu'il était assis non loin de Lucien Cornet, le maire de la ville. Il en éprouva un sentiment de malaise qui disparut dès que les lumières de la salle s'éteignirent. Un frémissement de satisfaction parcourut le public qui attendait ce moment depuis des semaines. Cette longue attente avait exacerbé les passions et les élans patriotiques et revanchards. Pendant la représentation de la pièce, les esprits les plus belliqueux, qui avaient jusque-là accaparé les discussion dans les cafés, les restaurants et même les salons des demeures des notables et des bourgeois, trouvèrent de nouveaux arguments pour justifier leur ardent désir d'en découdre avec les Allemands.

Chapitre 3
Les rêves brisés

En cet avant-dernier jour de juin, Joseph Tournier et son fils André étaient sortis de bonne heure afin d'organiser la moisson. Le temps était magnifique, les oiseaux chantaient à tue-tête, perchés à la cime des grands arbres. Chez les Lecomte, le père, se leva comme à son habitude à sept heures, descendit l'escalier et entra dans la salle à manger. Ses filles et sa femme Anne-Marie étaient déjà attablées et parlaient du nouvel atelier de couture de Cécile. Georges tolérait à présent que sa fille réalise son grand projet mais il pressentait qu'elle aurait du mal à le mener à bien, jusqu'au bout. Cécile avait obtenu de son père l'autorisation de transformer le troisième et dernier étage de la pharmacie en atelier de couture qui serait aussi la boutique où elle pourrait vendre ses robes et ses autres créations de fantaisie. Georges comprit vite l'intérêt qu'il pourrait tirer de la venue d'un surcroît de clientèle, vu que tout le monde devrait obligatoirement emprunter l'unique escalier de la pharmacie pour se rendre dans l'atelier de Cécile. Le docteur Vernet avait été le premier à comprendre les raisons de l'acquiescement de Georges qui pourrait ainsi garder l'œil sur les allées et venues des clients, les achats et les ventes. La seule difficulté était que le troisième étage n'avait pas été habité ni nettoyé depuis de longues années. Il fallait donc restaurer de fond en comble cet espace pour en faire un endroit qui fut aussi confortable que coquet. Depuis environ trois semaines, Cécile, Louise, leur mère et Élisabeth Dumont œuvraient à sa remise en état. En revanche, pour réparer la toiture qui fuyait par endroits surtout au niveau des lucarnes, Élisabeth dut faire appel à son mari car Georges avait trouvé toutes les excuses du monde pour se dérober. Il pensait en avoir déjà fait assez pour ce projet qu'en fait, il continuait à désapprouver secrètement. Selon lui, il avait déjà été assez généreux d'avoir autorisé l'utilisation de son troisième étage. Georges, sur un ton bougon, dit à sa femme qu'il n'était ni maçon, ni charpentier, ni couvreur, encore moins maître d'œuvre. Les femmes de la famille durent faire contre mauvaise fortune bon cœur et retrousser leurs manches pour faire les travaux et les diriger. Toute la ville de Sens en profita pour se moquer du pharmacien. Les rumeurs étaient telles que lorsque monseigneur Chesnelong monta en chaire, le dimanche suivant, il fit un long sermon sur les méfaits et les conséquences désastreuses de la médisance et de la calomnie. Les paroissiens écoutèrent religieusement l'homélie de l'archevêque et à la sortie de la messe personne n'osa plus faire de commentaires.

Lorsque Georges eut terminé son petit déjeuner et souhaité une excellente journée à sa femme Anne-Marie, il sortit pour se rendre à la pharmacie. Quelques instants plus tard, Henri le retrouva, en retard comme à son habitude. Un peu plus tard dans la matinée, Louise, Cécile et leur mère se rendirent, à leur tour, à la pharmacie pour achever les derniers préparatifs de l'inauguration de l'atelier de Cécile à laquelle elle souhaitait convier toute la bonne société sénonaise. Élisabeth Dumont avait pris en charge et orchestré la réalisation de cette manifestation destinée à lancer l'atelier boutique de la fille de sa meilleure amie.

*

À la ferme des Tournier, André, qui était toujours sans nouvelles de Cécile, voulut profiter du repos de midi pour faire un tour à la pharmacie et s'enquérir de ce qui se passait chez les Lecomte. André, résolu, prit sa bicyclette et se rendit en ville. Une fois devant la pharmacie qui était déserte, il s'approcha de la vitrine et aperçut la haute silhouette de Georges qui rangeait des bocaux sur une étagère. En se retournant, Georges vit que quelqu'un attendait devant la porte et alla ouvrir. Lorsqu'il vit le jeune homme, il déclara :

– Bonjour !

– Bonjour, monsieur ! répondit André.

– Que puis-je pour vous ? demanda Georges.

André, rassemblant tout son courage, dit d'une voix mal assurée :

– Votre fille Cécile est-elle là ? Je dois lui remettre un paquet !

Georges, surpris et méfiant, répondit :

– Elle n'est pas là !

Mais, au même instant, Anne-Marie descendant de l'étage aperçut le jeune homme à la porte d'entrée, et demanda à Georges :

– Que voulait-il ?

– Hum… rien… rien ! Il souhaitait…

– Ah mais oui ! C'est pour la commande de rouleaux de tissu pour l'atelier de votre fille ! coupa Anne-Marie.

Elle se précipita et dit :

– Bonjour jeune homme, c'est pour la commande ?

André, intrigué par la question, mais sentant qu'il s'agissait sûrement de sa dernière chance, répondit :

– Oui, exactement ! C'est… pour… cela… madame !

– Bien, suivez-moi. C'est au troisième étage ! dit gentiment Anne-Marie.

Ils montèrent silencieusement les escaliers. Lorsqu'ils arrivèrent au troisième palier, Anne-Marie dit à André :

– Attendez-moi ici, jeune homme !

Anne-Marie traversa une salle en désordre et arriva dans une petite pièce située sous les combles qui était éclairée par deux lucarnes. Cécile était assise sur un tabouret dans un coin de la pièce et rédigeait quelques notes dans un cahier. Anne-Marie dit à sa fille :

– Le commis de votre commande de tissus est arrivé ! Pouvez-vous vous en occuper ? Moi, j'ai du travail à la boutique.

– Oui, Mère, qu'il entre ! répondit-elle.

Anne-Marie dit au jeune homme, d'un air décidé :

– Ma fille Cécile va vous passer commande, montez !

Rien qu'en entendant ce prénom, André revit le visage de Cécile et ses beaux cheveux châtains, ce qui lui donna le courage de monter l'escalier et d'entrer dans la pièce où elle se trouvait. Lorsqu'elle aperçut André, Cécile demeura ahurie et s'offusqua en disant :

– Mais c'est une plaisanterie ?

André, gêné, répondit :

– Ne vous fâchez pas, je vais vous expliquer : votre mère m'a pris pour le coursier et je n'ai pas eu le temps de la convaincre du contraire.

– Qu'êtes-vous venu faire à la pharmacie ?

– Mais c'est vous que je suis venu voir ! J'ai quelque chose à vous dire !

– Croyez-vous que ce soit vraiment le moment !

– Le temps presse et vous devez savoir que vous avez pris une grande place dans mon cœur ! Cécile, je vous aime !

– Mais qu'est-ce que vous me dites ? Ne vous faites pas d'illusions, André, je ne peux pas vous entendre davantage !

– Je vous demande seulement de vous souvenir de cette conversation !

À ce moment-là, Cécile, troublée, entendit du bruit dans l'escalier, et renvoya précipitamment André qui quitta la pièce, consterné.

Vers six heures du soir, Louise, Cécile et leur mère retournèrent chez elles pour se préparer pour le dîner. En effet, Edgar Fontenelle, le banquier et ami de Georges, avait été convié à passer la soirée avec la famille.

Quand Georges sortit de la pharmacie, il fit un détour pour aller acheter le dernier numéro du journal *Le Petit Parisien*. Lorsqu'il arriva chez lui, il s'installa au salon pour lire les nouvelles. En ce 30 juin 1914, la une du *Petit Parisien* parlait d'un drame de portée internationale qui avait eu lieu deux jours plus tôt, lors de la visite de l'héritier impérial du trône de l'Empire austro-hongrois et de sa femme à Sarajevo, la capitale de la Bosnie-Herzégovine. Les souverains venaient assister à un mouvement de troupes à la frontière avec la Serbie lorsqu'ils furent assassinés par un nationaliste serbe. L'article avait pour titre : « L'archiduc héritier d'Autriche François-Ferdinand et sa femme ont été assassinés, hier, à Sarajevo en Bosnie. » Georges, abasourdi et choqué, prit le temps de lire l'ensemble de l'article. Lorsqu'il eut achevé, il jeta son journal sur la table basse, sortit un cigare de sa poche et l'alluma. Puis, il se mit à réfléchir et se dit à lui-même :

– Cela va nous coûter cher, à nous aussi !

Un peu avant huit heures, Henri se rendit à la gare de Sens pour accueillir Edgar Fontenelle qui devait arriver par le dernier train en provenance d'Orléans. Au moment où Henri atteignait le quai, le train venait d'entrer en gare. Il se précipita devant la porte de la voiture numéro trois.

Au bout de quelques minutes, un petit bonhomme moustachu avec un chapeau melon sur la tête et le dernier numéro du journal *Le Petit Parisien* roulé dans la poche droite de sa veste, descendit du train. Quand il aperçut le fils Lecomte, il s'exclama :

– Bonsoir, cher Henri, je suis enchanté de vous revoir !

– Moi de même ! répondit poliment Henri.

– Cela fait des années que je ne suis pas descendu dans la région ! reprit Edgar.

– Cinq ans, me semble-t-il !

– Sûrement, je n'ai pas une grande mémoire, contrairement à vous ! répondit-il en riant.

Sur le chemin qui les conduisait chez les Lecomte, Henri fut surpris d'entendre Edgar Fontenelle lui dire que son père parlait souvent de lui avec bienveillance. Selon ses dires, Georges était très fier d'avoir un fils capable de reprendre la pharmacie familiale. Devant la surprise d'Henri, Edgar crut bon de lui expliquer que, d'une manière générale, les pères étaient souvent trop orgueilleux pour encourager et féliciter leurs fils directement. Cela consola tout de même un peu Henri de la dureté de son père. Lorsque les deux hommes entrèrent dans la maison, ils furent accueillis par Georges :

– Ah ! mon cher ami, comme je suis heureux que vous soyez des nôtres ce soir !

– Moi de même, Georges ! Dites, avez-vous lu les journaux ?

– Que se passe-t-il ? demanda Anne-Marie, qui venait de descendre.

– Mes hommages, chère madame ! Une bien triste nouvelle ! Leurs altesses impériales, l'archiduc et l'archiduchesse d'Autriche, ont été victimes d'un effroyable assassinat en Bosnie ! expliqua Edgar.

– Quelle horreur ! s'exclama Anne-Marie terrifiée.

Georges invita Edgar à passer au salon pour prendre l'apéritif. La conversation porta d'abord sur l'état du marché financier français, puis, durant le dîner, ce fut l'opportunité qui allait s'offrir aux marchands d'armes, au cas où un conflit éclaterait, qui devint le centre de tous les échanges. Georges évoqua l'occasion unique qui se présenterait à la France de récupérer enfin les territoires de l'Alsace et de la Lorraine, perdus lors de la guerre 1870.

*

À quelques rues de là, André se trouvait sur le pont de l'Yonne et se dirigeait de nouveau vers la belle et lumineuse église Saint-Maurice. Il avait le cœur serré et l'âme tourmentée à la suite de sa déclaration ratée. Il percevait qu'il n'aurait peut-être plus l'occasion d'exprimer ses sentiments à Cécile, et cela le désespérait. Lorsqu'il entra dans la petite église, il se dirigea tout naturellement vers la chapelle de la Vierge et s'agenouilla pour prier.

Chapitre 4
La mobilisation générale

Le 1er août 1914 était une belle journée d'été. Tous les paysans de la région moissonnaient, travaillant du matin jusqu'au soir dans les champs. Joseph Tournier, sentant ses forces diminuer avec l'âge, songeait de plus en plus à transmettre progressivement l'exploitation familiale à son fils aîné André. En cette fin d'après-midi, le temps était devenu lourd et pesant, comme si un orage n'allait pas tarder à éclater. Joseph et son fils André étaient aux champs lorsqu'ils entendirent sonner le tocsin depuis la cathédrale Saint-Étienne et toutes les églises de la ville pour alerter les habitants de la ville d'une catastrophe imminente. En entendant le son lugubre des cloches, André, laissant son père seul, courut vers la grand-place pour tenter de comprendre la situation. Pressé par le temps, il n'eut pas l'idée de prendre sa bicyclette et fila droit devant lui sans se retourner. Joseph, quant à lui, resta immobile ne sachant que faire. Puis, comme redoutant le pire, il se mit à courir aussi vite que ses vieilles jambes le lui permettaient et s'élança à la suite de son fils.

Lorsqu'André arriva sur la grand-place, il fut surpris par la foule des hommes qui lisaient des affiches placardées sur les murs. Les gens s'arrachaient aussi les journaux pour essayer d'obtenir des informations. André avait du mal à comprendre les bribes de conversations qui lui parvenaient et essayait de se frayer un chemin au milieu de la foule compacte; il réussit à saisir quelques mots : guerre, réserve, mobilisation… Joseph rejoignit son fils devant la mairie et tous deux eurent juste le temps de lire une annonce redoutable : « Ordre de mobilisation générale ». À ce moment-là, plusieurs agents de police firent signe à la foule de reculer de quelques mètres pour laisser libre l'accès à la mairie. Après que la masse de gens eut fait quelques pas en arrière, des soldats du 168e régiment d'infanterie arrivèrent au rythme du tambour qui retentit pendant de longues minutes. André et son père étaient effarés, jamais ils n'auraient cru qu'un événement aussi grave se produirait dans leur pays. Un peu plus loin se tenait Henri Lecomte, le fils du pharmacien, le visage livide et les lèvres serrées. La nouvelle était particulièrement terrible pour lui. En effet, il avait mal vécu ses années de service militaire durant lesquelles il avait été la risée de tous ses camarades. Henri était un homme doux, soucieux de son confort et passionné par son travail à la pharmacie malgré les réflexions désobligeantes de son père. Après quelques instants de silence, le maire, Lucien Cornet, d'un air à la fois dépité et revanchard, prit la parole devant la foule :

– Chers amis, le moment est venu de redorer le blason de la France et de redonner son honneur à notre Mère-Patrie !

Lorsque le sénateur-maire eut terminé sa première phrase, ses partisans applaudirent. Puis, le maire fit la lecture de l'ordre de mobilisation générale :

– « Par décret du président de la République, la mobilisation des armées de terre et de mer est ordonnée, ainsi que la réquisition des animaux, voitures et harnais nécessaires au complément de ces armées. Le premier jour de la mobilisation est le dimanche 2 août 1914. »

Au moment où les gens entendirent la date de la mobilisation, ils poussèrent des cris de stupeur. Beaucoup de paysans s'exclamèrent :

– Demain, si vite !

– Mais nous n'avons pas fini la moisson ! s'exclama Joseph.

– Et qui va s'occuper de mes bêtes ? Je ne vais tout de même pas les laisser mourir ! renchérit un fermier.

– Ma femme va accoucher dans quelques jours ! Qui va finir de moissonner ? Mon gamin de sept ans peut-être ? persifla un autre.

Enfin, le sénateur-maire déclara :

– Mes chers amis, vous comprenez donc que cela signifie que la guerre ne va pas tarder à être déclarée !

Lorsque le maire eut achevé son discours, l'attroupement se dispersa. Chacun rentra chez soi pour annoncer la nouvelle à sa famille, ressortir son fascicule de mobilisation et préparer son départ en faisant ses adieux aux siens !

L'assassinat de l'archiduc d'Autriche, le 28 juin 1914, à Sarajevo, eut des conséquences désastreuses sur les relations internationales. Le système d'alliance en vigueur produisit un effet domino et tout s'effondra. L'Europe allait basculer dans une guerre totale, prise dans un engrenage infernal. Le 28 juillet 1914, l'Autriche soutenue par l'Allemagne déclara la guerre à la Serbie, alliée à la Russie. Le 1er août, l'Allemagne déclara la guerre à la Russie. La France, quant à elle, comptait protéger ses frontières grâce à une mobilisation rapide de centaines de milliers d'hommes qui seraient envoyés à la frontière avec l'Allemagne. Il fallait agir vite et frapper fort afin d'impressionner l'ennemi et le dissuader de pénétrer en territoire français, car l'entrée en guerre n'était plus qu'une question d'heures.

André et son père prirent la direction de la ferme et arrivèrent rapidement devant la porte du logis. Charlotte et sa fille Jeanne sortirent à leur rencontre. Charlotte demanda à son époux :

– Que se passe-t-il en ville ? Pourquoi les cloches ont-elles sonné ?

– La France vient de décréter la mobilisation générale de tous les hommes capables de prendre les armes afin de la défendre ! André doit, dès demain, regagner le dépôt de son régiment de réserve. Quant à moi, il me faut rejoindre la réserve territoriale !

– Mais Joseph, vous n'êtes pas en mesure d'aller combattre ! Vous êtes encore trop faible ! déclara Charlotte.

– Je n'ai pas le choix ! répondit Joseph.

– C'est notre devoir de citoyen patriote, Mère ! déclara André.

– Qui donc finira la moisson ? demanda subitement Charlotte.

– Eh bien, Arthur viendra vous porter main-forte ! Monsieur Lebrun peut très bien se passer un peu de lui ! reprit Joseph.

– Mais oui ! Ne vous inquiétez pas, Mère, je suis capable d'achever la moisson avec vous ! dit Arthur qui venait d'arriver.

– Bien ! Arthur, il faut que je t'explique dans le détail toutes les tâches que tu devras réaliser durant mon absence. André, essaye de remettre la main sur nos fascicules de mobilisation ! Charlotte, s'il vous plaît, préparez-nous un bon repas car demain la journée sera rude. Et toi ma fille, écris-moi une belle lettre que je puisse garder sur moi en souvenir de vous tous ! dit Joseph en bon père de famille.

Après qu'il eut donné ses instructions, il partit en direction de la grange avec son fils Arthur. Charlotte retourna à la cuisine. Elle était visiblement très inquiète du départ à la guerre de son mari, vu son état de fatigue. Elle espérait de toutes ses forces qu'il soit réformé. Jeanne, la cadette, monta dans sa chambre, prit une feuille et un crayon, s'installa à son petit bureau et se mit à écrire à son père. Sur la première ligne, on pouvait lire :

– Mon cher petit Papa, vous aurez toujours une grande place dans mon cœur !

Pendant ce temps, André se trouvait à l'étage dans un petit galetas, recherchant des documents personnels. Il trouva une malle portant l'inscription : « CANTINE MILITAIRE TOURNIER » et en retira deux livrets. Puis, il descendit à la cuisine et s'installa à la table familiale. Il ouvrit son livret militaire, en sortit son fascicule de mobilisation dont il lut le contenu. Il avait quatre pages et était de couleur verte, comme tous ceux des soldats qui devaient se rendre à pied au dépôt du régiment de réserve d'infanterie. Par chance, celui-ci se trouvait à Sens. Son régiment de réserve étant celui du 168e.

*

De l'autre côté de la ville, chez les Lecomte, tout se passait différemment. En début de matinée, Georges Lecomte s'était rendu à Orléans pour voir son banquier Edgar Fontenelle. En effet, au vu de la situation internationale, il avait extrêmement peur que des événements dramatiques se produisent en France. Il avait donc pris la décision de retirer la majeure partie de son épargne. Edgar Fontenelle était abasourdi par la demande de son ami mais il accepta, non sans se faire prier, d'accéder à la demande de l'un de ses plus vieux clients. Pour la première fois, Georges avait même accepté que son fils Henri s'occupe seul de la pharmacie familiale. Celui-ci était enchanté à l'idée de passer une journée à l'officine, sans son père. Louise et sa sœur travaillaient au troisième étage pour répondre aux nombreuses commandes que Cécile avait reçues. Les deux jeunes filles s'étaient réparti les rôles : Louise à la boutique et Cécile à l'atelier. Normalement, leur mère devait venir les aider mais elle était très fatiguée et souffrait d'un terrible mal de tête, si bien qu'elle resta une bonne partie de la journée allongée sur son lit dans l'obscurité. Vers quatre heures de l'après-midi, les deux sœurs décidèrent de fermer l'atelier et rentrèrent. Lorsqu'elles arrivèrent dans la demeure familiale, elles virent leur mère assise sur la banquette du salon, le teint très pâle. Elles s'installèrent auprès d'elle et restèrent en sa compagnie un bon moment. Quand Henri entendit le tocsin, il sortit précipitamment de la pharmacie. Arrivé sur la place, il fut stupéfié de voir une grande foule rassemblée devant l'hôtel de ville et apprit par le discours du maire que la guerre était proche. Henri s'en retourna chez lui la mine défaite. À peine fut-il rentré qu'il se laissa tomber consterné sur un fauteuil du salon. Sa mère et ses sœurs accoururent :

– Que se passe-t-il ? dit Anne-Marie.

– Oh Mère, c'est affreux ! Ils ont décrété la mobilisation générale ! J'ai peur ! Je suis trop jeune pour mourir ! répondit Henri péniblement.

Quand Anne-Marie entendit Henri prononcer les mots de mobilisation générale, elle faillit s'évanouir. Cécile, abasourdie, pensa soudain que si son frère était mobilisé, André le serait lui aussi. Alors, elle ressentit au plus profond d'elle-même le désir de le revoir pour lui faire ses adieux avant son départ.

Tout à coup, le téléphone de la bibliothèque sonna. Louise accourut pour décrocher :

– Allo ! Qui est à l'appareil ?

– C'est moi ! s'écria son père.

– Ah oui, Père ! Que se passe-t-il ? Où êtes-vous ? demanda Louise.

– Avez-vous appris la nouvelle de la mobilisation générale ? la coupa nerveusement son père.

– Oui, nous venons d'en être informées par Henri ! répondit Louise.

– Dites à votre mère que je suis toujours à Orléans et qu'à cause de l'agitation et du désordre qui règne dans la ville, j'ai décidé de louer une chambre d'hôtel pour la nuit. Je serai de retour demain ! expliqua-t-il.

– Entendu Père, faites bien attention à vous ! À demain donc !

Lorsque Louise raccrocha, elle se rendit au salon et transmit les nouvelles de son père à sa mère. Anne-Marie mit du temps à se remettre du choc et resta toute la soirée immobile sur la banquette du salon. Henri, après le premier mouvement de sidération provoqué par la nouvelle de sa mobilisation, parvint à monter dans sa chambre pour rassembler ses affaires. En lisant le fascicule de son carnet militaire, il comprit qu'il devait rejoindre le dépôt du 168e régiment dès le lendemain. Quant à Louise, elle avait perdu sa bonne humeur habituelle et était très anxieuse. Elle remonta discrètement dans sa chambre, s'assit près de la fenêtre qui donnait sur le jardin et resta là à observer le jour qui déclinait. Le ciel azuré se colorait à l'horizon des feux du couchant. Cécile, elle aussi, était remontée dans sa chambre. Préoccupée par la situation, elle se pencha à la fenêtre pour essayer de voir ce qui se passait dans les rues. Soudain, elle aperçut une silhouette connue devant la maison. C'était celle d'André. Sans réfléchir, elle se précipita à sa rencontre :

– Êtes-vous mobilisé ?

– Oui, comme les autres garçons de mon âge ! répondit-il d'un air consterné.

– Ah... alors, c'est peut-être la dernière fois que nous nous voyons avant des mois !

– J'espère que non ! Vous êtes tellement importante pour moi !

– En attendant, écrivez-moi ! J'attendrai vos lettres avec impatience et j'y répondrai ! Vous pouvez compter sur moi !

André, rassuré, saisit la main de Cécile et y déposa un baiser furtif. Celle-ci rougit et dit d'un air gêné :

– Allez-y maintenant ! Vous devez avoir beaucoup à faire !

André partit sans souffler mot mais le cœur lourd de quitter Cécile.

En entrant dans le salon, plus tard dans la soirée, Cécile trouva Albert, son frère séminariste, assis sur un fauteuil près de la cheminée et elle comprit que, lui aussi, était appelé. Albert était un beau garçon de vingt-cinq ans, au port élancé et distingué. Il avait des cheveux bruns et des yeux sombres. Cécile accourut vers son frère et lui dit :

– Albert, il y a si longtemps que nous ne nous sommes vus ! Alors toi aussi, tu pars à la guerre ?

– Hélas oui, ma chère sœur ! répondit-il tristement.

– Je ne pensais pas que les séminaristes pouvaient être mobilisés ! s'exclama-t-elle.

– Mais si, Cécile ! Ne t'inquiète pas, je saurai servir Dieu aussi bien dans les tranchées qu'au séminaire. De toute façon, c'est la volonté de

Dieu que je parte ! Je n'ai plus qu'à lui faire confiance ! déclara sereinement Albert. Et il ajouta :

– Je compte sur vos prières, j'en aurai grand besoin.

Le lendemain matin, jour de la mobilisation générale, les rues de Sens étaient remplies de monde. Toutes les habitudes étaient bouleversées et le brouhaha général était couvert par le tocsin et les roulements de tambour. On assistait à des scènes d'attroupement autour des affiches placardées sur les murs. Les habitants de la ville étaient comme soulevés par un même élan patriotique et échangeaient des poignées de main et des accolades chaleureuses. Même les ennemis de la veille fraternisaient ! Les rues étaient envahies par la foule des appelés. Et, des dizaines d'enfants et d'adolescents agitaient des drapeaux tricolores en criant :

– À Berlin ! Ils veulent la guerre, ils l'auront !

Cependant, dans cette ambiance de surexcitation, à la fois festive, patriotique, revancharde et angoissée, avait lieu la fermeture de nombreuses entreprises et usines à la suite de la mobilisation de leurs employés et ouvriers. Le départ des hommes et l'incertitude des lendemains accablaient les familles de chagrin, surtout les mères et les épouses. Toutefois, les mobilisés tentaient de se rassurer et de consoler leur famille en hurlant depuis les trains bondés :

– La guerre sera courte ! Nous allons les écraser sans tarder et nous serons de retour à Noël !

Il y avait tellement de monde dans la gare que les forces de l'ordre avaient dû en interdire l'accès aux civils.

Vers neuf heures trente du matin, Georges revint chez lui et s'empressa d'aller saluer ses fils qui étaient sur le point de partir. Il embrassa sa femme et ses filles qui se trouvaient dans la salle à manger. Sur la table étaient déposés des sacs dans lesquelles Louise et sa mère avaient mis des provisions pour les deux soldats, Albert et Henri. Cécile restait à l'écart, pensant au départ de ses frères et à celui d'André.

– Pour combien de temps partent-ils ? Reviendront-ils tous ? se demandait-elle.

Georges, s'adressant à Henri, lui dit :

– C'est le moment de faire honneur à ta famille !

Puis, il déclara avec émotion à Albert :

– Reviens-nous vite ! Que Dieu te garde, mon fils !

Après avoir fait leurs adieux à leur famille, Henri et Albert se rendirent à leur dépôt.

Une demi-heure plus tard, deux hommes en uniforme frappèrent à la porte d'entrée. Georges, qui se tenait au salon et qui lisait le journal, alla ouvrir. Au moment où il vit les deux soldats sur le pas-de-porte, il demanda :

– Bonjour, mes braves, que puis-je pour vous ?

– Bonjour monsieur Lecomte ! Vous possédez deux chevaux, me semble-t-il ? demanda l'un d'un air sévère.

– Oui, c'est exact ! répondit-il.

Puis s'éclaircissant la voix, l'autre déclara :

– Sur ordre du gouvernement, nous devons réquisitionner vos bêtes pour compléter l'armée !

– Ah ! Très bien… suivez-moi ! répondit-il péniblement.

Lorsque sa femme et sa fille Cécile eurent découvert la disparition de leurs chevaux, elles se précipitèrent dans le cabinet de travail de Georges pour lui demander des explications. Quand Georges lui eut exposé les raisons de leur réquisition, Anne-Marie ne put dissimuler sa colère et éclata en sanglots tandis que Cécile regagnait précipitamment sa chambre.

À la ferme des Tournier, l'ambiance était triste et chargée d'émotion. En effet, Charlotte aurait voulu empêcher son mari de partir et Jeanne avait remis un magnifique poème à son père qui l'avait rangé précieusement dans son portefeuille. Jeanne était complètement bouleversée de voir partir son grand frère et son père.

André et Joseph se rendirent au dépôt du 168e régiment d'infanterie. Lorsqu'ils arrivèrent devant la caserne, André se retourna vers son père, lui fit ses adieux en lui donnant une chaleureuse accolade puis il se dirigea vers la porte de droite.

Quand André entra, il ne fut guère étonné de voir une longue file de jeunes hommes qui s'étendait sur plusieurs mètres devant lui. Il les voyait tous rester là en silence, attendant patiemment leur tour. Il ne remarqua pas la présence des frères de Cécile. Mais, à l'extrémité de la file, il aperçut un bureau derrière lequel était assis un militaire en uniforme qui lui demanda sur un ton martial :

– Nom, prénom, âge, date de naissance et métier !

André répondit machinalement :

– André Tournier, 23 ans, né le 18 janvier 1891, paysan.

– Signez ici ! précisa-t-il.

André signa et sortit par une autre porte. Ensuite, il passa un examen médical et fut déclaré apte à la mobilisation. Puis, il reçut son uniforme : un képi un peu grand, une veste qui n'était pas neuve et un pantalon rouge garance.

En ce 2 août 1914, André rejoignit la réserve du 168e régiment d'infanterie. Le 3 août 1914, l'Allemagne déclara la guerre à la France. Puis, le 4 août, ce fut le tour de l'Angleterre car les armées allemandes envahissaient la Belgique. Le 5 août, le 168e régiment d'infanterie, sous le commandement du lieutenant-colonel Duchêne, partit de Sens en train jusqu'à la ville de Gironcourt dans les Vosges. Le trajet jusqu'à Gironcourt fut pour André et ses camarades une première expérience marquante de cette guerre, une entrée joyeuse et palpitante. En effet, la plupart d'entre eux n'avaient jamais voyagé aussi loin. Chacun regardait, d'un air ébahi et émerveillé, les merveilleux paysages qui défilaient. À l'intérieur du train l'ambiance était légère et patriotique, et des chants militaires faisaient oublier les séparations à ceux qui en étaient encore affligés. Néanmoins, malgré toute cette bonne humeur, certains hommes se demandaient comment les combats allaient se dérouler. Seraient-ils capables de se venger de la honte subie lors de la guerre de 1870 ? En tous cas, les nouveaux soldats étaient fiers car l'école de la IIIe République leur avait enseigné l'amour de la patrie et le devoir de la défendre. Ces jeunes hommes ressentaient donc le bonheur de sauver leur patrie, même s'ils étaient anxieux, ayant tout laissé derrière eux, leur famille, leurs parents, leurs amis, leur femme ou fiancée, leurs enfants et également leur métier. Convaincus d'accomplir leur devoir, ils trouvaient en eux-mêmes la force et le sens du sacrifice de leur vie. Beaucoup d'entre eux étaient prêts à tout offrir de leur jeunesse et de leurs projets. Ils ne savaient pas encore que rien ne leur serait épargné, ni au front ni à l'arrière. Dans ce conflit armé, même les femmes allaient jouer un rôle essentiel et déterminant pour nourrir, armer, soigner et encourager les combattants. Elles aussi allaient avoir à se sacrifier tout au long de cette effroyable et terrible guerre qui commençait.

Deuxième partie

La descente aux enfers

Chapitre 1
La guerre des tranchées

Depuis le début de la guerre, au bout de deux mois, les morts se comptaient déjà par milliers. En octobre 1914, les hommes savaient que la guerre ne serait pas terminée à Noël. Le front se situait essentiellement dans le nord-est de la France et s'étendait sur plus de sept cents kilomètres depuis la mer du Nord jusqu'à la Suisse. Sur les grandes étendues de la plaine de la Woëvre en Alsace, au Bois-le-Prêtre, la 73ᵉ division dont faisait partie le 168ᵉ régiment d'infanterie menait bataille au prix de lourdes pertes. Le front s'étant stabilisé, les deux camps français et allemand s'étaient enterrés dans des tranchées afin de maintenir leurs positions. Les tranchées étaient très rudimentaires, elles mesuraient environ un mètre de large et deux mètres de haut. L'adversaire était tout proche et lui aussi était enterré dans des tranchées. L'ennemi se trouvait souvent à une centaine de mètres à peine. Parfois, il n'était même qu'à quelques mètres seulement. De plus, jour et nuit, des hommes faisaient le guet pour épier tout mouvement dans les lignes ennemies et donner l'alerte en cas d'attaque. Lorsqu'ils montaient au front, les hommes y restaient plusieurs jours et même parfois plusieurs semaines. Pour faire face à cette épreuve exténuante, le front s'était organisé. Les soldats avaient tenté de creuser trois tranchées, reliées entre-elles par des boyaux d'accès. La première, celle qui permettait aux soldats de monter à l'assaut, était protégée par des fils de fer barbelé. Ils étaient censés ralentir la progression de l'ennemi en cas d'attaque. Néanmoins, cette tranchée était la plupart du temps déserte. Entre les assauts, les hommes vivaient dans la deuxième et la troisième tranchée. Ils y avaient creusé des abris dans lesquels dormaient les soldats et les officiers. Ces abris constituaient également des postes de secours et de commandement. Les ordres et les instructions de l'État-Major, ainsi que l'appel de renforts étaient théoriquement transmis par le téléphone. Mais la plupart du temps, comme les lignes étaient coupées, les ordres étaient acheminés par un agent de liaison ou par des pigeons voyageurs. Les soldats devaient toujours attendre le coup de sifflet de l'officier pour donner l'assaut. Plus loin, à cinq kilomètres, se trouvait l'artillerie chargée de pilonner les positions ennemies avant l'assaut des fantassins. Elle était souvent secondée par des aéroplanes et même par des avions qui survolaient les lignes allemandes. En première ligne se tenait un officier médecin qui s'occupait des blessés. Il était chargé de décider s'il fallait les faire évacuer vers les hôpitaux militaires de campagne ou vers le centre de secours, situé en troisième ligne. Mais, aussitôt qu'un soldat était remis sur pied, il repartait se battre. Entre deux combats, les hommes fumaient la pipe, jouaient aux cartes, sculptaient des objets ou lisaient les journaux des tranchées émanant des soldats, tel *Le Poilu Déchaîné*. Les hommes avaient aussi le temps d'écrire à leurs familles. La nourriture prévue pour les soldats était très insuffisante et médiocre. L'on ne servait que deux repas par jour. Le premier, à dix heures du matin, se composait d'un bouillon ou de café appelé « le jus ». Le second repas comportait de la viande en conserve, de mauvaise qualité, les fameuses « pelotes de singe ». Il y avait aussi parfois des pommes de terre. La vie des soldats dans les tranchées était éprouvante et désespérante. Tous les jours, les soldats passaient de la peur glaçante et paralysante à l'ennui abject. L'eau pour la toilette et le rasage faisait cruellement défaut. Cela valut aux soldats le surnom de « Poilus ». Les hommes vivaient dans le froid et la boue, et ce n'étaient pas les maigres soupes préparées en deuxième ligne qui pouvaient les réchauffer et les aider à garder le moral. C'étaient plutôt les litrons de rouge qui leur donnaient la force de monter au front. La distribution du courrier était quotidienne mais la plupart du temps les lettres se faisaient attendre.

Entre les 8 et 12 décembre 1914, les Français menèrent une offensive et parvinrent jusqu'à la Croix des Carmes et la tranchée de Villers.

Le 13 décembre, André se réveilla en sursaut en entendant le lieutenant-colonel Eberlé hurler :

– Debout tout le monde ! Debout ! Les Boches nous attaquent !

À ces mots, André se précipita hors de son abri, son fusil à la main. Il monta sur le parapet de la tranchée, se plaqua contre la paroi boueuse et se mit à tirer en direction de l'adversaire. Aussitôt, le sifflement strident des balles transperça ses oreilles et il tituba sous les claquements répétés des tirs. Plusieurs dizaines de minutes plus tard, une fois l'attaque repoussée, François Dupuis, un grand soldat brun et moustachu, vint à la rencontre d'André. Ils étaient devenus amis dans l'enfer de la guerre. François était originaire de Normandie, marié et père de deux enfants. Il tenait la petite épicerie de son village. Depuis le début de la guerre, c'était sa femme qui faisait tourner la boutique. Il était plus âgé qu'André, il avait 27 ans. Quand François fut arrivé à la hauteur d'André, il s'assit à côté de lui et resta silencieux. André, lui, était adossé à la paroi de la tranchée et avait le regard dans le vide. Soudain, François déclara d'un air assuré :

– André, je t'avais bien dit que cette tranchée était imprenable !

Mais André ne répondit rien. Alors François voulut changer de sujet et dit en parlant de Cécile :

– Ne t'inquiète pas, elle finira bien par t'écrire !

Néanmoins, André restait toujours silencieux. Cela faisait plusieurs jours qu'il ne parlait plus... Il était dévasté par la violence des combats. Il était dépressif et passait son temps à se remémorer les jours heureux qu'il avait vécu. Il n'en pouvait plus de l'enfer des tranchées, des odeurs nauséabondes, des rats, de la vermine, de la boue, de la pluie, de la neige, du gel et du froid. Et surtout, il avait horriblement peur de la mort. Seul le souvenir de Cécile contribuait à le maintenir en vie. Hélas, les mois s'écoulaient et il n'avait toujours pas reçu de réponse à la lettre qu'il avait envoyée. Il était désormais persuadé qu'elle avait complètement oublié son existence. François essaya à plusieurs reprises de renouer la conversation mais André restait silencieux, abîmé dans ses pensées. Brusquement, un officier passa devant eux et se mit à hurler :

– Au travail ! Au travail ! Vous n'êtes pas au bistro ! Allez, consolidez-moi cette tranchée !

André et François se levèrent d'un bond, prenant pics et pioches pour aller consolider les murs de la tranchée et remplir des sacs de terre pour rehausser les fossés.

Un peu plus tard, les hommes se rassemblèrent pour partager le premier repas de la journée. Les cuistots amenaient la soupe du matin et les boules de pain qui faisaient le régal des soldats. Tous étaient très sales, leur uniforme était couvert de boue comme le reste. Plus qu'une guerre dans la boue, c'était une guerre de tous les instants contre la boue. Les soldats avaient les doigts rougis et engourdis par le gel. Jamais André n'avait eu aussi froid. Puis, chacun des hommes essaya de se trouver une occupation en attendant un nouvel ordre d'attaque. François avait pris l'habitude de jouer aux cartes avec Victor Roger, un fromager auvergnat. C'était un petit soldat blond au regard vif. André, lui, préférait sculpter des évocations des animaux de la ferme familiale dans des débris de bois trouvés sur le sol.

À la nuit tombée, des groupes de soldats sortirent de la tranchée pour jeter en avant des postes des hérissons, ces fils de fer barbelés enroulés autour de quatre baguettes de fer reliées au milieu. D'autres se préparèrent à monter la garde. Cette nuit-là, André était de service avec les frères Lecomte qu'il considérait comme des membres de sa propre famille vu qu'ils étaient tous originaires du même pays. André resta sur le qui-vive tout au long de la nuit, épiant les moindres faits et gestes de l'ennemi qui se situait à quelques mètres de là. Henri, l'aîné de la famille Lecomte, était terrorisé. Il avait l'impression de recevoir en permanence des balles sur le cœur et il pouvait rester tétanisé pendant de longues minutes en entendant quelque bruit étrange dans l'obscurité. Albert, le séminariste de la famille, resta toute la nuit en prière. Il récitait son chapelet pour le repos de l'âme des soldats tombés sur le champ de bataille.

Le lendemain matin, après une longue nuit de veille, François, André et Victor allèrent tenter de dormir en deuxième ligne pendant quelques heures. Lorsqu'ils y arrivèrent, après avoir emprunté un boyau d'accès, ils descendirent dans un abri et s'allongèrent sur une sorte de grabat fait de paille et de boue et agrémenté d'éclats de ramure qui s'accrochaient à leur capote, les piquant au passage. L'abri était tellement rudimentaire que personne n'arrivait à trouver le sommeil malgré la fatigue. Néanmoins, un peu plus tard, Victor s'assoupit dans un sommeil ponctué de ronflements sonores et François ne put s'empêcher de dire :

– Il gronde si fort que les Boches vont finir par l'entendre !

– Tais-toi François ! cria André exaspéré par les plaisanteries déplacées de son camarade.

– Ah mais notre petit bonhomme reparle ! Vite, sabrons le champagne ! s'exclama ironiquement François.

Mais au même moment, un officier qui passait par là hurla :

– Soldat Dupuis, fermez-là ! Vos camarades ont besoin de repos pour sauver leur patrie !

Quelques heures plus tard, André et François jouaient à la belote avec Victor et Benoît Laporte, un ouvrier de la banlieue du Havre. C'était un ami d'enfance de François. Ils avaient fréquenté la même école communale. Benoît était un grand blond costaud. Tous étaient assis sur des tabourets et déposaient les cartes sur une caisse de bois retournée. L'abri où ils se tenaient était sombre, éclairé seulement par une maigre lampe à pétrole accrochée à une poutre. Depuis l'endroit où ils étaient misérablement installés, on entendait le grondement de l'artillerie pilonnant les positions ennemies. Soudain, tous virent les parois de l'abri trembler et de la poussière voler, provenant d'au-dessus d'eux. Ils se mirent à tousser et à suffoquer. Ils décidèrent de sortir pour respirer à pleins poumons. Lorsqu'ils furent dehors, François déclara avec humour :

– Un peu plus et cet abri était notre tombeau ! On aurait pu donner mon nom à cette tranchée !

– Tais-toi ! J'espère bien rentrer chez moi à la fin de ce séjour en enfer ! répondit Victor.

– Moi aussi je l'espère Victor ! renchérit François en esquissant un sourire.

À la nuit tombée, un groupe de soldats accompagné du lieutenant Léon Morin sortit de la tranchée pour installer de nouveaux barbelés afin de renforcer la ligne de défense. André et Benoît se trouvaient avec eux. Quelques-uns déroulaient le rouleau de barbelés sur une trentaine de mètres tandis que d'autres cherchaient des piquets de bois. André et Benoît se joignirent à eux. Soudain André eut un haut-le-cœur en apercevant, non loin de là, plusieurs cadavres en décomposition. Il fit subitement demi-tour et d'un pas précipité alla rejoindre les autres.

– Vous en avez mis du temps ! Allez dépêchez-vous ! déclara le lieutenant Morin.

– Désolé mon lieutenant, il y a des cadavres là-bas… ! murmura André.

Après avoir planté les piquets à intervalles réguliers, les hommes y fixèrent les barbelés. Lorsqu'ils revinrent dans la tranchée, ils retournèrent se tapir dans les abris.

Un peu plus tard, Victor alla s'asseoir près d'André et lui demanda une cigarette. André la lui offrit de bon cœur en signe d'amitié et voulant entamer la conversation, il lui demanda avec curiosité :

– Qu'est-ce qui te manque le plus depuis le début de la guerre ?

– Je t'avouerai que je n'ai pas vraiment eu le temps d'y penser ! dit-il en haussant les épaules.

– Alors maintenant qu'en penses-tu ? insista André.

– Euh… alors ? Sûrement le verger de ma grand-mère, ses bonnes tartes aux pommes et surtout sa compote ! C'est la meilleure compote de pommes du monde ! soupira-t-il avec émotion.

– Tu as de la chance, toi, de connaître ta grand-mère !

– Oui, je sais ! Mais, c'est la seule famille qui me reste… Mes parents sont morts lorsque j'avais huit ans ! C'est ma grand-mère qui m'a accueilli chez elle en Auvergne !

– Je suis vraiment désolé Victor ! Mais alors comment es-tu devenu fromager ?

– Alors ça, c'est une longue histoire ! Pour faire court : mon grand-père était fromager ! Lorsque j'étais gamin, il m'amenait toujours avec lui dans sa fromagerie et moi, gourmand comme j'étais, je goûtais tous les fromages ! Quand mes grands-parents m'ont recueilli, j'ai regardé mon grand-père droit dans les yeux et je lui ai dit : « Puisque Papa n'est plus là, ce sera moi qui reprendrai l'usine ! » Dès lors, mon grand-père m'apprit tout ce qui concerne le métier de fromager ! À sa mort, j'ai pu reprendre le flambeau !

– Eh bien, moi aussi c'est mon père qui m'a enseigné la culture de la terre !

– Alors, toi, dis-moi, qu'est-ce qui te manque le plus ? Quelqu'un en particulier ?

– Oui, une amie qui s'appelle Cécile ! déclara André.

– Oh ! Oh ! Quelque chose me dit qu'elle est déjà plus qu'une amie pour toi ! s'exclama-t-il.

– Oui, peut-être bien ! Mais je t'arrête tout de suite car, malheureusement, ce ne sont pas des sentiments partagés !

– Ah oui, je vois ! répondit-il compatissant.

Comme Noël approchait, Albert souhaita fabriquer une crèche en bois et sculpter les personnages : la Vierge Marie, saint Joseph, l'Enfant-Jésus, etc. Pendant qu'il y travaillait, son frère Henri, lui, était occupé à fabriquer l'âne et le bœuf. Albert cherchait un volontaire pour les bergers et les Rois mages. Ce soir-là, il alla voir ses camarades afin de trouver un exécutant, et c'est donc tout à fait naturellement qu'il s'adressa à André et à ses amis.

– Bonsoir, messieurs ! Quelqu'un parmi vous voudrait-il sculpter des personnages de la crèche ?

– Moi je veux bien le faire ! répondit précipitamment André.

– Parfait ! C'est très gentil à vous ! répondit Albert.

– Alors que dois-je faire ? demanda André.

– Les Rois mages et les bergers ! indiqua joyeusement Albert.

– D'accord, je m'en charge ! Dois-je ajouter les moutons ? demanda de nouveau André.

– Oui bien sûr, c'est indispensable ! s'exclama-t-il.

Après avoir salué ses amis, Albert s'apprêtait à s'en aller lorsqu'André l'interpella :

– J'ai combien de temps ?

– Eh bien… disons jusqu'au 23 décembre ! répondit-il amusé.

Quand André regagna son abri, il était content de s'être vu confier une autre mission que celle du combat.

Le lendemain matin, la pluie avait cessé mais la boue envahissait tout. C'était une matière jaune et collante qui pesait lourd sous les bottes et s'agrippait aux mollets des soldats. Elle maculait les uniformes et les visages. André avançait difficilement. Par endroits, on enfonçait plus d'un mètre ! Brusquement, il entendit quelqu'un appeler à l'aide, il se retourna et essaya de voir d'où cela provenait. Quelques mètres plus loin, il vit Henri qui était complètement englaisé. Il avait de la boue jusqu'à la taille et n'arrivait pas à se dégager. Il interpella un autre soldat, prit une corde et la lança à Henri afin de l'aider à se désengluer. André et l'autre soldat tirèrent de toute leur force et parvinrent à sortir Henri du bourbier. Lorsque celui-ci recouvra ses esprits, il remercia ses sauveteurs et repartit à sa besogne. Durant plusieurs heures le calme régna et les hommes purent déjeuner sans encombre, mais tous étaient maussades et tristes.

Cependant, vers trois heures de l'après-midi, les bombardements reprirent de plus belle. Vers quatre heures, un agent de liaison apporta un billet au colonel Mathieu. On lui ordonnait de donner l'assaut sans tarder. Le colonel communiqua l'ordre en sifflant de toutes ses forces. Aussitôt, tous les soldats s'élancèrent hors de la tranchée en hurlant, baïonnette au fusil, vers les positions allemandes. Dans les crépitements et les sifflements, les hommes tombaient sous les coups d'une barbarie aveugle. Plus ils progressaient à travers les lignes ennemies, moins ils étaient nombreux. En effet, à chaque mètre, des fantassins touchés par les tirs de l'adversaire s'écroulaient sur le sol. Parfois sans vie, souvent en agonie. Plus loin, sous une pluie d'obus, les soldats français avançaient difficilement en direction de l'ennemi. Tout autour d'eux, les balles venaient se ficher dans la terre ou ricochaient sur les flaques d'eau couvrant les trous d'obus. André, qui était encore debout, courait à toutes jambes pour échapper aux tirs. Derrière lui, François, Albert, Henri, Victor, Benoît et le lieutenant Morin avançaient bravement. Victor Roger fut transpercé par un éclat d'obus tombé à proximité de lui. Touché en plein ventre, il s'effondra de tout son long sur le sol criblé de cratères. Quelques instants plus tard, sous un ouragan de balles et d'obus, une ambulance parvint à son chevet. Deux brancardiers s'apprêtaient à déposer le blessé dans une toile suspendue à deux branches : un brancard de fortune. L'un fut tué à son tour. L'autre infirmier tomba à la renverse sans lâcher son brancard. Ne sachant que faire, il hurla pour demander du secours. Non loin de là, Albert, qui avait assisté à la scène, se précipita vers le blessé, souleva le brancard improvisé et aida l'ambulancier à se relever. Albert et lui soulevèrent le lit de campagne et transportèrent Victor jusqu'au poste de secours situé en première ligne. Ils entrèrent dans un abri insalubre et poussiéreux qui était jonché de dizaines de blessés récupérés sur le champ de bataille. Ils étaient déposés à même le sol et baignaient dans leur sang. Les hommes les plus mal en point hurlaient de douleur. L'officier médecin passait d'un blessé à l'autre en ordonnant aux brancardiers les évacuations ou les transferts au poste de secours situé en troisième ligne. Hélas, lorsqu'il s'approcha de Victor, celui-ci venait de succomber à ses blessures. Le médecin déclara laconiquement :

– Soldat mort ! Au suivant !

À ces mots, Albert tomba à genoux et se mit à prier pour le repos de l'âme de Victor. Soudain le brancardier l'interrompit et lui demanda :

– Seriez-vous d'accord pour remplacer mon collègue ?

Albert se releva doucement, fit un signe de croix et répondit :

– Oui j'accepte ! Comment s'appelait ce brancardier ?

– Étienne, c'était mon petit frère ! répondit-il dans un sanglot.

– Je prierai pour lui ! Pour que le Seigneur l'accueille auprès de lui ! dit Albert avec ferveur.

Le brancardier eut un sourire de reconnaissance. Puis, ils repartirent en courant avec leur brancard vide en direction du front. Pendant ce temps, André et ses frères d'armes arrivèrent enfin à quelques mètres de la tranchée ennemie. Ils participèrent à l'assaut avec les autres soldats. Les Français parvinrent à entrer dans l'une des tranchées allemandes, entamant une longue bataille de corps à corps, au prix de lourdes pertes. Finalement, les Allemands sortirent de leur tranchée pour s'enfuir à travers les bois sous les bombes lancées par l'artillerie française. Dans un élan patriotique, François Dupuis planta le drapeau tricolore en haut de la paroi boueuse et glissante de la tranchée adverse. Il désirait ainsi marquer une grande victoire, qui fut malheureusement ternie par un désastreux bilan humain. Mille six cents hommes étaient montés au combat mais seuls deux cent cinquante-sept survivants en étaient redescendus.

Lorsqu'André revint dans la tranchée, il chercha son ami Victor, empli d'inquiétude. Mais ne le trouvant pas, il alla demander des nouvelles à François.

– Dis François, as-tu vu Victor ? questionna André.

– Ah oui... euh, comment dire? Il est mort! répondit-il difficilement.

– Mort! s'exclama André dans un cri de détresse.

– Oui, petit! répéta-t-il.

À ces mots, André, anéanti, s'affaissa contre la paroi humide et gluante de la tranchée. Il s'enfonça dans le silence et ne parla plus pendant plusieurs jours.

Un soir, alors qu'André était de garde avec Albert, celui-ci lui demanda s'il avait terminé de sculpter les personnages de la crèche.

– À dire vrai, je n'ai pas commencé! répondit-il ennuyé.

– Ce n'est pas grave, il te reste encore quelques jours...

Un peu plus tard, André décida enfin de parler à Albert de sa peur de la mort. Ce dernier lui expliqua:

– C'est humain d'en avoir peur! Moi aussi, j'en ai peur! Toutefois, tu sais bien que je suis chrétien et donc je crois que le Christ a vaincu la mort! Par sa mort sur la Croix et sa Résurrection, Il a ouvert un passage vers la vie éternelle! Le Christ est ce passage, comme le dit l'évangile de saint Jean : « Je suis le Chemin, la Vérité et la Vie. Nul ne vient au Père que par moi. » Grâce à ces paroles du Fils de Dieu, je peux croire à la vie éternelle et c'est cela mon espérance. Et toi, es-tu chrétien?

– Oui. J'ai reçu une éducation chrétienne et j'aime me rendre dans les églises! À Sens, j'allais souvent prier la Vierge Marie, à l'église Saint-Maurice! La Mère de Dieu me rassure et j'ai l'impression d'être protégé par elle! D'ailleurs, je ne me sépare jamais de la Médaille miraculeuse que ma mère m'a donnée avant de partir au combat! répondit André.

– Penses-tu à prier de temps en temps son fils Jésus? demanda Albert avec bienveillance.

– Cela m'arrive mais je pourrais faire davantage...

– Tiens, nous allons prier le rosaire ensemble ! dit soudainement Albert en tendant un chapelet de bois à André.

Ils passèrent le reste de la nuit en prière, apportant une respiration lumineuse dans les ténèbres suffocantes de la tranchée.

À l'aube, André alla se reposer quelques heures, puis retourna à son poste, armé de son fusil, pour faire feu si l'ennemi tentait un assaut.

Un peu plus tard, André sculptait les bergers et les moutons pour la crèche de Noël, tandis que François et Benoît jouaient au tarot. On voyait le toit, calfeutré de paille et de grosses mottes de terre, trembler et frissonner comme pris par la fièvre des obus. Le bruit de la canonnade parvenait légèrement assourdi à l'intérieur de la tranchée. La pluie tombait à flots, inondant les tranchées et les abris. Tout était recouvert de boue, tout était dans la boue et tout sentait la boue. Dans les abris, les hommes dormaient avec les poux, les rats, les maladies et les odeurs nauséabondes. Henri était complètement épuisé et souhaitait de tout son cœur que la guerre cesse enfin, pour reprendre sa vie d'autrefois, et retrouver sa famille et son métier.

Le 23 décembre au matin, André, qui venait de passer la nuit à terminer de fabriquer les Rois mages, alla réveiller Albert pour lui donner tous les santons manquants.

– Albert ! Albert ! dit-il avec fierté, je les ai terminés !

Albert se releva, mit ses lunettes, examina les petits personnages et dit d'un air satisfait :

– C'est vraiment du beau travail ! C'était exactement comme cela que je les imaginais ! L'abbé Pasmard va être très content !

– Ce n'est vraiment pas grand-chose ! répondit André avec modestie.

Au moment où André s'apprêtait à partir, Albert lui dit :

– N'oublie pas que la messe de Noël est à minuit !

– Oui, j'y viendrai avec François et Benoît !

La journée du 24 décembre fut pénible pour André. En effet, il devait effectuer l'une des tâches les plus ingrates, le nettoyage des latrines. André aurait préféré effectuer toute autre corvée plutôt que celle-là. Les fosses d'aisances dégageaient une puanteur insoutenable. C'était un trou creusé dans la terre et serti de planches, dont quelques-unes étaient déjà pourries. Souvent, pour se répartir les besognes les plus détestables, les soldats les jouaient aux dés. Ce jour-là, le sort était tombé sur André.

Vers deux heures de l'après-midi, les Allemands tentèrent de reprendre le terrain conquis quelques jours plus tôt par les Français. Cependant, ceux-ci réussirent à résister à l'assaut avec beaucoup de bravoure et d'abnégation. Les brancardiers, les infirmiers et l'officier médecin furent débordés pendant la bataille. Les morts se comptaient par centaines.

À la tombée de la nuit, les hommes se reposèrent quelques heures. Peu avant la messe de Noël, des centaines d'hommes passèrent en troisième ligne pour fêter la Nativité du Sauveur. Mais quelques-uns durent rester pour garder la première tranchée. Dans la forêt de Bois-le-Prêtre, côté français, les soldats et l'aumônier avaient édifié un maître-autel en pierre entouré de ses deux chapelles, l'une consacrée à la Vierge et l'autre à saint Joseph. Tous les membres de l'assemblée étaient assis sur des troncs d'arbres posés sur le sol, qui faisaient office de bancs. Pour rendre cette messe de Noël plus solennelle, chacun portait un cierge, symbolisant la lumière du Christ venue éclairer les nations. La crèche, réalisée par les frères Lecomte et André, avait été placée à droite de l'autel. André était impressionné par cette cathédrale sylvestre dont les arbres dénudés constituaient les piliers, et la voûte du ciel étoilé au-dessus des hommes, le plafond. Lorsque tous eurent pris place, l'abbé Pasmard, revêtu de son aube et de son étole, s'avança vers l'autel, précédé d'Albert qui portait une simple croix de bois. Au passage de la croix, tous les soldats se signèrent. Les combattants avaient entonné le magnifique chant *Adeste fideles*. La ferveur était grande en cette veillée de Noël 1914. Les hommes cherchaient la présence de Dieu et son soutien dans cette terrible et affreuse guerre qui déchirait l'Europe depuis plus de quatre mois. François, qui d'ordinaire était plutôt jovial et moqueur, passa toute la messe à genoux et pria de toute son âme pour sa femme et ses enfants. André, lui, était bouleversé par tant de piété. Il repensa à la conversation spirituelle qu'il avait eue avec Albert. Cela produisit en lui un sursaut de l'âme. Durant son homélie, l'abbé Pasmard exhorta les soldats à prier avec un cœur sincère pour la paix et pour le salut de l'âme des soldats morts sur le champ de bataille. Après la messe, les hommes s'étaient rassemblés pour échanger de maigres cadeaux et passer une nuit loin des affres de la guerre. Cette courte trêve avait redonné de la confiance aux soldats. Mais, quelques jours plus tard, les bombardements reprirent de plus belle. Désormais, chaque soir, Albert et André se retrouvaient pour prier le chapelet pour le repos des âmes. Progressivement, François, Benoît et d'autres soldats vinrent les rejoindre pour prier avec eux. Tous, en proie à la tristesse qui les étreignaitet refroidissait peu à peu leur cœur, cherchaient à s'agripper à quelque chose ou à quelqu'un qui soit leur rocher et leur citadelle. Certains soldats en voulaient à Dieu d'être tombés dans cet enfer. Ils pensaient qu'Il leur avait envoyé cette épreuve pour les punir. D'autres étaient persuadés que Dieu était une invention des hommes et que cette guerre n'émanait que des contradictions et des faiblesses de la nature humaine.

Au début du mois de janvier 1915, François Dupuis était très heureux car il venait de recevoir une magnifique et émouvante lettre de sa femme, ainsi qu'une autre de sa fille qui venait d'apprendre à écrire. Aussitôt qu'il les eut reçues, il alla trouver André en criant à tue-tête :

– André ! André, regarde j'ai reçu la première lettre de ma fille ! Je suis un père comblé !

André était très heureux pour son ami et lui dit :

– C'est merveilleux François !

C'est à ce moment-là qu'André se rendit compte qu'il n'avait rien reçu de la part de Cécile. Cette pensée le rendit triste et le mit en colère. Il trouvait la situation injuste et se dit à lui-même :

– Moi, je risque ma vie à chaque instant, alors qu'elle, elle est tranquillement à l'abri chez elle !

André était furieux à l'idée que Cécile ne lui consacre même pas le temps d'écrire une lettre :

– Simplement une ligne ! se dit-il.

Mais le temps passait et aucune missive n'était parvenue à André. Il aurait bien voulu demander à Albert des nouvelles de sa sœur mais il n'osait pas de peur que celui-ci ne devine ses sentiments pour elle.

Vers la fin du mois de janvier, le froid était glacial et la neige tombait à gros flocons. L'uniforme des soldats était inadapté pour la période hivernale. Les hommes avaient terriblement froid et ne trouvaient aucun moyen de se réchauffer. François, qui était connu pour sa joie de vivre et son optimisme à toute épreuve, était, lui aussi, lassé des dures conditions de la vie sur le front. Petit à petit, les soldats revendiquaient davantage de permissions, exigeaient des améliorations des conditions de vie et l'augmentation des rations de tabac et d'alcool. Le lieutenant Morin essaya tant bien que mal de satisfaire les demandes de ses hommes mais ses supérieurs hiérarchiques ne voulaient pas l'écouter. L'officier tenta donc de redonner lui-même, courage à ses soldats, de raviver leur flamme patriotique et de faire renaître les idéaux de l'héroïsme et du sacrifice. Benoît semblait être le seul à vouloir continuer à se battre jusqu'à la victoire de la France :

– Pour venger tous nos camarades tués par l'ennemi et en particulier Victor Roger ! déclara-t-il bravement.

Un matin de février 1915, André se réveilla d'un bond. Il était bien décidé à demander des nouvelles de Cécile à Albert, son grand frère, même s'il devait pour cela lui avouer ses sentiments. Le séminariste, quant à lui, avait passé toute la nuit auprès des blessés, priant avec eux ou écrivant pour eux à leur famille ou les écoutant. À l'instant même où André s'apprêtait à quitter son abri pour rencontrer Albert, le sous-officier chargé de la distribution du courrier entra. Lorsqu'il vit André, il lui dit :

– J'ai plusieurs lettres pour vous jeune homme !

– Plusieurs ? Mais de qui ? demanda-t-il l'air intrigué.

– Mademoiselle Cécile Lecomte ! lut le sous-officier sur l'enveloppe.

En entendant le prénom de la jeune fille, André sentit son cœur battre à tout rompre. Sa tristesse et sa colère se dissipèrent tout soudain, laissant place à une joie immense. L'officier tendit à André une dizaine de lettres entourées d'une ficelle. André les saisit, s'assit sur la paille, défit le nœud, ouvrit une première enveloppe et lut une lettre qui datait du 5 septembre 1914. Elle disait :

Mon cher André,

Je ne sais ni quand ni où cette lettre vous parviendra mais je tiens à ce que vous sachiez que je ne vous oublie pas. Ici la vie est plutôt tranquille même si nous commençons à manquer de certains produits d'épicerie. Hier, nous avons dégusté un beau lièvre qu'un client de la pharmacie avait offert à Papa en remerciement d'une préparation qu'il lui avait faite. Pauline, notre cuisinière l'avait préparé « façon Gustave » avec des petits navets et des champignons succulents. Ne croyez pas que nous mangeons ainsi tous les jours. L'hôpital m'a demandé de tailler des bandes de tissus dans des morceaux de draps pour les blessés. Je suis ravie de voir que mon atelier de couture soutient les efforts de guerre ! J'essaierai de vous donner de plus amples nouvelles dans ma prochaine lettre. Je vous souhaite tout le courage du monde.

Votre amie,

Cécile Lecomte

André comprit en achevant de lire cette lettre et les suivantes que Cécile n'avait pas cessé de lui écrire depuis le début de la guerre. Les autres lettres étaient longues, elles comptaient plusieurs pages. Il était tellement heureux de s'immerger dans la vie quotidienne de Cécile à Sens qu'il savoura avec délice toute allusion à son pays, à sa famille et aux terres familiales. À la fin de sa lecture, il se demandait quand cette guerre allait prendre fin. Et se relevant, il alla quémander de quoi écrire à son ami François. Celui-ci lui dit :

– Fais bon usage de cette encre et de cette plume.

André s'empressa de répondre à Cécile. Peu de temps après, le fracas des mitrailleuses et des explosions d'obus reprit et il entendit le colonel Mathieu hurler :

– Branle-bas de combat ! Les Boches nous attaquent !

Chapitre 2
L'arrière dans la guerre

À la fin du mois de février 1915, les rues et les toits des maisons étaient recouverts d'un léger manteau blanc. Ce jour-là, Cécile était seule dans la demeure familiale. En effet, son père se trouvait à la pharmacie, sa mère était chez son amie Élisabeth Dumont qui était bouleversée par le départ de son mari au front, et Louise travaillait au cabinet du docteur Vernet. Dès le début de la guerre, Cécile avait pris la décision de fermer son atelier et son magasin. Les mois s'étant écoulés, elle s'en voulait d'avoir pris une telle décision et elle souhaitait désormais les rouvrir. Cependant, Élisabeth était convaincue que Cécile ne devait pas reprendre son activité car la plupart de ses clientes n'avaient plus les moyens de s'offrir de nouvelles tenues. Cécile était assise devant son secrétaire et lisait la dernière lettre d'André. Elle était heureuse d'avoir de ses nouvelles après de longs mois de silence et elle savourait chacune des lignes de ses lettres :

> Ma chère Cécile,
>
> C'est avec beaucoup de joie que j'ai reçu vos lettres ce matin. Jusque-là, j'étais très inquiet car aucune nouvelle de vous ne m'était encore parvenue. Maintenant, je suis heureux et soulagé. Cécile, je vous prie de m'excuser d'avoir manqué de confiance en vous. J'avais cru un instant que vous m'aviez

oublié... Quelle pensée stupide! Désormais, je mesure combien j'ai été ingrat à votre égard en ne vous écrivant pas. Aujourd'hui, j'espère que ma courte lettre permettra de réparer cette erreur... Sachez que notre vie est dure dans les tranchées car nous n'en sortons que très peu, et que nous ne voyons guère le ciel, pourtant si bleu et si beau... C'est difficile aussi de voir s'effondrer des compagnons autour de nous quand nous montons à l'assaut. Je n'aurais jamais cru qu'il fallait autant de courage pour tenir dans toute cette boue et ce vacarme incessant. J'essaie d'être vaillant. La semaine dernière, nous avons été bien contents de dormir au sec dans une maison abandonnée, avec un vrai toit au-dessus de nous et un maigre feu dans l'âtre pour nous réchauffer. Demain, après trois jours passés à faire le pied de grue, nous montons en première ligne. Je ne sais pas comment cela va se dérouler, alors je me remets entre les mains de Dieu. En fait, j'ai du mal à vivre loin de vous tous, et de vous en particulier. J'espère que la vie dans cet enfer va finir un jour et qu'à mon retour je pourrai vous retrouver. Voilà, chère Cécile ce que je pouvais vous partager de ma modeste participation à cette guerre, je vous redis toute mon amitié fidèle.

André Tournier

Lorsqu'elle eut achevé de lire ces quelques mots, Cécile ne put s'empêcher de sourire et de se dire :

– Ah, André, comme je vous reconnais dans ces lignes!

Enchantée par sa lecture, elle s'empressa de répondre.

Quelques minutes plus tard, elle descendit à la cuisine pour confier l'envoi de sa lettre, à l'insu de son père, à Pauline la cuisinière. Celle-ci avait une trentaine d'années, elle était petite et rondelette. Au moment où Pauline vit Cécile, elle ne put s'empêcher de rire en disant :

– Eh bien, ma petite, je vois à votre visage rayonnant que vous avez enfin reçu des nouvelles de votre soldat !

Cécile dont les joues étaient devenues toutes rouges ne répondit rien mais elle lui tendit sa lettre.

– Ah, mais je vais finir par vous demander une augmentation pour ce service postal, ma petite demoiselle ! dit la cuisinière.

– Quand pourrez-vous la poster ? demanda poliment Cécile.

– Avant quatre heures, je pense !

Discrètement, Cécile sortit de la pièce et alla s'installer au salon pour lire.

Un peu avant trois heures de l'après-midi, Louise entra dans la maison, emmitouflée dans un épais manteau. Elle déposa ses affaires dans le vestibule et alla rejoindre sa sœur au salon. Elle s'assit sur un fauteuil auprès de la cheminée pour tenter de se réchauffer :

– Il fait terriblement froid dehors ! On est bien mieux ici, au coin du feu !

– As-tu passé une bonne journée ? demanda gentiment Cécile.

– Oui, plutôt agréable ! répondit simplement Louise.

– Est-ce que Vernet ira apporter son aide aux hôpitaux temporaires ? questionna Cécile.

– Oh non, j'espère bien que non ! Cela deviendrait trop compliqué pour moi, je tiens à garder mes petites habitudes et puis le docteur est trop vieux pour courir d'un service à l'autre ! Sans compter que les civils ont aussi besoin de lui !

Après quelques instants de silence, Louise demanda :

– À quelle heure Mère doit-elle rentrer ?

– Elle ne devrait pas tarder ! répondit Cécile.

Un quart d'heure plus tard, Anne-Marie arrivait et allait rejoindre ses filles au salon. Elle semblait épuisée et avait les yeux rouges comme si elle avait passé sa journée à pleurer.

– Comment va Élisabeth ? demanda doucement Cécile à sa mère.

– Pas très bien, elle n'arrive pas à accepter que son mari ait été appelé !

– Je comprends ! répondit Louise.

Au bout d'une vingtaine de minutes, Anne-Marie dit à ses filles qu'elle était fatiguée et qu'elle avait besoin de se reposer jusqu'au souper. Quand sa mère eut quitté la pièce, Cécile dit à Louise qu'elle était assez préoccupée par son état de santé.

– Oui j'en ai parlé à Vernet, mais il m'a rassurée en me disant que cela venait de son inquiétude pour ses fils ! répondit Louise.

– Ah oui, bien sûr ! Mais c'est notre cas à nous tous, nous sommes tous très inquiets pour nos frères et nos amis partis à la guerre !

Le soir venu, Georges et ses filles dînaient à la salle à manger et parlaient de leur journée. Anne-Marie était absente, la fatigue ne l'avait pas quittée et elle se plaignait d'un terrible mal de tête. Georges tenta de dédramatiser la situation en prétendant que sa femme avait simplement besoin de repos et de silence. Louise dit à son père qu'elle trouvait que le docteur Vernet était un médecin tout à fait dévoué et se lança dans un panégyrique de son patron. Lorsqu'elle eut terminé son éloge, elle laissa la parole à son père qui expliqua comment il venait d'obtenir plusieurs commandes de médicaments et de traitements de la part des différents hôpitaux militaires installés à Sens. Cela était bien nécessaire pour répondre à l'augmentation exorbitante du nombre des blessés provenant du front. Plus tard dans la soirée, Georges raconta à ses filles sa rencontre avec le sous-lieutenant Nicolas Charpentier qui avait été blessé lors de la bataille de la Marne. Georges l'avait trouvé très sympathique et déclara à ses filles qu'il avait l'intention de l'inviter à dîner le samedi suivant.

– Oh ! Dîner avec un héros ! Quelle excellente idée ! dit Louise l'air enjoué.

– Bien entendu, mes filles, je compte sur votre gentillesse et sur vos bonnes manières ! Ce n'est pas tous les jours que nous avons l'honneur d'accueillir à notre table un officier de l'armée française !

– Oui Père, vous pouvez compter sur nous ! répondit Cécile.

Lorsque les deux sœurs montèrent dans leur chambre, Louise dit joyeusement à Cécile :

– Oh, je suis sûre qu'il doit être charmant !

– Louise calme-toi, tu vas finir par réveiller Maman ! coupa brusquement Cécile.

Une fois dans sa chambre, Louise s'allongea sur son lit et pensa longuement à cet officier qui devait venir dîner chez eux.

– Et s'il refusait ? Ah ! Il n'oserait jamais se dérober, tout de même ! se rassura Louise.

*

À la ferme des Tournier, Charlotte était montée dire bonsoir à Jeanne, sa fille cadette. Elle s'approcha du lit et se penchant vers elle, elle lui donna un baiser sur le front. Jeanne, qui était à moitié endormie, demanda à sa mère :

– Quand est-ce qu'André reviendra de la guerre ?

– Je ne sais pas ma petite ! répondit simplement sa mère.

– Pourquoi ne peut-il pas être réformé comme Papa ? demanda Jeanne avec insistance.

– Papa a été réformé parce qu'il a un cœur fragile alors qu'André est en pleine forme ! répondit doucement sa mère.

– Je suis bien contente de ne pas être un garçon ! Mais pourquoi Arthur n'est-il pas appelé ? questionna Jeanne.

– Il est encore trop jeune ! Allez, maintenant il est temps de dormir ! répondit Charlotte en traçant une croix sur le front de sa fille.

Avant de sortir de la chambre, Charlotte prit soin d'éteindre la lampe. Lorsqu'elle arriva dans la cuisine, elle vit son mari qui, assis à la table familiale, fumait sa pipe. Il était en train de faire les comptes des dépenses. Sur la table étaient disposées une petite boîte métallique et une bourse en cuir. Joseph comptait les pièces de monnaie en les faisant passer de la boîte à la bourse. Il dit à sa femme d'un ton navré :

– Quarante-cinq francs !

– Oui je sais, nous avons eu beaucoup de dépenses ces derniers temps ! déclara Charlotte en posant sa main sur l'épaule de son mari.

Alors, celui-ci prit la main de sa femme et lui dit :

– Je vais devoir vendre quelques têtes de bétail pour boucler le mois !

– Est-ce que tu es sûr qu'il n'y a pas d'autres moyens ? demanda Charlotte.

– Si, nous pourrions peut-être demander à Arthur de trouver un petit travail pour nous aider !

– Non, ce n'est pas une bonne idée car tu as besoin de lui pour le travail de la terre ! répondit Charlotte.

Joseph, regardant doucement sa femme, lui dit :

– Je pense qu'Arthur est maintenant en âge de nous apporter son aide ! Il pourrait donner un coup de main dans l'un des hôpitaux militaires en aidant par exemple à déplacer les blessés de la gare à l'hôpital ou bien même en s'occupant de la maintenance du matériel ! Il pourrait être l'homme à tout faire !

*

Le lendemain matin, Louise sortit joyeusement de chez elle pour se rendre au cabinet du docteur Vernet. Elle était très heureuse à l'idée que son père invite ce fameux héros de la Marne. Le temps était magnifique, le ciel bleu turquoise, le soleil levant se reflétait sur la neige étincelante. Lorsqu'elle entra dans le cabinet toute joyeuse, elle alla saluer le docteur. Celui-ci fut surpris de voir Louise de si bonne humeur en ce temps de morosité.

– Vous me semblez bien gaie, mon petit ! déclara Ernest amusé.

– Mais bien sûr que je suis joyeuse ! Vous savez, samedi, je vais peut-être rencontrer l'homme de ma vie ! s'écria Louise complètement transportée de bonheur.

– Rien que cela mon petit ! répondit Ernest surpris.

Louise, craignant d'en avoir trop dit, déclara d'un air ennuyé :

– Vous le gardez pour vous, n'est-ce pas docteur ?

– Bien entendu ! Tout ce qui est dit reste ici ! répondit Ernest d'un air jovial.

– Ah, vous me rassurez ! répondit-elle soulagée.

Dans la maison familiale, Cécile réalisait des travaux de couture au salon devant un bon feu de cheminée. Quelques instants plus tard, Anne-Marie rejoignit sa fille. Elle semblait aller beaucoup mieux et avait retrouvé son air avenant. Cécile lui dit :

– Vous me paraissez plus reposée, Mère !

– Oui, l'obscurité et le calme m'ont fait le plus grand bien !

– Qu'allez-vous faire aujourd'hui ? demanda gentiment Cécile.

– Justement, j'allais te demander de m'accompagner chez mon amie Élisabeth.

– Oui, avec grand plaisir ! Je pourrais ainsi profiter de la présence des jumelles ! répondit Cécile avec enthousiasme.

– Très bien, nous partons dans une heure ! reprit sa mère.

Anne-Marie remonta dans sa chambre tandis que Cécile poursuivait son ouvrage.

*

De l'autre côté de la ville, Arthur qui avait accepté l'invitation de son père à se rendre en ville pour trouver du travail se dirigeait vers l'hôpital de campagne. Depuis plusieurs mois déjà, Sens était devenu une plaque tournante du système de santé militaire français. En effet, l'acheminement des blessés par bateaux pouvait se faire sans grandes difficultés dans cette ville sise sur le bord de l'Yonne. De plus, la route nationale numéro cinq et la ligne de chemin de fer qui joignait Orléans, Châlons et Strasbourg rendaient possibles l'envoi du matériel et le rapatriement des blessés. Cette ligne ferroviaire allant jusqu'au front, la ville de Sens s'était retrouvée indispensable pour l'installation de plusieurs hôpitaux militaires de campagne. C'est dans ces hôpitaux que s'effectuait le tri des blessés. Les plus atteints étaient soignés sur place. Les autres étaient envoyés par le train vers les hôpitaux qui disposaient encore de places disponibles. Enfin, ceux qui ne supportaient pas le train étaient transportés par péniche. Quant à Arthur, après une longue marche, il arriva devant un grand bâtiment, propriété des Jésuites, qui avait été réquisitionné par l'armée pour en faire un hôpital militaire. Il entra dans l'imposante bâtisse et parcourut les couloirs en quête d'un responsable capable de lui donner du travail. Arthur était impressionné par l'immensité des lieux et par la foule des blouses blanches : infirmières, femmes de salle, lingères, cuisinières, tout ce monde s'empressait autour des blessés que l'on entassait partout. Soudain, une infirmière sortit d'une des pièces et aborda Arthur sans ménagement :

– Que faites-vous ici, jeune homme ?

– Je suis à la recherche d'un travail pour quelques heures par semaine ! répondit-il timidement.

– Quel type d'emploi voulez-vous ? demanda l'infirmière l'air impatiente.

– Ce que vous me donnerez fera l'affaire ! répondit-il.

L'infirmière dit, tout en montant l'escalier qui menait à l'étage :

– Suivez-moi, ce ne sont pas les tâches qui manquent ici ! Vous pouvez donner un coup de main pour installer de nouveaux lits au premier étage et transporter les blessés depuis la gare jusqu'ici ! Cela vous convient-il ?

– C'est parfait ! répondit Arthur en se frottant les mains.

– Très bien ! Vous pouvez travailler autant que vous le souhaitez ! reprit-elle.

L'infirmière s'en alla, mais au moment où elle s'apprêtait à franchir une porte, elle se retourna et dit :

– N'oubliez pas de passer par le secrétariat, chaque fois que vous entrerez et sortirez ! Cela permettra de comptabiliser vos heures ! Comment vous appelez-vous ?

– Arthur Tournier ! répondit-il avec un sourire.

– Très bien Arthur, venez avec moi ! Nous avons du pain sur la planche ! Moi c'est Isabelle ! déclara-t-elle.

Ils entrèrent dans une grande salle éclairée par de hautes fenêtres et ayant en son centre un gros poêle qui ronflait et répandait une douce chaleur. Contre les murs se trouvaient de grandes caisses contenant des draps, des couvertures et des rideaux à installer. Et un peu plus loin, des lits de camp en pièces détachées attendaient les futurs blessés. Arthur et l'infirmière commencèrent à installer des tringles et des rideaux délimitant les espaces réservés à chaque personne. Entretemps, plusieurs infirmières étaient venues leur prêter main-forte. Après cela, ils montèrent les lits. Lorsqu'ils eurent terminé, Arthur les quitta et s'en retourna chez lui. Quand il fut de retour à la ferme, son père, qui sortait de la grange, lui demanda :

– As-tu trouvé du travail en ville ?

– Oui, j'ai proposé mon aide à l'hôpital près de la cathédrale ! Je peux faire autant d'heures que je le souhaite !

– Formidable mon fils ! Allez maintenant, il est temps d'aider ton père !

*

Pendant ce temps-là, Cécile et sa mère étaient en chemin vers la maison des Dumont. Lorsqu'elles arrivèrent, Alice et Adélaïde, les jumelles, se jetèrent dans les bras de Cécile en criant :

– Cécile ! Cécile ! Viens jouer avec nous !

– Doucement mes chéries ! dit leur mère, soucieuse de la retenue de ses filles.

Les jumelles se calmèrent et Anne-Marie salua son amie en disant :

– Bonjour, ma chère Élisabeth, comment allez-vous ?

– Plutôt mal… répondit-elle tristement.

Anne-Marie et Élisabeth s'installèrent au salon, tandis que Cécile se rendait dans la chambre des jumelles pour s'occuper d'elles. Elles jouèrent ensemble pendant de longues heures. Au rez-de-chaussée, Anne-Marie essaya de réconforter son amie qui était toujours bouleversée par le départ au front de son mari.

Quand elles partirent, Anne-Marie entreprit de parler à sa fille d'un sujet qui lui brûlait les lèvres :

– As-tu des nouvelles du fils Tournier ?

– Oui, j'ai reçu une lettre de lui hier ! répondit Cécile.

– Puis-je savoir ce qu'il te dit ? demanda sa mère désireuse de savoir où en étaient les relations de sa fille avec ce jeune paysan.

Cécile hésita quelques instants, puis répondit :

– Il me parle de la guerre. Il me dit qu'elle est extrêmement dure, mais qu'il tient bon ! Je crois comprendre qu'il a toujours le désir de faire son devoir de citoyen patriote !

– C'est un jeune homme courageux, heureusement il y en a dans cette génération ! Comme tes frères ! s'exclama sa mère.

Restant silencieuse, Cécile eut simplement un sourire crispé.

Ce soir-là, au dîner, Georges déclara solennellement :

– Ce matin, je suis allé trouver le sous-lieutenant Charpentier et je l'ai officiellement invité à venir partager le dîner de samedi soir avec nous ! Et il a accepté !

Louise, ne se tenant plus de joie, dit à son père :

– Oh merci infiniment, Père !

– Bien entendu, je compte sur votre gentillesse pour lui faire bon accueil, mes chères filles ! Vous comprendrez que nous ne devrons pas aborder certains sujets ! leur rappela Georges.

– Oui bien sûr, Père ! répondirent en chœur Cécile et Louise.

Le samedi suivant, chez les Lecomte, la table avait été dressée avec soin. Les chandeliers, l'argenterie, les cristaux et la vaisselle en porcelaine de Sèvres avaient été sortis pour honorer l'invité en montrant le rang de la famille. Georges était au salon et lisait le journal, tandis que sa femme et ses filles mettaient la dernière main à leur toilette. Louise était impatiente de rencontrer le sous-lieutenant Charpentier.

Soudain, quelqu'un sonna à la porte et Raymond, le domestique, alla ouvrir.

– Bonsoir, monsieur, suis-je bien chez monsieur et madame Lecomte ? demanda l'officier Nicolas Charpentier.

– Exactement, vous êtes attendu, suivez-moi, je vous prie.

L'invité fut introduit auprès de Georges qui le salua fort aimablement :

– Bonsoir, mon cher lieutenant, vous me voyez très honoré de votre visite !

– Appelez-moi Nicolas ! dit le nouveau venu en serrant la main de Georges.

– Comme vous voudrez Nicolas ! Venez vous asseoir au salon, ma femme et mes filles ne vont pas tarder à nous rejoindre !

Les deux hommes s'installèrent près de la cheminée d'où rayonnait un beau feu qui crépitait allègrement. Georges engagea la conversation. Quelques instants plus tard, Louise entra au salon et, comme elle s'apprêtait à saluer le sous-lieutenant, elle fut bouleversée en constatant qu'il avait un pied en moins, tandis qu'une canne était posée sur le bras du fauteuil. C'est alors que la jeune fille comprit que son père avait surtout invité le sous-lieutenant pour lui faire oublier ses graves épreuves. Laissant de côté sa déception, Louise salua Nicolas :

– Bonsoir monsieur !

– Nicolas, je vous présente Louise, ma fille cadette ! Elle est impatiente de faire votre connaissance ! déclara Georges.

– Bonsoir, mademoiselle, je suis enchanté de vous rencontrer !

Anne-Marie et sa fille Cécile entrèrent à leur tour au salon pour accueillir chaleureusement leur hôte. Elles purent elles aussi constater avec effroi les conséquences des blessures du sous-lieutenant, mais elles eurent le tact de n'en rien laisser paraître. Georges fit les présentations et lança la conversation, tout en proposant un apéritif au sous-lieutenant. Quelques minutes plus tard, Anne-Marie les invita tous à passer à table. Le dîner servi ce soir-là chez les Lecomte était sobre, comme il convenait en temps de guerre, et se limitait à quelques entrées de saison, à un plat de viande garnie de pommes de terre et à des œufs à la neige. Avec cela, on servit un Bourgogne aligoté qui fut fort apprécié par le sous-lieutenant. Au cours du repas, il raconta le plus naturellement possible les circonstances de sa blessure par un éclat d'obus, puis celles de son accueil par des religieuses qui l'avaient transporté dans un hôpital de campagne. Il décrivit son amputation sans omettre les détails. Cécile et ses parents en furent impressionnés et apprécièrent le courage du jeune officier. Louise, au contraire, était dégoûtée par les évocations du sang et des opérations chirurgicales. La seule chose qu'elle souhaitait c'était de remonter dans sa chambre et de ne plus jamais revoir ce militaire éclopé. Cécile, elle, était très attentive aux moindres propos de Nicolas et trouvait ce jeune officier plutôt charmant ! Quand le repas fut terminé, Louise remonta précipitamment dans sa chambre, si bien qu'Anne-Marie dut l'excuser. Mais Nicolas répondit d'un air compréhensif :

– Ne vous inquiétez pas, madame, je sais que le récit des blessures de guerre n'est agréable pour personne !

Georges et Anne-Marie se retirèrent au salon, tandis que Cécile et Nicolas sortirent parler sur la terrasse. Ils restèrent là, à bavarder pendant un long moment malgré le froid glacial de cette fin février. Nicolas cherchait à captiver l'attention de Cécile en lui contant une multitude d'anecdotes de l'Histoire de France. La jeune fille était séduite par son érudition. Au moment de la quitter, Nicolas déclara :

– Vous remercierez vos parents, mademoiselle, pour la merveilleuse soirée que j'ai passée !

– Oui, je le leur dirai avec plaisir ! J'espère que nous aurons l'occasion de nous revoir ! répondit Cécile.

– Moi aussi, je l'espère mais, pour l'heure, permettez-moi de prendre congé…

– Bonsoir, Nicolas ! répondit Cécile.

Nicolas disparut lentement dans le froid de la nuit et Cécile, frigorifiée, alla se réfugier auprès de la cheminée. Elle dit à ses parents :

– Nicolas vous remercie de l'avoir invité !

– N'est-il pas épatant cet officier ? demanda Georges à sa fille avec enthousiasme.

– Oui… répondit-elle hésitante.

– Je l'ai trouvé particulièrement charmant ! s'exclama joyeusement sa mère.

Cécile alla se coucher. Au milieu de la nuit, alors qu'elle ne parvenait pas à trouver le sommeil, elle pensa à ce jeune homme. Elle le trouvait charmant et même séduisant, malgré son pied en moins. Elle appréciait sa compagnie, sa conversation et souhaitait vraiment le revoir.

*

Le lendemain matin, Jeanne Tournier et sa mère sortirent pour se rendre en ville et faire des courses chez monsieur Dukas. Lorsqu'elles arrivèrent devant l'épicerie, à proximité du pont d'Yonne, une vieille dame accourut vers elles.

– Mesdames ! Mesdames ! Je viens de voir des soldats blessés qui ont vraiment besoin d'aide ! Ils ont sans doute été abandonnés dans des wagons à bestiaux ! Vite ! Aidez-moi à les emmener vers les hôpitaux !

À ces mots, les femmes qui entendaient l'appel laissèrent leurs paniers devant la boutique et suivirent la vieille dame en direction de la gare. Charlotte et Jeanne lui emboîtèrent aussi le pas. Quelques instants plus tard, toutes arrivèrent près de deux wagons dans lesquels une trentaine de soldats blessés étaient allongés sur le sol et gémissaient de douleur. Elles les aidèrent à se lever et les emmenèrent à l'hôpital militaire situé derrière la cathédrale. Quand Charlotte entra dans le hall de l'hôpital, elle vit son fils Arthur et lui dit d'un air empressé :

– Arthur, sais-tu où l'on peut installer ces hommes blessés ? Il y en a trente-cinq !

Arthur s'apprêtait à répondre lorsqu'une infirmière s'approcha de l'escalier principal en disant précipitamment :

– Suivez-moi !

Une quarantaine de minutes plus tard, tous les blessés étaient désormais couchés dans de vrais lits et pris en charge par les équipes médicales. Cet événement fut un véritable choc pour les Sénonais, et leur fit prendre conscience brutalement des conséquences concrètes de la guerre des tranchées. Il en avait fallu du temps ! En effet, au début du conflit, même les militaires ne s'imaginaient pas ce qu'ils allaient rencontrer. Ce n'est que progressivement qu'ils s'étaient adaptés à la dure réalité, et avaient dû trouver des moyens de transport, installer des hôpitaux de fortune, quêter des matériaux de toutes sortes, et même inventer de nouvelles techniques médicales. Tout cela s'était réalisé dans l'urgence, et rien ne suffisait… On manquait le plus souvent de tout.

À la fin du mois d'avril 1915, Nicolas et Cécile s'étaient retrouvés au théâtre de Sens pour assister à la représentation d'une comédie jouée par une troupe du Théâtre aux Armées. La jeune fille était heureuse d'apprendre ainsi à mieux connaître Nicolas. Depuis leur rencontre lors du dîner organisé par Georges, ils se voyaient presque tous les jours. Cécile faisait visiter la ville et ses environs au jeune homme ravi. Ils aimaient se retrouver et converser pendant de longues heures. Après la représentation, sur le chemin qui les ramenait à l'hôpital, Nicolas déclara :

– Cécile, demain matin, je pars par le premier train pour Nantes afin de retourner voir mes parents !

– Oh ! Quand reviendrez-vous à Sens ? demanda-t-elle précipitamment.

– Je ne sais pas ! répondit-il honnêtement.

– La vie sera bien monotone sans vous… reprit-elle déçue.

– Ne vous inquiétez pas, je serai sûrement de retour dans quelques mois ! s'exclama Nicolas pour tenter de rassurer la jeune fille.

– M'écrirez-vous pendant votre absence ? demanda timidement Cécile.

– Oui, bien sûr ! répondit Nicolas.

– Au revoir alors ! Faites bon voyage ! déclara-t-elle tristement.

– Merci !

Après le départ de Nicolas, Cécile rentra chez elle. Lorsqu'elle passa la porte d'entrée, Pauline accourut et dit l'air jovial :

– Une lettre pour vous mademoiselle !

– Merci ! répondit-elle simplement.

Cécile monta l'escalier, entra dans sa chambre et s'installa près de la fenêtre pour lire la lettre qu'elle venait de recevoir. Dès qu'elle vit l'écriture sur l'enveloppe, elle devina qu'il s'agissait d'une lettre d'André. Quand elle en eut achevé la lecture, Cécile resta un long moment perplexe. En effet, elle était contente de recevoir des nouvelles d'André mais le départ de Nicolas la préoccupait davantage.

– Comment vais-je tenir de longs mois sans le voir ? Que vais-je bien pouvoir faire de mes journées ?

Brusquement, une idée germa dans son esprit :

– Je vais aider Père à l'officine !

Sans attendre, Cécile descendit l'escalier, sortit de la maison et se dirigea vers la pharmacie familiale. Lorsqu'elle entra, elle ne vit personne mais elle aperçut son père qui était penché derrière le comptoir.

– Bonjour, Père ! dit-elle.

En entendant la voix de sa fille, Georges se releva et se cogna la tête contre le rebord :

– Aie ! Que faites-vous ici ma fille ? Je vous croyais avec Nicolas ! s'exclama-t-il surpris, en portant la main à sa tête.

– Oui, nous étions ensemble au théâtre puis je l'ai accompagné jusqu'à l'hôpital ! C'est là qu'il m'a dit qu'il partait demain à la première heure pour Nantes ! expliqua Cécile.

– Navrant ! C'est particulièrement navrant ! Il était très aimable cet officier ! Je suis désolé pour toi ma fille !

– Père, accepteriez-vous mon aide pour tenir la pharmacie ? demanda-t-elle.

– Avec joie, si cela peut te permettre de t'occuper en attendant le retour de ton héros ! répondit son père d'un ton légèrement moqueur.

Cécile, en rougissant, s'installa de l'autre côté du comptoir. Elle était heureuse de pouvoir se rendre utile en donnant de son temps et en recevant les clients.

En fin d'après-midi, deux sous-officiers et trois infirmiers entrèrent dans la pharmacie et Georges alla les accueillir.

– Bonjour, messieurs, que désirez-vous ? demanda Georges d'une petite voix distinguée.

– Bonjour, monsieur Lecomte, nous venons de la part du professeur Laroque, le directeur adjoint de l'hôpital temporaire 31, pour prendre livraison des commandes de médicaments ! répondit un des sous-officiers.

– Suivez-moi messieurs ! C'est à l'étage ! déclara poliment Georges.

Quelques instants plus tard, les deux sous-officiers redescendaient avec une grande malle en fer qui devait peser plus d'une centaine de kilos. Les sous-officiers la déposèrent près des trois infirmiers. Deux infirmiers l'ouvrirent pour voir si tout y était, tandis que le troisième accusait réception de chaque remède commandé en l'inscrivant dans un minuscule cahier. Quand ils eurent terminé, ils payèrent la note et saluèrent Georges et Cécile. En refermant la porte, Georges dit en grommelant :

– Ils n'ont confiance en personne ces gens-là ! Ils n'étaient tout de même pas obligés de recompter tout devant nous !

Soudain, sept heures sonnèrent à l'horloge de la cathédrale et Georges dit à sa fille :

– Voici comment s'achève une excellente journée !

Georges donna deux tours de clés dans la serrure de la pharmacie et le père et la fille partirent en direction de la demeure familiale.

Pendant ce temps, au cabinet du docteur Vernet, Louise était à son bureau qui était situé à l'extrémité d'une petite pièce. C'était à la fois le secrétariat et la salle d'attente des patients. À droite du bureau se trouvait une grande fenêtre avec un rideau blanc qui protégeait les malades de la curiosité des passants. Soudain, la porte s'ouvrit et le dernier patient de la journée sortit.

Quelques minutes plus tard, Ernest quitta son bureau et alla voir Louise en lui déclarant sur un ton anxieux :

– Louise, j'ai quelque chose de très important à vous dire !

– Quoi donc docteur ? demanda-t-elle étonnée.

– J'ai pris une décision. Je vous explique : il y a plusieurs semaines, le professeur Laroque m'a proposé de rejoindre son équipe à l'hôpital temporaire 31 ! Comme la question me semblait délicate, je lui ai dit que j'y réfléchirai. Après mûre réflexion, je viens de prendre la décision d'accepter son offre ! dit-il en cherchant ses mots.

Louise resta figée sur place pendant quelques secondes puis répondit effarée :

– Donc, si je comprends bien docteur, vous me mettez à la porte !

Ernest reprit l'air ennuyé :

– Non ! Bien sûr que non ! Justement, j'allais vous proposer de rejoindre le secrétariat de l'hôpital ! Oui, c'est cela, il y a un poste de secrétaire pour vous jusqu'à mon retour à la fin de la guerre !

Louise s'exclama :

– Oh, c'est vrai ! Merci docteur ! Quand puis-je commencer ?

– Dès demain, j'imagine ! répondit Ernest avec hésitation.

Louise remercia Ernest pour sa gentillesse, prit ses affaires et regagna son domicile. Ernest, qui était resté immobile, se trouvait désormais dans une situation délicate. En effet, jamais il n'avait songé à sa secrétaire et il en avait encore moins soufflé mot au professeur. Soudain, Ernest eut l'idée d'appeler le professeur pour lui demander s'il serait possible de trouver une place pour sa secrétaire. Il décrocha le téléphone et demanda à l'opératrice :

– L'hôpital temporaire numéro 31, à Sens, s'il vous plaît !

Quelques instants plus tard, quelqu'un décrocha :

– Allo oui ! Qui est à l'appareil ?

– Docteur Vernet ! Je souhaiterais parler au professeur Laroque, s'il vous plaît ! répondit-il.

– Je suis navré docteur, mais le professeur est sorti ! Puis-je lui transmettre un message ?

– Oui ! Dites-lui qu'il faudrait trouver une place pour ma secrétaire ! Précisez qu'elle est charmante et bien élevée !

– Je lui transmettrai le message, dès son retour !

– Merci mademoiselle ! Au revoir !

– Bonne soirée docteur ! On vous attend demain avec joie !

Lorsqu'il eut raccroché, Ernest espérait que le professeur allait accepter d'octroyer un poste à Louise. Au vu de la situation, le docteur Vernet aurait aimé croire au miracle. Quand Louise arriva chez elle, elle alla directement voir ses parents au salon.

– Bonsoir mon ange ! déclara doucement sa mère.

– Bonsoir Mère, bonsoir Père ! Le docteur Vernet m'a annoncé qu'il partait pour l'hôpital 31 ! Il a eu la bonté de m'obtenir une place au secrétariat ! Il va falloir que je m'habitue car je déteste les changements ! expliqua Louise à la fois enthousiaste et anxieuse.

– C'est la vie ma fille ! répondit son père amusé.

– La vie est faite de changements ma chérie ! répondit sa mère compatissante.

– Que se passe-t-il ? demanda Cécile qui venait d'entrer dans la pièce.

– Ta petite sœur n'aime pas le changement ! répondit son père d'un ton moqueur.

– Donc si je comprends bien, Vernet a accepté la proposition du professeur Laroque ! reprit Cécile.

Louise n'en crut pas ses oreilles et demanda précipitamment :

– Tu étais au courant et tu ne m'as rien dit ? Comment l'as-tu appris ?

– Nicolas me l'a dit ! Sincèrement, je pensais que tu avais été avertie !

– Eh bien non, figure-toi ! On ne m'a rien dit ! Mais toi bien sûr, tu as tes entrées à l'hôpital avec ton Nicolas ! Nicolas par-ci, Nicolas par-là ! cria Louise dépitée, en montant dans sa chambre.

Georges interloqué s'exclama :

– Que lui arrive-t-il ?

– Tout le monde connaît des sautes d'humeur ! Même vous mon cher ! dit malicieusement Anne-Marie.

– Vous plaisantez ma femme ! répondit Georges amusé.

Le lendemain matin, Louise se leva dès l'aurore et partit en direction de son nouveau lieu de travail. Après une longue marche, elle arriva devant l'hôpital temporaire numéro 31. Elle resta un long moment à contempler l'immense bâtisse. Brusquement, quelqu'un vint ouvrir, c'était l'infirmière Isabelle. Lorsqu'elle vit Louise, craignant d'être retardée, elle dit l'air agacé :

– Que voulez-vous ?

– Je suis la nouvelle secrétaire ! Pouvez-vous m'indiquer où se trouve le secrétariat ? demanda Louise tout sourire.

– Prenez l'escalier sur votre droite, puis tournez à gauche ! expliqua-t-elle.

Une fois arrivée sur le palier du premier étage, Louise se dirigea vers une grande porte qu'elle poussa doucement et se glissa à l'intérieur. La pièce était vide mais comme la lampe était allumée, Louise pouvait penser que quelqu'un allait arriver d'un instant à l'autre. Elle s'assit sur une chaise située contre le mur, jetant un coup d'œil sur la pendule qui indiquait sept heures trente. Quelques minutes plus tard, une femme d'une trentaine d'années entra dans la pièce. Elle était blonde et de petite taille, elle portait des lunettes rondes en écaille. Quand elle vit Louise, elle s'exclama :

– Qui êtes-vous et que faites-vous dans mon bureau ?

– Bonjour, madame, je m'appelle Louise Lecomte et je viens pour le poste de secrétaire ! expliqua-t-elle calmement.

– Mais c'est moi qui occupe ce poste ! Depuis la fondation de cet hôpital ! s'écria la femme visiblement en colère.

– Madame, je vous en prie, ne vous énervez pas ! Je vous explique : je suis la secrétaire du docteur Vernet, et comme désormais il travaille ici, il m'a trouvé une place auprès de vous ! dit-elle d'un ton assuré.

– Vernet ! Vernet ! Cela me dit quelque chose ! Mais oui, bien sûr, j'ai reçu un coup de téléphone et un message de lui ! Attendez-moi ici, j'en ai pour deux secondes ! répondit la secrétaire en se précipitant dans le couloir.

Louise resta immobile, surprise par l'attitude de sa future collègue. Peu de temps après, la secrétaire réapparut accompagnée du professeur Laroque. Celui-ci était grand, fort et avait les cheveux blancs et la cinquantaine bien sonnée. Le professeur s'avança vers Louise et lui déclara chaleureusement :

– Bienvenue dans ce pauvre hôpital ! Ah ce brave Vernet, il avait raison, vous êtes sacrément mignonne !

– Trêve de compliments, professeur ! Vous allez faire rougir la petite ! coupa la secrétaire.

– Mademoiselle Lecomte, j'espère que vous serez heureuse parmi nous ! Gabrielle va vous expliquer l'organisation de la maison et votre rôle ! dit le professeur.

– Merci professeur ! répondit Louise intimidée.

Il fit demi-tour et sortit dans le couloir en disant :

– Si vous voulez me voir, mademoiselle, demandez à la secrétaire !

Gabrielle passa plus d'une heure à expliquer en quoi consistait le métier de secrétaire à l'hôpital. Elle libéra de la place sur l'un des bureaux sur lesquels étaient entassées plusieurs piles de documents. Louise s'installa et se mit au travail. Vers neuf heures, le docteur Vernet débarqua en trombe dans le secrétariat et cria tout essoufflé :

– Ah, Louise, mon petit, vous êtes là ! J'espère que vous êtes bien installée !

– Je le suis docteur ! déclara Louise en riant.

*

Un soir de mai 1915, Arthur rentra chez lui épuisé. Il avait passé plus de huit heures aux champs et quatre heures à l'hôpital à installer de nouveaux lits, à transporter des blessés depuis la gare et à laver le sol. Sur le chemin qui le ramenait à la ferme familiale, il avait pris une décision importante : s'engager dans l'armée pour rejoindre les défenseurs de son pays. Lorsqu'il entra, il s'assit sur un tabouret sous le regard intrigué de ses parents. Sa mère s'approcha de lui en disant :

– Que se passe-t-il ?

– Oh rien, Mère, seulement un peu de fatigue ! répondit Arthur.

– Va te reposer ! lui dit son père.

Arthur se leva et s'apprêtait à gravir l'escalier lorsqu'il déclara :

– J'ai pris une décision !

– Laquelle ? demanda sa mère.

– Celle de m'engager pour rejoindre André ! dit-il fermement.

À ces mots, son père laissa tomber sa pipe et sa mère s'assit brutalement. Elle eut un gémissement et s'exclama :

– Oh non ! Pourquoi nous fais-tu cela ! N'as-tu aucune pitié pour ton père et ta mère ?

– Bien sûr que si ! Mais j'ai besoin de respirer un peu et de me rendre vraiment utile ! J'ai envie de me battre, moi aussi, pour ma patrie ! J'ai vu suffisamment d'hommes souffrants et blessés pour comprendre la gravité de cette guerre ! Donc, oui ma décision est prise ! Je me présente dès demain au 168e ! déclara Arthur en montant l'escalier d'un pas décidé.

– Déjà, dès demain ! hurla sa mère dans un cri de douleur.

Son père, lui, était resté bouche bée, assommé par la nouvelle. Charlotte, constatant que son mari ne réagissait pas, s'écria :

– Tu n'es même pas capable d'empêcher ton fils d'aller droit à la mort !

En effet, Joseph restait immobile, terrassé par la nouvelle qu'il venait d'apprendre. Alors Charlotte, prise de pitié pour son mari, enroula ses bras autour de son cou et se mit à pleurer. Tous deux devaient se résigner et accepter le départ de leur second fils.

Le lendemain dès l'aube, Arthur sortit de la ferme avec son baluchon sur l'épaule, en chantant tout bas la Marseillaise. Il passa devant son père qui lui fit ses adieux en lui disant tristement :

– Reviens-nous vite, mon fils ! Que Dieu te bénisse et te garde !

Jeanne, qui se trouvait à l'étage, salua son frère :

– Au revoir Arthur ! J'ai glissé mon mouchoir porte-bonheur dans ta poche !

Chapitre 3
Le disparu de Verdun

En septembre 1916, le 168e régiment d'infanterie participait depuis deux mois à la bataille de Verdun. Ce corps d'armée était établi dans la forêt d'Apremont. Dans sa tranchée, François Dupuis chantait des airs populaires et des chansons militaires afin de tenter de redonner le moral à ses frères d'armes. Son ami Benoît l'accompagnait à l'harmonica. André et les autres soldats reprenaient les chants en chœur pour lutter contre la morosité ambiante. Les hommes étaient épuisés et à bout de souffle, chacun se demandant quand allait prendre fin cette guerre interminable. Les mois d'été étaient très difficiles pour les soldats car la chaleur était étouffante et les nuits très courtes. La température dans les abris était intenable et les odeurs qui montaient de la terre insupportables. Pourtant, il était hors de question de dormir à l'extérieur car les bombardements étaient incessants. Les obus explosaient en mille morceaux et certains éclats atterrissaient directement dans les tranchées. Autour des combattants ne subsistaient que les troncs noircis des arbres des forêts, déchiquetés par les obus. Désormais, les troupes en guerre expérimentaient de nouvelles armes encore plus effroyables telles que les lance-flammes ou les gaz asphyxiants. Entre les assauts, François, Benoît et André jouaient aux cartes. André, lui, avait gardé l'habitude de sculpter toutes sortes d'objets. Il se souvenait toujours avec joie de la fabrication des santons de la crèche du mois de décembre 1914. Albert l'avait conservée dans une belle boîte que sa sœur Louise lui avait envoyée. À chaque Noël, il l'installait dans un abri qui servait de chapelle. Henri, quant à lui, était devenu robuste et adroit, la guerre l'ayant fait mûrir d'un seul coup, et il avait gagné en assurance et en courage. Albert était toujours brancardier, travaillant dur pour apporter son aide à l'officier médecin. Il passait la nuit au chevet des blessés au poste de secours. Chaque soir, Albert, André, Henri, Benoît et l'abbé Pasmard se retrouvaient dans la minuscule chapelle située sous terre pour réciter le chapelet. Ils ressemblaient aux premiers chrétiens qui devaient se réfugier dans les catacombes des cités romaines pour prier, et se cacher pour fuir les persécutions, et ne pas finir sous les dents des lions, dans les arènes. Dans les tranchées, c'était un peu la même chose pour ces soldats dont la ferveur était grande et la prière ardente. Mais André, lui, malgré sa grande piété, avait toujours une terrible peur de la mort. La nuit, il en faisait des cauchemars et il se réveillait en sursaut, trempé de sueur. Parfois, il en venait même à douter de l'existence du ciel... Ce doute le rongeait et l'idée qu'après la mort il n'y avait plus que le néant le désespérait ! Mais il n'osait pas en parler à l'aumônier Pasmard, ni même à Albert, car il craignait de les décevoir. Il préférait ne plus y penser. Pour y parvenir, il ne cessait de travailler et de s'occuper afin d'éviter que son esprit ne vagabonde involontairement. André menait un combat intérieur contre un ennemi invisible, un combat pour obtenir la paix de l'âme et du cœur. Heureusement, les lettres régulières de Cécile lui permettaient d'oublier pour un temps cette lutte incessante et cruelle. Mais, il sentait que la jeune fille était devenue distante et comme désireuse de ne pas tout lui dire. André tentait de chasser ce soupçon de son esprit car il lui semblait malvenu d'autant que lui non plus, il ne disait pas tout à la jeune fille.

Un soir, François et Benoît jouaient aux cartes lorsqu'un sous-officier entra dans l'abri, les bras chargés de lettres.

– Du courrier, messieurs ! déclara le sous-officier.

– Ah ! Ce n'est pas trop tôt ! s'exclamèrent plusieurs soldats.

– Monsieur Martin !

– Là !

– Monsieur Boyer !

– Par ici !

– Monsieur Simon !

– Présent !

Monsieur Laporte !

– Par ici sergent ! répondit machinalement Benoît.

À peine ce dernier eut-il reçu son courrier qu'il s'empressa de déchirer l'enveloppe et d'en sortir une petite lettre.

– De qui est-ce ? demanda François poussé par la curiosité.

– De... ma mère ! répondit Benoît d'une voix mal assurée.

Au même instant, sans s'en rendre compte, Benoît laissa tomber une petite violette qui avait été placée dans la lettre. Aussitôt, François s'en saisit et dit :

– Intéressante, cette petite fleur ! Es-tu certain que la lettre vienne de ta chère mère ? demanda-t-il en tendant la fleur à Benoît qui la récupéra en demandant, l'air gêné :

– Pourquoi cette question ?

– Je te dis cela parce que la dernière fois que j'ai reçu une fleur entre deux feuilles de papier, c'était dans une lettre de mon épouse ! Après ça, je n'en dis pas plus !

– Ah bon ? s'exclama Benoît.

– Comment s'appelle-t-elle ? demanda François avec un léger sourire.

Déclarant forfait, Benoît dit en rougissant :

– Bon tu as gagné ! D'accord, ce n'est pas une lettre de ma mère mais un mot de ma fiancée ! Elle s'appelle Caroline !

– Enfin nous y voilà ! répondit François d'un ton amusé.

– Nous nous sommes fiancés juste avant la guerre ! Elle a vingt-deux ans, et elle habite Rouen !

– Félicitations ! dit François.

– J'espère que ta curiosité est satisfaite ! reprit Benoît.

François hocha la tête et se remit à jouer aux cartes avec les autres.

Le lendemain matin, André se leva de mauvaise humeur à cause du bruit infernal des explosions des obus et des mitrailleuses qui n'avaient pas cessé de la nuit. Benoît, lui aussi, s'était levé et entamait une partie de belote avec François. Lorsqu'André les vit, il s'exclama agacé :

– Vous n'en avez pas assez de ces jeux de cartes !

– Écoute André... on s'occupe comme on peut ! répondit François.

– Allez ! Joins-toi à nous André ! proposa Benoît.

– Sans façon ! répondit-il sur un ton de lassitude et d'ennui.

– Quelle heure est-il ? demanda Benoît.

– Huit heures moins cinq ! répondit François.

Benoît se leva d'un bon et dit précipitamment :

– Je dois y aller ! J'ai oublié de faire ma corvée !

Benoît sortit rapidement de l'abri et fit quelques pas lorsque, soudain, un obus explosa devant lui, faisant trembler violemment les murs et voler les mottes de terre qui couvraient les branchages posés en guise de tuile. Tous sortirent précipitamment pour échapper à l'effondrement du toit de fortune et porter secours aux blessés. L'explosion avait tué sept soldats, dont Benoît. Quand François arriva au chevet de son ami, il posa un genou au sol et se mit à pleurer. André, qui avait déjà vu tant de violence, n'arrivait même plus à laisser échapper une larme. Benoît gisait par terre sans vie et complètement défiguré. François s'écria d'une voix déchirante et remplie de colère :

– Non ! Pourquoi ? Benoît, mon vieil ami, reste avec nous !

André s'approcha et lui dit en posant sa main sur son épaule :

– Je suis vraiment désolé… Je comprends ce que tu dois ressentir !

Se relevant, François s'exclama en hurlant de douleur :

– Non, tu ne peux pas comprendre, d'ailleurs toi, tu ne pleures même pas !

À ces mots, André fut bouleversé et se sentit humilié. En effet, il était vraiment très affecté par la disparition de Benoît, mais pourtant, c'était vrai, il n'arrivait pas à pleurer ! Ne sachant plus que faire, il se leva et partit. Voyant cela, François s'écria :

– C'est ça, va-t'en André ! Tu n'as vraiment aucun cœur !

Quelques instants plus tard, plusieurs brancardiers, dont Albert, arrivèrent sur les lieux et enlevèrent les corps.

À la tombée de la nuit, François et André montaient la garde lorsqu'Albert vint les rejoindre. Arrivé à leur hauteur, Albert leur déclara en tendant un bout de papier portant des éclaboussures de sang frais :

– Votre ami avait cette lettre dans sa poche, elle est adressée à sa fiancée !

– Je la lui remettrai lors de ma prochaine permission ! dit tristement François.

– Je suis vraiment désolé pour ce qui est arrivé à votre ami ! Je suis sûr qu'il est entré dans une nouvelle vie, celle de Dieu ! reprit Albert avec foi.

– C'est facile à dire pour toi le séminariste, tu as toujours réponse à tout ! Mais dis donc, Il est où ton Dieu ? Hein, où est-il ?

– François, je t'en prie, calme-toi ! dit André d'une voix lasse.

– Que je me calme ! Moi ? Alors que mon meilleur ami vient de crever comme un chien ! Toi le séminariste, fous le camp d'ici ! Va dire à ton Dieu que nous sommes tous en train de croupir dans cet enfer ! hurla François tandis qu'Albert se dirigeait vers la chapelle souterraine.

Brusquement, le ciel s'assombrit, un orage violent éclata et la pluie commença à tomber. Lorsqu'Albert entra dans la minuscule chapelle, il s'avança vers l'autel et tomba à genoux en priant de toute son âme :

– Mon Dieu, pourquoi tant de violences et d'injustice sur cette terre ? Seigneur, toi qui as envoyé ton fils unique pour nous sauver des ténèbres et de la mort en les prenant sur ta Croix, viens nous libérer de cette effroyable guerre !

François, quant à lui, avait passé la nuit à boire. Il était complètement saoul, si bien que plusieurs personnes avaient dû le transporter jusqu'à son couchage. Au petit matin, il commençait à reprendre ses esprits mais avait encore très mal à la tête. C'est alors qu'Albert entra et rejoignit son frère d'armes.

– Je vois que tu as pris une bonne cuite pour tenter d'oublier ton malheur !

– Jamais je n'oublierai ! Mais toi, je ne sais pas comment tu fais pour continuer à croire en Dieu, dans ce chaos ?

– Dieu, mais pourquoi toujours faire retomber sur lui tous nos malheurs ? Que crois-tu donc ? Dieu est avec nous dans ce cataclysme ! répondit Albert.

Puis sortant un crucifix de sa poche, il dit à François :

– Tu crois que son Fils Jésus s'amuse là, cloué sur cette croix ! Non, ce n'est pas pour rire qu'il s'y trouve ! C'est pour tout prendre sur lui, tout porter de nos pleurs, de nos souffrances et même de notre mort ! Approche-toi de Lui, allez ! Cette mort qui nous guette et emporte nos amis et nos frères, lui, il l'a traversée. Alors, approche-toi de sa Croix, elle a ouvert une brèche vers la vraie Vie, celle qui n'a pas de fin, la Vie éternelle pour laquelle nous sommes tous faits, nous les hommes qui avons été créés à l'image de Dieu !

Ces mots furent pour François comme une lumière qui venait éclairer ses ténèbres. D'un seul coup, il commença à comprendre le sens de la souffrance de Jésus sur la Croix. Il sentit qu'il n'était pas seul dans cette tranchée, que Dieu était tout proche de la misère des hommes. Il n'avait encore jamais entendu parler avec une telle assurance du sens de la Croix et de la Passion. Il n'en revenait pas de se sentir rejoint au plus profond de son désarroi et de sa souffrance.

Le colonel Mathieu demanda à ses supérieurs de faire venir des renforts pour pallier les lourdes pertes du 168ᵉ régiment d'infanterie. Quelque mille cinq cents hommes arrivèrent trois jours plus tard dans la tranchée. Pour parvenir jusqu'aux positions du 168ᵉ à Verdun, les hommes avaient été acheminés par camions en empruntant la célèbre Voie sacrée qui reliait Bar-le-Duc à Verdun. Cette Voie sacrée permettait de transporter les hommes et le matériel nécessaire à la vie du front. Elle était empruntée, disait-on, par plus six mille camions par jour. La tranchée d'Apremont était désormais beaucoup plus animée et les abris étaient pleins à craquer.

Un soir, André fit la connaissance de Paul Cordier, un artiste amateur et intellectuel chrétien. Paul, âgé d'environ trente-cinq ans, était petit et replet. Il avait de grands yeux sombres et étincelants dans lesquels transparaissait sa soif de connaissance et de savoir. Le nouvel arrivant occupait la position du soldat défunt Benoît. André s'aperçut que Paul lisait à la lumière d'une lampe à pétrole. Intrigué, il lui demanda poliment :

– Que lisez-vous ?

– Un récit magnifique ! D'une pureté et d'une simplicité impressionnante !

– Qu'est-ce donc ? S'agit-il d'un ouvrage pieux ?

– Si cela vous intéresse, sachez que ce livre a pour titre *Histoire d'une âme.* C'est le récit d'une carmélite, sœur Thérèse de l'Enfant-Jésus, qui, avant sa mort à 25 ans, a rédigé l'histoire de sa vie avec Dieu, entièrement offerte à la miséricorde et à l'amour !

– Ah bon ! Et c'est intéressant ? demanda André d'un ton mitigé.

– Oui, c'est plus qu'intéressant, c'est exceptionnel ! Thérèse a des paroles incroyables de vérité ! Elle témoigne, avec l'ingénuité de son jeune âge, de l'amour inconditionnel de Dieu pour elle! s'exclama Paul avec enthousiasme.

– Ah bon! Cela doit être magnifique!

Paul, tendant le livre à André, lui dit :

– Tenez mon ami, je vous le prête!

André surpris que Paul lui offre son livre, lui demanda :

– Mais ne voulez-vous pas le terminer?

Paul lui répondit gentiment :

– Je l'ai déjà lu plusieurs fois! Je vous le prête avec joie! Attention, mon ami, vous risquez de faire une nuit blanche avec ce trésor entre les mains!

André remercia chaleureusement son nouvel ami, alla s'asseoir sur sa paillasse et commença la lecture d'*Histoire d'une âme*. Paul avait raison sur tout : ce livre était bouleversant. André fut touché car il contenait des réponses à ses questions et à sa quête spirituelle. Il passa toute la nuit à lire l'ouvrage et au petit matin, il alla voir Paul rempli d'enthousiasme :

– C'est tout simplement magnifique! Merci infiniment! J'ai appris beaucoup de choses en une nuit et ce livre m'a vraiment apporté de la joie! Ce qui m'a le plus bouleversé, c'est l'idée que dans le jardin des âmes du bon Dieu, il n'y a pas que de grandes fleurs comme les lys et les roses, mais aussi de modestes violettes et de simples pâquerettes. Je me reconnais bien là!

Avant de repartir, André ne manqua pas d'inviter Paul à venir les retrouver, lui et quelques autres soldats, à dix-huit heures, dans la petite chapelle souterraine pour réciter le chapelet!

– Je viendrai! répondit Paul avec entrain.

André arbora toute la journée un sourire radieux, il était très heureux d'avoir eu la chance de lire le livre de Thérèse de Lisieux. Il était en train de sculpter un cheval en bois lorsqu'il aperçut son ami François qui avait l'air pensif.

André déclara gentiment :

– François, où étais-tu donc ? J'ai rencontré un nouvel ami hier soir ! Il s'appelle Paul et il est... !

– Ouais... Eh bien, moi... j'en ai perdu un ! coupa François en grognant.

André aurait voulu partager avec François ce qu'il avait vécu la nuit dernière, mais il sentait que le moment était mal choisi et répondit tristement à François :

– Oui je le sais, et je sais aussi que vous vous entendiez très bien !

– Ah ! Ça, c'est bien vrai ! Je le considérais comme mon frère ! Avec qui vais-je pouvoir jouer aux cartes, rire ou chanter maintenant ? reprit François déboussolé.

– Mais avec moi ! répliqua André avec empressement.

– Tu n'aimes pas vraiment les cartes et puis tu ne sais même pas jouer de l'harmonica ! Comment pourrais-tu remplacer mon ami perdu ? renchérit François comme pour le mettre au défi.

– Je peux apprendre ! répondit André.

– D'accord, nous verrons cela ! répondit François d'une voix lasse.

Vers dix-huit heures, ils s'étaient tous retrouvés dans la petite chapelle, excepté François. Soudain, quelqu'un entra, c'était Paul. Tout le monde se retourna et des murmures commencèrent à se faire entendre. Prenant la parole André déclara :

– Mon père, mes amis, je vous présente Paul ! Il m'a fait découvrir un livre merveilleux : l'histoire d'une petite carmélite qui, cachée dans son cloître, révèle les merveilles de l'amour de Dieu pour elle !

Lorsqu'il eut terminé, les murmures reprirent et se firent de plus en plus fort. L'abbé Pasmard les interrompit en disant :

– Je connais ce livre et je l'ai trouvé extraordinaire, je vous conseille de le lire si vous le pouvez ! Mais d'abord, nous allons commencer à réciter le chapelet ! *In nomine Patris et Filii et Spiritus Sancti...*

– Amen ! répondirent-ils en chœur.

Quelques jours plus tard, Paul et André furent envoyés par le colonel Mathieu en mission de repérage des lignes ennemies à la lisière de la forêt. Ils prirent leur équipement et sortirent de la tranchée avant le lever du jour. Le soleil apparaissait timidement sur leur droite et, en ce dernier jour d'été, le ciel était d'un bleu profond. Ils s'avancèrent prudemment vers l'entrée du bois, sans faire de bruit. Quelques mètres plus loin, derrière un fossé, les deux soldats pouvaient apercevoir des Allemands qui discutaient entre eux. Paul et André, sachant que le moindre bruit risquait de leur coûter la vie, s'avancèrent précautionneusement, passant d'arbre en arbre sur la pointe des pieds. Brusquement, André marcha sur un morceau de bois qui craqua. Ils s'immobilisèrent mais les soldats allemands se retournèrent lentement en continuant à discuter. Ne voyant rien, ils poursuivirent leur conversation. L'objectif de l'opération, pour Paul et André, était d'estimer la longueur des lignes ennemies et de recenser le nombre des combattants afin de préparer un assaut. Ils transpiraient à grosses gouttes à cause de la peur qui les prenait en étau. Ils se demandaient comment ils allaient pouvoir mener à bien leur mission. Après plusieurs minutes de réflexion, André fit signe à Paul de le suivre. Au moment où André quitta son arbre, un des soldats ennemis fit tomber quelque chose de sa poche comme un couteau. Il se retourna et se pencha pour le ramasser. Lorsqu'il se releva, il vit quelque chose bouger. Il dit ses camarades en allemand :

– Il y a quelqu'un là-bas ! Qu'est-ce qu'on fait chef ?

– Des Français ! Vite ! Vite, tirez les gars ! ordonna un officier.

Rapidement, les Allemands sortirent leurs armes et tirèrent en direction de la forêt. André n'eut pas le temps de se cacher et reçut une balle. Il s'effondra sur un tapis de feuilles mortes. Soudain, pour s'assurer qu'il n'y avait plus personne, un soldat allemand dégoupilla une grenade et la lança vers le taillis. Voyant la grenade virevolter dans les airs et se précipiter sur André, Paul, dans un élan de sacrifice, se laissa tomber en arrière sur le corps de son ami. La grenade explosa à proximité de Paul et d'André dans un bruit assourdissant.

*

Un soir de la fin de ce même mois de septembre 1916, à Sens, Georges lisait son journal au salon, tandis que sa fille Cécile cousait au coin du feu. Louise lisait, elle aussi. Elle semblait captivée par sa lecture. À dix heures du soir, elle souhaita bonne nuit à son père et alla se coucher. Quand elle fut montée, Georges déposa son journal et, s'éclaircissant la voix, dit à sa fille Cécile :

– Ma fille, il serait bon que tu songes bientôt à te marier !

Cécile, surprise, répondit :

– Mais, Père, je suis encore trop jeune !

– Tu devrais simplement commencer à y songer ! reprit son père.

– Mais je ne suis éprise de personne ! répondit-elle embarrassée.

– Voyez-vous cela ? Ma chère enfant, je pense que vous oubliez Nicolas ! Ce brave et courageux sous-lieutenant ! Il ferait un très bon époux, j'en suis certain ! déclara son père sérieusement.

– Nicolas ? Non ! Vous plaisantez, j'espère ! Je le trouve charmant, mais de là à en faire mon mari, il y a un monde ! répondit-elle.

– Mais je suis très sérieux, Cécile ! Je suis heureux d'apprendre qu'au moins, il ne te déplaît pas !

Cécile, souhaitant clore la discussion au plus vite, signifia qu'elle avait sommeil et prit congé de son père. Lorsqu'elle se retrouva seule dans sa chambre, elle se demanda pourquoi elle choisirait Nicolas plutôt qu'un autre homme :

– Qu'a-t-il de plus qu'André, au juste ? Le sens du sacrifice ? Non, car André, lui aussi, risque sa vie à chaque instant ! Nicolas est-il plus aimable et prévenant qu'André ? Sûrement pas !

Soudain, elle se demanda :

– Nicolas m'aime-t-il ? André, lui, m'a fait des aveux, mais Nicolas, qu'a-t-il laissé entendre ?

Une chose était certaine, Cécile n'était nullement rebutée par la blessure de Nicolas.

Début novembre 1916, Cécile et Nicolas se promenaient dans le parc du Moulin. Les arbres étaient dénudés de leurs feuilles et l'air glacial les cinglait au visage. Ils bavardaient tout en avançant vers le fond du parc. Nicolas parla pour la première fois à Cécile de ses parents et de sa grande sœur qui était entrée chez les bénédictines trois ans plus tôt. Cécile partagea à Nicolas sa vision de la vie après la guerre et elle lui confia qu'elle désirait se marier pour fonder une famille, et peut-être même partir loin de Sens. En fait, elle rêvait d'aventures et de grands espaces, et désirait vivre au bord de l'océan. Nicolas l'écoutait avec beaucoup d'attention et de douceur. Dans un élan de complicité, Cécile prit Nicolas par le bras pour l'aider à avancer. Quelques instants plus tard, ils s'assirent sur un banc et se turent, ne sachant plus quoi se dire. Nicolas regardait Cécile amoureusement et elle lui souriait. Soudain, Nicolas se leva d'un bon, se plaça face à Cécile et posa brutalement son genou à terre. Cécile, croyant qu'il était tombé, voulut l'aider à se relever mais Nicolas lui demanda gentiment de rester assise. Elle comprit alors ce que Nicolas allait lui demander, quand, sortant une petite boîte rouge, il lui déclara :

– Ma chère Cécile, je vous aime depuis le soir où nous nous sommes rencontrés ! C'est pourquoi je vous fais aujourd'hui une demande solennelle : « Mademoiselle Cécile Lecomte, voulez-vous devenir ma femme ? »

Tandis qu'il parlait, Nicolas ouvrit le bel écrin et s'apprêtait à en sortir une magnifique bague lorsque Cécile fit un geste pour l'en empêcher en disant doucement :

– Moi aussi j'ai des sentiments pour vous, Nicolas ! Mais j'ai besoin de temps pour réfléchir avant de vous donner ma réponse !

Bien qu'attristé par la réaction de Cécile, Nicolas répondit :

– Je comprends Cécile ! Prenez tout votre temps, je préfère un « oui » bien pesé, qu'un « non » définitif !

Cécile, remarquant que Nicolas n'arrivait pas à se relever, l'aida à se remettre debout et lui tendit sa canne. Tous deux partir en direction de l'hôpital près duquel logeait le jeune officier, puis Cécile rentra chez elle.

Deux jours plus tard, Georges voulut parler à Cécile et lui dit :

– J'ai besoin d'avoir un entretien avec toi, ma fille !

Cécile, qui lisait près de la fenêtre de sa chambre, répondit :

– Oui, entrez, Père !

Georges déclara sans détour :

– J'ai appris que Nicolas t'avait demandée en mariage et que tu avais repoussé sa demande !

– Oui, il m'a fait sa demande, en bonne et due forme ! Mais je lui ai simplement demandé du temps ! répondit paisiblement Cécile.

– Et alors, maintenant, as-tu pris ta décision ? demanda précipitamment son père.

– Je crois que je vais accepter ! répondit Cécile.

– Bravo ma fille ! Ta mère et moi, nous sommes fiers de toi ! Malheureusement, je suis navré de ne pouvoir t'offrir un magnifique mariage ! reprit-il l'air ennuyé.

– Ne vous inquiétez pas, Père ! Je désire un mariage simple, dans l'intimité familiale ! répondit joyeusement Cécile.

– Eh bien, il me reste à aller de ce pas annoncer l'excellente nouvelle à Nicolas ! Ma fille se marie avec un héros de guerre, quel rêve !

Louise, qui avait entendu toute la conversation, entra dans la chambre de sa sœur en disant :

– Alors c'est vrai, tu vas te marier avec Nicolas ?

– Oui, ma petite sœur ! répondit Cécile tout émue.

– N'est-ce pas un peu rapide tout ça ?

– Je ne crois pas que tu puisses émettre un avis sur la question, d'ailleurs Père s'en est chargé.

Le soir même, Nicolas demanda officiellement la main de Cécile à ses parents. Ils acceptèrent et lui demandèrent son accord. La jeune fille répondit, les larmes aux yeux :

– Oui, avec joie !

Nicolas passa la bague de fiançailles au doigt de Cécile. La jeune fille embrassa Nicolas sous les applaudissements de ses parents et de Louise qui suivait le mouvement. Néanmoins, Cécile ne pouvait s'empêcher de songer à la tristesse qu'André ressentirait quand il apprendrait la nouvelle. Elle s'inquiétait de n'avoir rien reçu de lui depuis plusieurs semaines.

*

À plusieurs centaines de kilomètres de là, dans un petit hôpital militaire perdu au milieu de nulle part, André était assis au bord d'un lit installé près d'une fenêtre qui donnait sur une cour. Il semblait aller mieux, mais il gardait sa main droite enroulée dans un bandage. À côté de lui, Paul était allongé sur un lit regardant tristement le plafond. Paul avait le visage défiguré, la grenade qu'il avait reçue lui avait cassé la mâchoire et arraché la peau du visage. Par chance, il avait toujours sa langue. Il pouvait donc continuer à parler, même si cela lui coûtait. Désormais, il avait terriblement peur du regard des autres, et ne voulait pas qu'on le renvoie chez lui dans cet état. Une infirmière nommée Marguerite vint au chevet d'André pour soigner sa blessure. Comme il s'agissait de la main droite, André ne pouvait plus écrire.

– Combien de temps faut-il que j'attende avant de pouvoir la réutiliser cette main ? demanda-t-il.

– Encore quelques semaines de patience ! répondit gentiment l'infirmière.

– J'aurais besoin d'écrire une lettre à une amie ! Est-ce que vous pourriez m'aider à la rédiger ? demanda André avec insistance.

– Je regrette monsieur, mais j'ai encore beaucoup de travail à faire ! répondit-elle désolée en s'éloignant.

André était contrarié de ne pas pouvoir donner de nouvelles à Cécile :

– Comment vais-je faire ? se demanda André à voix haute.

– Comment vas-tu faire quoi ? questionna difficilement Paul.

– J'ai besoin d'écrire une lettre à ma meilleure amie ! Seulement, sans ma main droite, je ne peux pas ! répondit André agacé.

– Mais moi, je peux vous aider ! Je n'ai peut-être plus de visage, mais au moins j'ai encore mes deux mains ! s'exclama Paul, non sans humour.

– Vraiment ? Vous accepteriez d'écrire ce que je vous dicterai ? demanda André.

– Bien sûr ! répliqua joyeusement Paul.

C'est ainsi que les deux compagnons de guerre occupèrent leur après-midi à écrire une lettre adressée à Cécile. Paul conseilla à André de raconter ce qu'il avait vraiment vécu au front et lui dit sur un ton enjoué :

– Ici, on ne risque pas d'être censuré !

À la fin d'une longue et passionnante lettre, fruit de cinq heures d'un travail d'équipe, André parvint à dire pour la seconde fois à Cécile comment l'amour qu'il avait pour elle l'avait aidé à supporter l'enfer. Le lendemain à midi, la lettre partit de l'hôpital pour être envoyée à Sens. Malheureusement, sur le chemin, la lettre fut interceptée par les agents de la censure militaire. Elle fut ouverte et lue. Et, comme elle contenait un long passage dénonçant la dure réalité de la vie des tranchées, elle fut détruite.

Plusieurs jours plus tard, André, en voie de guérison, obtint une permission d'une semaine et rejoignit enfin sa famille. Lorsqu'il arriva devant la ferme familiale, ses parents et sa petite sœur Jeanne se précipitèrent à sa rencontre. André, déposant ses affaires, les embrassa tendrement. Son père Joseph, qui se tenait en retrait, dit chaleureusement à son fils :

– Heureux de te revoir fiston !

André s'avança vers son père et lui donna une accolade en s'exclamant :

– Que c'est bon de vous revoir !

Après quelques instants, André se rendit compte que son frère n'était pas là :

– Où est Arthur ? dit soudain André.

– Il s'est engagé ! répondit sa mère Charlotte en pleurant.

André fut consterné par la nouvelle. Après le déjeuner, il demanda à son père la permission de se rendre en ville :

– Bien sûr, je comprends que tu aies besoin de revoir certaines personnes ! répondit son père avec un petit sourire.

En cette fin novembre, le temps était doux et agréable. Au moment où André s'apprêtait à passer devant la maison de Cécile, celle-ci l'aperçut et l'interpella en criant :

– André ! André c'est bien vous ? Pourquoi ne m'avez-vous pas écrit ?

Se retournant, André vit Cécile et il la trouva plus belle encore que dans ses souvenirs.

– Mais si, je vous ai envoyé une longue lettre ! Vous ne l'avez pas reçue ? demanda André.

– Non, et j'étais très inquiète !

Puis, regardant longuement Cécile, il vit avec stupeur une bague à son doigt et ne put s'empêcher de s'exclamer :

– Ah, je vois qu'il y a du nouveau ?

Cécile, ne comprenant pas ce qu'André voulait dire, demanda :

– Qu'y a-t-il ?

André, rassemblant tout son courage, demanda :

– Que signifie la bague que vous portez ? Seriez-vous fiancée ?

– Oui, je le suis depuis quelques semaines ! Je sais combien cela doit vous être désagréable… répondit-elle navrée.

– Non, vous ne pouvez pas savoir ! s'écria-t-il révolté.

– André ! Mon ami ! Vous vous doutiez bien qu'un jour ou l'autre cela devait arriver ? dit-elle avec douceur.

– Oui je m'en doutais, mais j'espérais tout de même… J'osais penser que vos sentiments deviendraient un jour semblables aux miens !

– Que mes sentiments deviennent semblables aux vôtres ? Mais enfin, réfléchissez, même si cet amour avait été réciproque, personne n'aurait accepté notre mariage! Nous ne sommes pas du même monde, vous le savez bien ! répondit Cécile.

André, visiblement ravagé par la nouvelle, ne répondit rien mais repartit aussitôt en direction de la ferme. Cécile tenta en vain de le rattraper mais dut vite faire demi-tour.

Chapitre 4
La chute sur le Chemin des Dames

En ce début du mois d'avril 1917, la guerre semblait s'éterniser et tous les habitants de la ville de Sens commençaient à s'impatienter. Tous espéraient voir revenir vivant un fils, un frère, un père, un époux, un fiancé ou un oncle. Les Sénonais étaient aux premières loges pour assister au spectacle des ravages causés par les atrocités de cette guerre moderne du fait que sept hôpitaux temporaires étaient situés dans leur ville. Elle constituait non seulement une étape pour les services de santé, mais aussi un important centre d'approvisionnement du front. En effet, pour alimenter les soldats combattants, il y avait des boulangeries, des boucheries, des dépôts d'animaux et des abattoirs. Toutes ces activités, et beaucoup d'autres encore, permettaient chaque jour aux femmes de l'arrière d'expédier près de cent mille rations alimentaires destinées à l'armée en campagne. Ces femmes réalisaient un travail formidable qui, joint aux privations et sacrifices des civils, rendait possible la survie des soldats du front. La population sénonaise avait été l'une des premières à être confrontée à l'arrivée en masse des blessés qui, une fois soignés, déambulaient dans les rues comme de pauvres hères perdus à la recherche d'un peu de réconfort. Il n'était pas rare d'apercevoir des hommes privés d'un ou de plusieurs de leurs membres. Cette guerre avait provoqué un nouveau type de blessures inconnues jusqu'alors : les plaies au visage causées par les obus. Ceux-ci, en explosant, avaient laissé échapper des milliers de petits morceaux de fer qui, tels des couteaux acérés, découpaient quotidiennement des visages d'homme à vif. Ces blessés de la face allaient être baptisés « Les gueules cassées » par le colonel Picot en 1921.

En outre, ce qui donnait à la ville de Sens un statut vraiment particulier, c'était qu'étant située à un peu plus de cent kilomètres du front, elle était devenue par décision de l'État-Major, une ville ouverte aux ennemis au cas où ceux-ci l'atteindraient. Cependant, de son côté, la mairie avait prévu tout le matériel nécessaire pour continuer le combat en construisant des tranchées tout autour de la ville. À deux occasions, la ville avait entendu le bruit du canon. Mais il s'agissait simplement de menaces de bombardements. Le soir, les habitants coupaient la lumière pour éviter que des appareils ennemis puissent localiser la ville.

Cécile aidait de nouveau son père à la pharmacie familiale. Il faut dire qu'il y avait beaucoup de travail, à la fois à cause des nombreuses commandes des différents hôpitaux militaires et aussi des besoins de la clientèle habituelle. Le caractère de Georges s'était adouci et il se montrait plus généreux envers ses filles. En fait, l'annonce du mariage de Cécile avec le sous-lieutenant Charpentier l'avait amadoué en flattant son amour propre. Il avait pris la décision d'acheter un bâtiment dans lequel Cécile pourrait développer son activité de couture. Il avait demandé conseil à Edgar Fontenelle qui, étant convaincu du bien-fondé de l'installation de cette activité, s'était dit prêt à y investir une somme importante, mais il restait prudent en suggérant qu'il était plus judicieux de reporter l'exécution de ce beau projet après la guerre! Alexandre Dumont, quant à lui, avait été démobilisé grâce à une blessure à la jambe droite, reçue lors de la bataille de Verdun. Élisabeth était désormais rassurée d'avoir son époux auprès d'elle. Deux fois par semaine, ils faisaient garder leurs jumelles, Alice et Adélaïde, par Cécile afin d'aller faire eux-mêmes leurs courses. En effet, à cause de sa blessure Alexandre ne pouvait plus exercer son métier à temps plein et la famille ne disposait plus de moyens financiers suffisants pour garder son personnel de maison. Pour Cécile, cette occupation était une aubaine car elle l'occupait en l'absence de Nicolas, son fiancé, qui était allé rendre visite à ses parents pour leur parler de ses projets de mariage avec la jeune fille.

Un jour de pluie, vers midi, Georges, qui se tenait dans son officine, près de la vitrine, vit une scène étrange se dérouler sous ses yeux. Il aperçut une longue file de blessés et de soignants se diriger vers l'hôpital. Georges fit signe à sa fille Cécile de venir regarder. Elle s'exclama stupéfaite :

– Oh Père, vous avez vu tous ces blessés ! Il y en a plus d'une centaine !

– Oui ! C'est à peine croyable ! Il y en a qui sont vraiment en piteux état.

– Ce sont surtout de jeunes hommes ! s'écria Cécile.

Tout à coup, ils virent un blessé s'effondrer sur le sol sans parvenir à se relever. Dans la précipitation, Cécile sortit de la pharmacie pour lui porter secours.

– Que fais-tu ? cria Georges.

Cécile prit le blessé par la main pour l'aider à se relever et à avancer :

– Appuyez-vous sur moi ! Je vais vous accompagner jusqu'à l'hôpital !

Après une longue et pénible marche sous une pluie battante, ils arrivèrent à l'hôpital et une infirmière accourut pour accueillir le blessé. Après que celui-ci eut été installé sur un lit de camp dans une salle remplie de blessés et dans une odeur nauséabonde de sang et de boue, l'infirmière dit à Cécile :

– J'ai vu comment vous avez porté secours à ce soldat ! C'est très charitable de votre part !

Cécile, gênée, répondit simplement :

– Je n'ai fait que mon devoir !

Après quelques instants de silence, Cécile reprit :

– Vous devez avoir beaucoup de travail avec tous ces blessés !

L'infirmière répondit :

– Oui, mais nous manquons de bras pour nous aider !

Cécile salua chaleureusement l'infirmière et retourna à la pharmacie. Sur le chemin du retour, elle se dit qu'elle devrait apporter son aide aux blessés de l'hôpital. Mais elle se rappela que son père, lui aussi, avait besoin d'aide. Ne sachant pas quelle décision prendre, Cécile se hâta vers la pharmacie. Lorsqu'elle rentra, Georges s'avança vers sa fille en lui disant :

– Tu m'as fait une belle frayeur ! La prochaine fois, préviens-moi avant de sortir porter secours aux blessés !

– Oui, Père ! répondit Cécile.

Lors du dîner, ce soir-là, Cécile annonça à son père son intention de devenir infirmière volontaire. À peine eut-elle terminé son annonce que son père Georges déclara :

– Hors de question ! Il y a trop d'atrocités là-bas, tu ne pourras pas les supporter !

– Mais il n'y a pas si longtemps, vous vouliez que je devienne infirmière ! Et maintenant vous revenez sur votre souhait ! répondit Cécile qui osait reprendre son père.

– Oui c'est vrai… mais cette guerre m'a fait changer d'avis ! rétorqua son père d'une voix mal assurée.

– Alors là, je ne vous comprends pas, Père ! Cette guerre est atroce et alors ? Vous me croyez trop sensible ? s'écria Cécile contrariée.

– Non ce n'est pas cela, c'est que… bon, enfin, fais comme tu l'entends ! concéda Georges.

Le lendemain, au lever du jour, Cécile se rendit à l'hôpital. Elle se présenta à l'accueil et demanda s'il y avait encore une place d'infirmière volontaire. Lorsque la secrétaire eut entendu la demande de Cécile, elle répondit joyeusement :

– Oh merci mon Dieu ! Oui nous recherchons désespérément des volontaires pour compléter nos équipes ! Soyez la bienvenue, mademoiselle ! Attendez-moi ici, je vais chercher une infirmière qui va vous former !

La secrétaire se leva et courut dans un couloir en criant :

– Eugénie ! Nos prières ont été exaucées ! Une jeune femme vient de nous arriver, elle veut être infirmière volontaire !

Quelques instants plus tard, la secrétaire et une jeune infirmière d'une vingtaine d'années arrivèrent dans le hall.

– Mademoiselle, je vous présente Eugénie ! Elle sera votre tutrice ! Vous verrez c'est une perle, et je ne dis pas cela parce que c'est ma fille ! dit-elle en riant.

– Bon suivez-moi, je vais vous apprendre le métier ! Vous verrez, c'est simple, mais il faut être capable d'accomplir une multitude de tâches !

Pendant ce temps-là, à l'hôpital temporaire numéro 31, Louise était à son bureau lorsque le docteur Vernet entra. Il semblait souffrir terriblement et Louise, s'étant levée, lui demanda gentiment :

– Tout va bien docteur ? Vous me semblez souffrant !

Vernet lui répondit péniblement :

– Oui tout va bien, mon petit ! Ne vous inquiétez pas pour moi ! J'ai seulement mal au dos !

– Vous devriez vous ménager docteur ! À votre âge vous ne pouvez plus travailler autant ! s'exclama Louise.

– Vous avez sans doute raison ! Mais j'ai toujours travaillé dur pendant toute ma vie et je continuerai jusqu'à ma mort ! Ma mère aurait été fière de moi pendant cette guerre si elle était restée parmi nous ! déclara le docteur.

– Mais elle est toujours là, d'une autre façon… Je suis sûre qu'elle est vivante au Ciel, qu'elle vous aime toujours et continue de veiller sur vous ! renchérit Louise avec foi et conviction.

– C'est gentil mon petit, mais je n'y crois pas ! répondit Vernet.

– Ah bon ! Mais dans ce cas, la vie doit vous paraître bien triste et la séparation insupportable ! reprit Louise.

– Elle l'est ! Un jour on naît, un jour on meurt, et entre-temps on survit ! répondit Vernet avec lassitude.

– Je ne suis pas d'accord avec vous ! La vie sur terre n'est qu'un passage vers la vraie vie, celle qui n'a pas de fin. C'est pourquoi nous devons nous préparer à être avec Dieu pour l'éternité ! La vie est faite pour apprendre à aimer afin qu'un jour on puisse dire « oui » à l'Amour en personne qui est le Christ et qui viendra nous chercher ! C'est cette rencontre qui est importante… Sinon, s'il n'y a rien après, comme vous dites, cette vie n'a pas de sens… La personne humaine n'est pas seulement un corps, elle est aussi une âme… répondit-elle.

– C'est beau ce que vous dites là ! J'aimerais bien y croire ! s'exclama le docteur avec émotion.

Le docteur Vernet, laissant sa secrétaire, retourna auprès de ses patients. Louise eut pitié de lui car ses idées le rendaient triste. Mais elle n'en était pas moins touchée par son dévouement auprès de ses patients.

Vers la fin de l'après-midi, Louise s'apprêtait à sortir de son bureau lorsqu'elle entendit une chute dans le couloir et une voix appeler à l'aide. Elle se précipita hors du secrétariat et vit que toute une étagère était tombée sur un blessé en fauteuil roulant. C'était un homme brun aux yeux sombres. S'élançant droit devant, Louise écarta l'étagère et les objets qui étaient tombés sur la tête du blessé. Quand celui-ci vit Louise, il la remercia en disant :

– Merci, mademoiselle, vous m'avez sauvé ! J'ai l'impression de voir un ange auprès de moi !

Louise se mit à rougir et, après quelques secondes, elle demanda :

– Vous n'êtes pas blessé au moins ?

– C'est sur le champ de bataille que je l'ai été ! répondit-il.

– Non, je voulais dire : est-ce que vous vous êtes fait mal ?

– Non, non ! J'étais simplement coincé sous l'étagère ! déclara-t-il.

– Voulez-vous que je vous raccompagne jusqu'à votre chambre, monsieur ? demanda Louise.

– Oui s'il vous plaît, mademoiselle ! Appelez-moi Frédéric ! Je suis lieutenant et j'appartiens au 156e régiment d'infanterie ! répondit fièrement l'officier.

Louise raccompagna le lieutenant jusqu'à sa chambre, l'une de celles qui étaient réservées aux officiers. Elle resta à ses côtés pendant plus d'une heure, conversant joyeusement avec lui. Puis, elle rentra chez elle, rayonnante de bonheur.

Lors du dîner, Cécile raconta à ses parents et à Louise sa première journée à l'hôpital. Cécile aimait beaucoup son nouveau travail, même si elle trouvait le rythme particulièrement soutenu. Elle semblait fatiguée mais elle se sentait capable de continuer et espérait s'adapter à la vie hospitalière. Elle n'était nullement perturbée ni déstabilisée par le nombre ahurissant de blessés qui arrivaient couverts d'horribles plaies, plus répugnantes les unes que les autres. Tout compte fait, elle sentait qu'elle était à sa place à l'hôpital et vraiment utile. À vrai dire, Georges était épaté par le courage et la persévérance de sa fille. Quant à Louise, elle avait la tête ailleurs, et ne pensait en fait, qu'à l'officier qu'elle avait rencontré quelques heures plus tôt. Elle le trouvait très beau et n'était nullement gênée par la présence de son fauteuil roulant. Elle l'appréciait déjà beaucoup mais une petite voix intérieure lui disait :

– Fais attention Louise ! Ne t'emballe pas trop vite !

Le lendemain, la jeune fille eut du mal à sortir de son lit. Cécile, qui devait se rendre à l'hôpital, entra dans la chambre de sa sœur et lui dit d'un ton ferme :

– Lève-toi ! Allez, je dois partir, et ensuite, il n'y aura plus personne à la maison pour te dire de te lever !

– Laisse-moi dormir ! marmonna Louise.

Cécile, agacée, lui dit :

– Tu vas être en retard à l'hôpital !

À ces mots, Louise se leva d'un bon en s'exclamant :

– L'hôpital ! Ah oui j'avais complètement oublié ! Je croyais que j'étais dans un rêve là-bas, mais non, c'est bien vrai, j'y suis attendue !

Cécile fut surprise par la réaction de sa sœur et lui dit :

– Que veux-tu dire ?

– Rien qui puisse t'intéresser ! répondit Louise.

Quelques minutes plus tard, Louise dévala l'escalier, se rendit à la cuisine pour boire un verre de lait, dit au revoir à Pauline et se précipita à l'hôpital. Lorsqu'elle arriva au secrétariat, elle déposa ses affaires et se mit au travail. Vers midi, Ernest Vernet toqua trois petits coups sur la porte entrebâillée. Louise, relevant la tête, dit :

– Entrez docteur ! En quoi puis-je vous être utile ?

– Figurez-vous, ma chère, qu'un certain lieutenant souhaiterait vous voir ! déclara Ernest.

– Vous en êtes sûr, docteur ?

– Mais oui ! Pourquoi vous mentirais-je Louise ? répondit Ernest l'air surpris.

– Je vais y aller ! s'écria-t-elle en s'élançant hors du secrétariat.

Le docteur Vernet resta sans voix devant la réaction soudaine de sa secrétaire. Déjà, Louise était auprès de Frédéric et elle riait aux éclats en écoutant ses histoires. Quelque temps après, Louise et Frédéric se promenaient dans les jardins de l'hôpital. Elle poussait le fauteuil dans les allées en fleurs tandis qu'il menait la conversation. Le ciel était d'un bleu azuré et Louise était heureuse et toute guillerette.

Frédéric était très ragaillardi par la compagnie de Louise, il retrouvait peu à peu le goût de vivre.

*

À plusieurs kilomètres de l'hôpital temporaire, Joseph Tournier était aux champs pour voir lever ses semis. Cette année-là avait été fort venteuse si bien qu'une partie des graines semées était tombée hors des sillons et avait séché au soleil. Joseph se sentait découragé, d'autant plus qu'il s'était retrouvé seul pour s'occuper de son exploitation, ses fils Arthur et André étant partis à la guerre. Joseph avait donc beaucoup de travail et sa santé déclinante lui rendait les diverses tâches encore plus pénibles. Il était persuadé que la récolte serait mauvaise et qu'elle ne lui permettrait pas de subvenir aux besoins de sa famille. Mais quelque chose d'autre le préoccupait davantage. Depuis plusieurs semaines, plusieurs de ses bovins étaient malades. Joseph ne parvenait pas à les remettre sur pied. Pourtant, sa femme et sa fille avaient passé plusieurs nuits dans l'étable pour tenter d'en sauver quelques-uns. Joseph avait eu recours aux remèdes que son grand-père avait consignés dans le précieux petit cahier rouge qui lui avait appartenu. Il avait appliqué sur les animaux des décoctions de sauge pour tenter d'enrayer la fièvre. Malheureusement, Joseph dut prendre une décision très difficile, celle de condamner près d'un tiers de son troupeau à l'équarrissage. Lorsqu'il arriva dans la cour de sa ferme, ce jour-là, il vit que plusieurs grands chariots se trouvaient à proximité de l'étable. Un grand et robuste gaillard vint le saluer et lui dit d'une voix grave :

– Vous êtes bien monsieur Tournier ?

– Oui c'est moi ! répondit Joseph avec assurance.

– Nous sommes venus récupérer les bovins malades ! déclara l'homme.

– Suivez-moi ! répondit Joseph, très affligé.

Quelques instants plus tard, les chariots remplis de bovins repartirent. Charlotte sortit de la maison, accourut auprès de son époux qui s'exclama avec résignation :

– Eh oui, ce sont les aléas de la vie !

– Avions-nous réellement le choix ? questionna Charlotte dans un soupir.

– Bien sûr que non ! répondit Joseph.

Une semaine plus tard, le facteur frappa à la porte des Tournier. Charlotte, qui préparait le souper, alla ouvrir et entendit le facteur lui dire :

– J'ai une lettre pour vous !

– Ah bon, de quoi s'agit-il ? questionna Charlotte.

– Je ne sais pas, madame ! Je n'ai pas l'habitude de lire le courrier des autres ! répondit le facteur d'un air goguenard.

Il s'en alla en riant et Charlotte ferma la porte. S'approchant du fourneau, elle remua le contenu de la marmite d'une main, tenant la lettre de l'autre. Celle-ci contenait une mauvaise nouvelle. Charlotte eut l'impression que son cœur allait cesser de battre. Éteignant le feu, elle se précipita hors de la ferme et courut à toutes jambes rejoindre son mari aux champs en hurlant catastrophée :

– Joseph ! Joseph ! C'est affreux !

Joseph, surpris, alla à la rencontre de sa femme et celle-ci, se précipita dans ses bras en pleurant. Joseph, ne comprenant pas la réaction de Charlotte, lui demanda doucement :

– Que se passe-t-il ? Pourquoi pleures-tu ?

Charlotte, relevant la tête, dit entre deux sanglots :

– Notre fils est porté disparu !

Joseph bouleversé demanda :

– Lequel ?

– Notre Arthur !

– Oh misère de misère ! répondit-il.

– Tu aurais dû le dissuader de s'engager ! S'il est mort, c'est de ta faute ! s'exclama Charlotte en colère.

– Mais enfin que me chantes-tu là ? dit Joseph interloqué.

Charlotte avait déjà fait demi-tour pour rentrer rapidement vers la ferme. Joseph n'eut pas la force de courir après elle et resta de longues minutes à supplier le Ciel :

– Seigneur, faites que mon fils revienne un jour à la maison !

*

Quelques semaines plus tard, un soir de mai 1917, Cécile rentra épuisée chez elle. Elle venait de vivre une dure journée à l'hôpital, soignant et réconfortant des dizaines de soldats blessés sur le champ de bataille. Ce qui l'avait le plus affectée ce jour-là, c'était la mort de deux soldats à qui elle avait consacré beaucoup de temps et d'attention. En revenant chez elle et en entrant dans la bibliothèque, elle prit un livre divertissant sur l'une des étagères et alla s'installer près de la fenêtre. Depuis qu'elle travaillait à l'hôpital, Cécile ne supportait plus l'atmosphère confinée du salon, elle préférait se tenir dans la bibliothèque afin de profiter de la vue sur le jardin. Cécile était inquiète car elle n'avait plus eu de nouvelles de son ami André depuis le jour de sa permission où elle l'avait revu devant chez elle. Elle aurait aimé savoir ce qu'il devenait après son retour au front. Mais la jeune fille se doutait bien qu'il devait être triste et déçu de ses fiançailles avec Nicolas. Peu de temps après, Pauline, la cuisinière, frappa à la porte et dit à voix basse :

– Vous avez une lettre d'André !

– Oh quel bonheur ! s'exclama-t-elle en courant jusqu'à la porte.

Cécile voulut prendre la lettre, mais Pauline l'en empêcha en déclarant :

– Avant de vous la donner mon enfant, j'aimerais vous parler si vous le permettez !

– Comment cela ? Vous ne l'avez tout de même pas lue, cette lettre ? s'écria Cécile.

– Bien sûr que non ! Mais j'ai le souci de votre bonheur ! se défendit Pauline.

– Je n'ai pas besoin de vos conseils ! dit Cécile.

– Très bien ! Très bien ! Si vous tenez à gâcher votre vie, c'est votre choix après tout ! Voici la lettre, mais faites bien attention à votre manière de traiter André !

Pauline sortit de la pièce et retourna dans sa cuisine. Cécile, abasourdie par l'attitude de la cuisinière, lui emboîta le pas. Lorsque Pauline vit Cécile, elle ne put s'empêcher de lui dire sur un ton de confidence :

– Vous savez, je sais que vous êtes restée attachée à lui !

Cécile rougit légèrement et s'exclama agacée :

– Dites-moi ce que vous vouliez me dire et ensuite on n'en reparlera plus !

– J'aime mieux cela ! répliqua Pauline. Comprenez ma petite que cette lettre représente en elle-même une preuve de la fidélité des sentiments d'André à votre égard ! Il était complètement subjugué et épris de vous avant vos fiançailles et je crois bien qu'il l'est encore ! Quant à vous, je me souviens qu'avant que la guerre n'éclate, vous étiez heureuse de le voir ! Depuis que vous êtes fiancée avec Nicolas, je ne vois plus sur votre visage le moindre sourire, vous semblez triste, mélancolique et malheureuse ! Vous n'aimez pas ce Nicolas, vous pensez l'aimer mais au plus profond de vous-même, votre cœur est déjà pris !

Cécile, rougissant et se laissant gagner par la colère, répondit :

– Ce que vous dites là est complètement absurde ! J'aime vraiment Nicolas et je suis sa fiancée ! N'est-ce pas une preuve suffisante ?

Après quelques instants de silence, Pauline reprit :

– C'est par pitié que vous croyez l'aimer, et en fait, vous vous êtes fiancée pour faire plaisir à votre père ! Attention, ma petite, le mariage est un engagement libre et personnel. C'est un engagement définitif et pour toute la vie !

Cécile, ne sachant quoi répondre, remonta précipitamment dans sa chambre, claqua violemment la porte et se jeta sur son lit en pleurant. Ensuite, un peu calmée, elle se mit à lire la lettre d'André qui contenait une magnifique et splendide déclaration d'amour. Elle fut touchée malgré elle.

Le lendemain, après une longue et interminable nuit de réflexion, Cécile se rendit dans la cuisine pour parler à Pauline qui était en train d'éplucher des légumes. Au moment où elle aperçut Cécile, elle eut un grand sourire. Après plusieurs tentatives, Cécile lui dit timidement :

– J'ai réfléchi à ce que vous m'avez dit hier ! Je dois reconnaître que vous aviez raison sur un point : je ne suis pas amoureuse de Nicolas !

– Ah, c'est bien, vous voyez, nous avançons ! s'exclama joyeusement Pauline.

Le dimanche suivant, Cécile invita Nicolas à se promener dans la campagne. Il était très heureux de revoir sa ravissante fiancée. Ce jour-là, le temps était lourd et on sentait qu'un orage se préparait. Lorsqu'ils furent suffisamment éloignés de la maison, Nicolas que Cécile aidait à avancer, voulut embrasser sa promise mais celle-ci le repoussa gentiment. Nicolas fut extrêmement surpris par l'attitude de Cécile et lui dit :

– Qu'y a-t-il, ma chère ?

Cécile, cherchant ses mots, déclara :

– Nicolas, j'aimerais que vous sachiez que je vous apprécie beaucoup et que j'ai une profonde affection pour vous, mais, pour être vraiment sincère, je ne suis pas amoureuse de vous !

En entendant ces mots, Nicolas eut l'impression d'avoir reçu un coup de poignard et s'exclama avec stupeur :

– Quoi ? Que dites-vous ? Vous ne voulez plus m'épouser ? Mais pourquoi ?

– Oh Nicolas, je vous en supplie ne rendez pas la situation plus compliquée qu'elle ne l'est déjà ! répondit Cécile en implorant le jeune homme.

– Mais vous me devez quand même des explications Cécile ! répliqua-t-il irrité.

Cécile en larmes dit simplement :

– C'est mon père qui souhaitait que je me marie avec vous ! Pas moi !

Nicolas, anéanti, ne répondit rien mais signifia à Cécile qu'il voulait rentrer. Lorsqu'ils furent arrivés à proximité de la maison, Cécile rendit sa bague de fiançailles à Nicolas et lui dit gentiment :

– Vous devez me trouver bien ingrate ? Simplement, je ne pourrais jamais me marier avec un homme dont je ne suis pas réellement amoureuse !

Nicolas dans un dernier élan de courtoisie répondit :

– Je garderais toujours un très bon souvenir de vous ! Je vous souhaite d'être heureuse Cécile ! C'est ici que nos chemins se séparent !

Nicolas, s'appuyant sur sa canne, s'en alla vers l'hôpital tandis que Cécile retourna chez elle. Elle resta quelque temps au jardin et malgré le soulagement qu'elle éprouvait, elle commença à se demander comment elle allait pouvoir affronter son père.

*

À plusieurs centaines de kilomètres de Sens, sur le front, les hommes étaient désespérés par cette abominable guerre qui durait depuis près de trois ans. En cette année 1917, les mutineries se multipliaient dans les tranchées. Pour les éviter, les généraux exécutaient des soldats pour l'exemple. Certains hommes, afin de ne plus risquer leur vie sur le champ de bataille, étaient prêts à se mutiler eux-mêmes. Ils se faisaient diverses blessures allant de la paume de la main transpercée par une balle tirée de leur propre canon, au pied fracturé en se laissant tomber du haut d'une échelle de tranchée, en passant par le ventre ouvert simulant le passage d'un éclat d'obus. Ces combattants du désespoir étaient appelés des « mutilés volontaires ». Cependant, la plupart d'entre eux étaient démasqués lors de leur passage au poste de secours. En effet, si l'officier médecin constatait des signes suspects comme une brûlure de poudre autour de la plaie, il en référait à ses supérieurs qui prenaient aussitôt une sanction contre ce soldat en quête de désertion. Il existait plusieurs types de sanctions : l'une d'elles consistait à emmener les coupables dans la zone neutre, à les attacher à un piquet avec un bandeau sur le cœur, ce qui permettait à l'ennemi de les tuer plus facilement. Quelques-uns parvenaient à ne pas se faire prendre et étaient renvoyés chez eux avec les autres blessés. Les circonstances étaient propices à l'émergence des insubordinations. La boue, le froid et les permissions peu nombreuses et retardées sans cesse, l'état lamentable des cantonnements, le contact permanent avec le sang et la mort encourageaient les soldats à la rébellion. Ces mouvements de révolte apparaissaient surtout lors d'échecs militaires et d'erreurs de commandement. Le refus de monter à l'assaut était l'acte de rébellion le plus courant. Les soldats faisaient preuve d'insubordination en ne répondant plus aux ordres de l'officier chargé de lancer l'assaut. De cette manière, ils exprimaient leur refus de participer à des attaques qu'ils jugeaient coûteuses en vies humaines et dont ils savaient pertinemment qu'elles étaient vouées à l'échec. Entre les combats, les soldats chantaient des ritournelles de lamentations. Certaines d'entre elles étaient censurées par le commandement car leurs paroles critiquaient ouvertement les officiers, et leur défaitisme incitait à la mutinerie. Ces refrains étaient appris par cœur afin d'être transmis oralement, de manière clandestine. La Chanson de Craonne était l'air le plus connu.

Quand au bout d'huit jours, le r'pos terminé,
On va r'prendre les tranchées,
Notre place est si utile
Que sans nous on prend la pile.
Mais c'est bien fini, on en a assez,
Personn' ne veut plus marcher,
Et le cœur bien gros, comm' dans un sanglot
On dit adieu aux civ'lots.
Même sans tambour, même sans trompette,
On s'en va là-haut en baissant la tête.

Adieu la vie, adieu l'amour,
Adieu toutes les femmes.
C'est bien fini, c'est pour toujours,
De cette guerre infâme.
C'est à Craonne, sur le plateau,
Qu'on doit laisser sa peau
Car nous sommes tous condamnés
C'est nous les sacrifiés !

Il y avait aussi des billets qui incitaient à la révolte et circulaient dans les tranchées et les casernes. Tous ces hommes se considéraient comme appartenant à une génération perdue et sacrifiée qui avait dû laisser derrière elle sa jeunesse, ses rêves, sa famille et ses projets. Beaucoup avaient perdu la vie ou étaient meurtris pour toujours dans leur chair et dans leur esprit.

En cette nuit du 15 avril 1917, François et André étaient allongés dans un abri, cherchant le sommeil avant une grande offensive prévue pour le lendemain au lever du jour. André était particulièrement horrifié par la perspective de mourir. Depuis le début du conflit, il n'avait jamais cessé de penser à la mort et cette idée funeste l'empêchait de fermer l'œil par crainte de faire des cauchemars. Mais cette nuit-là semblait particulièrement terrifiante pour tous les combattants qui sentaient bien qu'ils allaient peut-être tous y laisser leur peau. Dans l'abri où se trouvaient François et André, certains précisaient que l'offensive devait avoir lieu sur le Chemin des Dames, suivant les plans du général Nivelle. Vers minuit, André prit la décision de se lever pour faire un tour à l'extérieur. En effet, il avait l'impression d'étouffer et de manquer d'oxygène. Sa peur de la mort étant devenue intenable, il ne trouva qu'un moyen pour s'en sortir, faire une petite prière à Thérèse de Lisieux.

– Chère petite Thérèse, montrez-moi que le Ciel existe ! Thérèse, je vous demande de me protéger jusqu'à la fin de la guerre !

Et s'avançant vers un abri faiblement éclairé, André vit une petite dizaine de soldats qui semblaient attendre quelque chose. En arrivant à leur hauteur, il vit un aumônier en train de confesser. André, poussé par une force mystérieuse, alla s'asseoir avec ceux qui attendaient leur tour. Certains suppliaient à genoux en récitant le chapelet, tandis que d'autres, comme André, étaient assis et priaient dans le silence de leur cœur. Une heure passa et ce fut le tour d'André. Il se leva subitement et s'avança vers l'aumônier d'un pas lent mais déterminé. Il avait beaucoup d'appréhensions mais il se sentait poussé doucement par une main invisible. Arrivé devant le prêtre, il se mit à genoux en disant :

– Bénissez-moi, mon père, parce que j'ai péché !

Après avoir confessé ses fautes et avoué sa peur de la mort, il entendit l'aumônier lui conseiller de prier quotidiennement la Vierge Marie, surtout avant de s'endormir.

– Elle vous apprendra à trouver la vraie paix, celle qui vient du Ciel !

André, s'étant relevé, s'apprêtait à faire demi-tour lorsque le prêtre l'interpella en disant :

– Mon fils, j'ai une image pour vous !

Intrigué, André retourna sur ses pas et reçut du prêtre une image de Thérèse de Lisieux ! À cet instant, André eut la conviction profonde de la présence de Dieu et des saints à ses côtés... Il se dit que le Ciel existait réellement, et il comprit qu'il avait été entendu. Il repartit l'âme en paix. Il s'endormit sur ce qui lui restait de couverture dans la tranchée. Au milieu de son sommeil, il vit, dans un halo de lumière, au-dessus de l'obscurité effrayante de la nuit, le visage aimant de sa mère qui récitait son chapelet pour lui. Elle semblait mettre tout son cœur à prier pour lui, pour demander à Dieu que son fils lui soit rendu. André se réveilla rasséréné par ce rêve d'une prière qui lui arrivait du monde de l'arrière et venait le rejoindre jusqu'au front. Il se sentait empli d'une confiance inébranlable en Dieu et pouvait désormais abandonner toute sa vie à la sagesse souveraine de Dieu.

Le lendemain matin, dans la fraîcheur de l'aurore et le feu de l'angoisse, l'assaut fut ordonné par le commandant et tous les fantassins s'élancèrent comme un seul homme en direction des lignes ennemies. L'infanterie devait s'engouffrer dans les brèches faites par l'artillerie, afin d'épurer les premiers rangs et de prendre les lignes plus en arrière. L'objectif était d'atteindre le sud de la ville de Laon avant le soir. En l'espace de quelques minutes, des centaines de soldats, fauchés par les balles de l'ennemi, tombèrent sur un sol parsemé de cratères creusés par des centaines de milliers d'obus. Ils avaient été tirés par l'artillerie française depuis le 12 avril pour préparer le terrain et réduire les résistances ennemies. Dans un tumulte de cris perçants et stridents, les combattants se jetèrent dans la première ligne de l'ennemi. Tout crépitait autour d'eux comme le chêne sec craquant dans l'âtre. C'était un déluge d'éclairs fendant les airs. Les soldats français parvinrent à prendre la première position allemande. Mais, les autres lignes n'avaient été que très peu touchées par les bombardements de l'artillerie et tous se retrouvèrent devant des tranchées ennemies solidement défendues. À peine André était-il parvenu jusqu'à la première ligne qu'il fut touché en plein ventre. Il s'effondra sur le sol boueux dans un atroce gémissement de douleur. Soudain, il n'entendit plus ni le bruit du canon, ni celui des mitrailleuses, ni même les hurlements de ses camarades. Il était tombé à deux pas d'un impressionnant trou d'obus rempli d'eau dont on ne voyait pas le fond. Tout à coup, relevant légèrement la tête, André vit quelque chose d'unique et de merveilleux. À quelques mètres devant lui, sur ce sol criblé par les obus, il vit une incroyable petite pâquerette blanche… Elle était si fragile, si délicate et elle semblait si seule sur la terre qu'il se demandait comment elle avait pu être épargnée par le souffle de la mort. André resta un long instant à la regarder, puis il perdit connaissance.

Troisième partie

La vie nouvelle

Chapitre 1
La guérison

En ce début de matinée du 16 avril 1917, sous une pluie de bombes, une dizaine de brancardiers s'étaient élancés vers les centaines de blessés tombés sur le champ de bataille. Deux jeunes hommes accoururent au chevet d'un soldat allongé face contre terre près d'un immense trou d'obus. Ils s'accroupirent, déposèrent le brancard sur le sol boueux, prirent le blessé et l'installèrent avec précaution. Ils partirent en direction du poste de secours. Le soldat allongé était évanoui et couvert de sang mais il semblait respirer encore : c'était André. Quelque temps après, ils entrèrent dans un abri qui servait de poste de secours en première ligne. De nombreux blessés jonchaient le sol, les uns étaient évanouis et les autres gémissaient de douleur. Au-dessus d'eux claquaient les obus et la mitraille. Toutes les équipes de brancardiers s'affairaient pour sauver le plus de vies possible. Ils ne comptaient plus les allers et retours qu'ils avaient effectués depuis l'aube. Les officiers médecins passaient d'un blessé à l'autre avec célérité sachant que de chaque seconde gagnée ou perdue dépendait la survie de combattants blessés au champ d'honneur. Lorsque l'un des médecins arriva enfin au chevet d'André, il eut à peine le temps de le regarder qu'il déclara :

– Désinfectez vite ces plaies du ventre et évacuez le blessé de toute urgence vers l'arrière !

Aussitôt, un infirmier apporta les premiers soins. Puis des brancardiers acheminèrent André en ambulance vers son nouveau refuge. Son état était particulièrement inquiétant car il avait reçu plusieurs balles dans le ventre, et il devait être opéré dans les plus brefs délais. Il fut transporté vers une gare en voiture sanitaire automobile. Puis il fut déposé sur le quai d'une petite gare, aux côtés de ses autres camarades blessés. Quelques minutes plus tard, un train sanitaire entra en gare et des dizaines d'infirmiers et d'infirmières se précipitèrent pour embarquer l'ensemble des blessés. Après un arrêt prolongé, le train sanitaire finit par partir en direction des hôpitaux militaires basés à Sens. André était toujours inconscient mais il se trouvait entre de bonnes mains.

*

À la nuit tombée, Cécile se trouvait encore à l'hôpital pour soigner les blessés qui étaient de plus en plus nombreux. Elle avait prévenu Eugénie qu'elle souhaitait rester là-bas afin de prêter main-forte à l'équipe de nuit. En effet, les hôpitaux militaires étaient pleins à craquer de soldats très grièvement blessés. Les équipes médicales, professionnelles et volontaires, travaillaient d'arrache-pied, sacrifiant toutes leurs forces et leur énergie. Cécile était heureuse de travailler dur car cela l'aidait à conjurer les pensées qui la taraudaient encore à propos de la rupture de ses fiançailles avec Nicolas et de l'absence de nouvelles d'André. La jeune fille s'affairait dans une salle immense où étaient installés des dizaines de soldats gémissants et agonisants. Une odeur de fange et de sang rendait le travail pesant et éprouvant. Dans un coin, plusieurs lits étaient encore libres mais ils ne tarderaient pas à être occupés car un nouveau train sanitaire devait arriver au milieu de la nuit. Cécile s'occupait d'un blessé lorsque plusieurs infirmiers entrèrent chargés de brancards. Cécile, Eugénie et d'autres soignants accoururent auprès d'eux. Soudain, Cécile reconnut avec effroi le visage d'André qui gisait inconscient, étendu sur une civière.

Sous le choc, la jeune fille fit un malaise, s'évanouit et tomba sur le sol. Quelques instants après, elle revint à elle grâce aux bons soins d'Eugénie. Cécile se releva, sortit dans le couloir et se mit à pleurer. Elle était bouleversée d'avoir vu André dans un état pareil. Quelques instants plus tard, Eugénie la rejoignit et lui demanda :

– Tout va bien ? Vous me semblez bien pâle ! Connaissez-vous ce jeune homme ?

Après avoir essuyé ses larmes, Cécile répondit péniblement :

– Oui, c'est un très bon ami !

– Ah, ma pauvre ! reprit-elle gentiment.

– Oui, c'est un ami ! soupira Cécile…

André fut installé sur un lit de camp près d'une fenêtre, mais il était toujours évanoui et se vidait de son sang. Le médecin arriva peu de temps après pour examiner les nouveaux arrivants. Lorsqu'il entra dans la pièce, il se dirigea vers André et déclara précipitamment :

– Amenez-le tout de suite au bloc opératoire ! Il faut que le chirurgien l'opère d'urgence pour lui retirer les balles logées dans le ventre, il perd beaucoup de sang !

En hâte, André fut conduit auprès du chirurgien. L'opération se déroula sans encombre. Mais la situation s'avéra plus grave que prévu car lorsque la première balle fut extraite, la seconde apparut tout près du foie qu'elle avait endommagé. Par chance, le chirurgien parvint à la retirer. Après cela, André fut reconduit dans la grande pièce où il fut perfusé. Son état était enfin stabilisé, mais il restait encore inconscient. Plusieurs minutes après qu'André eut été installé près de la fenêtre, Cécile entra dans la pièce et accourut à son chevet. Elle s'assit à côté du lit et demanda à une infirmière :

– Comment s'est passée l'opération ?

L'infirmière déclara :

– Ils ont pu retirer les balles, mais le foie a été endommagé !

Cécile questionna de nouveau :

– Va-t-il s'en remettre ? Combien de temps restera-t-il inconscient ?

– Je ne sais pas ! répondit-elle simplement.

À ces mots, Cécile prit la main d'André et se mit à pleurer. Elle demeura le reste de la nuit auprès de lui.

Au petit matin, le médecin passa pour examiner son patient. Voyant Cécile au chevet d'André, le médecin dit doucement :

– Je suis désolé pour votre fiancé mais ne vous inquiétez pas ! Il va s'en remettre !

Cécile, relevant la tête, répondit :

– Je ne suis pas sa fiancée ! Simplement une amie !

Le médecin, surpris, s'en alla voir les autres blessés. Cécile se retourna pour regarder André qui était toujours inconscient et lui parla tout doucement :

– André, je vous en supplie, réveillez-vous ! Battez-vous, ne me laissez pas seule !

Cécile resta toute la journée auprès de lui car elle n'avait pas la force de le quitter.

Le lendemain soir, Joseph Tournier, le père d'André, vint voir son fils. Lorsqu'il entra dans la grande pièce de l'hôpital, il se précipita vers le lit d'André et aperçut Cécile à son chevet. Joseph lui dit l'air angoissé :

– Je n'ai appris que ce matin qu'il était ici ! Comment va-t-il ?

Cécile, submergée par l'émotion, répondit :

– Il a perdu beaucoup de sang et son foie a été endommagé, mais le médecin pense qu'il va s'en sortir ! Cela risque d'être difficile.

Joseph écoutait la jeune fille avec attention et semblait très anxieux. Il s'approcha du bord du lit, se pencha en avant et tapota légèrement l'épaule d'André en lui disant à voix basse :

– Courage, mon fils, tiens bon, tout le monde va t'aider ici !

Se relevant, Joseph, s'adressant à Cécile, dit gentiment :

– Merci d'être là ! Je suis sûr qu'il va s'en remettre ! Il n'est pas du genre à se décourager ! Et puis vous êtes là, à ses côtés !

Pour toute réponse, Cécile adressa un petit sourire à Joseph, puis elle sentit des larmes couler à nouveau le long de son visage. Joseph lui rendit son sourire. Au fond de lui-même, il avait l'impression que sa vie ne serait plus jamais comme avant. Il était dévasté et terrifié à l'idée de perdre ses deux fils.

– Que vais-je devenir sans eux ? Qui reprendra la ferme ? Comment allons-nous pouvoir vivre dans notre vieillesse Charlotte et moi ? Mon Dieu, venez à mon secours ! lança-t-il suppliant et regardant son fils aîné.

Sans rien dire, Joseph quitta André et repartit chez lui, complètement bouleversé.

Quelques jours plus tard, comme Cécile était toujours au chevet d'André, Eugénie vint la trouver et lui dit avec insistance :

– Cécile, vous devriez rentrer chez vous afin de vous reposer !

Cécile répondit fermement :

– Non ! Il a besoin de moi !

Eugénie retourna à son travail, laissant Cécile qui était paniquée de ne constater aucune amélioration de l'état de son ami. Même les propos optimistes du médecin ne parvenaient pas à lui faire reprendre espoir. Intérieurement, Cécile était anéantie et contrôlait de moins en moins ses sentiments.

En fin de journée, Louise vint auprès de sa sœur et s'exclama avec vivacité :

– Cécile, que fais-tu ici ? Pourquoi restes-tu là jour et nuit, au chevet de ton ami ? Nos parents sont très inquiets de ne pas te voir rentrer à la maison ! De plus, Père souhaiterait te parler !

Se levant de sa chaise, Cécile répondit fermement :

– Non, je reste auprès de lui ! Je ne rentrerai que lorsqu'il se réveillera ! Je sais très bien pourquoi Père souhaite me voir !

Louise reprit :

– Très bien ! Et pourquoi donc souhaite-t-il te parler ?

– Pour avoir des explications au sujet de la rupture de mes fiançailles avec Nicolas !

Louise qui s'apprêtait à partir, fit volte-face et s'exclama joyeusement :

– Eh bien, Dieu soit loué ! Cet individu ne sera pas mon beau-frère ! Au revoir Cécile !

Vers dix heures du matin, le lendemain, la pièce était éclairée par un magnifique rayon de soleil. Au-dehors, les branches des arbres se balançaient lentement dans une brise légère. Cécile s'était assoupie sur la chaise située près du lit d'André. Tout à coup, il ouvrit les yeux et remarqua la présence de sa Cécile. Il leva doucement sa main. Sentant le léger mouvement, Cécile se réveilla d'un bon et vit que son ami s'était enfin réveillé. Elle lui dit à voix basse :

– Bonjour, André, enfin vous vous réveillez et revenez à la vie !

André n'eut pas assez de force pour lui répondre mais parvint à esquisser un léger sourire. Il semblait apaisé et serein, mais il était encore très fatigué. Cécile et André se regardèrent durant de longues minutes. Puis, André se rendormit tranquillement.

Un peu plus tard, il se réveilla en gémissant de douleur, puis il se mit à crier très fort. Cécile se leva précipitamment et sortit quérir un médecin. Elle retrouva celui de la veille et lui demanda de venir voir André qui hurlait de douleur. Lorsque le médecin arriva au chevet d'André, il déclara :

– Il faut lui donner de la morphine ! Vite ! Je vais en chercher ! Attendez-moi ici !

Quelques minutes après, le médecin réapparut et fit une injection à son malade puis repartit. Cécile resta au chevet d'André jusqu'à ce qu'il se soit rendormi. Quand il sombra dans le sommeil, Cécile, qui était restée près de lui depuis plusieurs jours, se décida enfin à prendre ses affaires et à rentrer chez elle.

À son arrivée, elle fut accueillie chaleureusement par Louise qui se jeta dans ses bras :

– Cécile, te revoilà enfin !

Cécile, exténuée, avait du mal à parler et, quelques instants plus tard, elle fit comprendre à sa sœur qu'elle avait vraiment besoin de se reposer et elle monta dans sa chambre.

À son réveil, Cécile descendit au salon et y trouva son père, assis près de la cheminée. En la voyant, il posa son journal et lui dit avec inquiétude :

– Mais où étais-tu donc passée ? Alors, j'ai appris avec stupeur que tu avais rompu tes fiançailles avec Nicolas !

Cécile répondit à son père :

– Oui Père, j'ai dit à Nicolas que je ne l'épouserais pas !

Georges très contrarié, se leva et s'écria en levant les bras au Ciel :

– Mais pourquoi ? Quelles sont tes raisons ? Il était parfait pour toi cet homme-là !

Cécile s'assit et répondit calmement :

– Père, sachez que je n'étais pas vraiment amoureuse de lui ! Jamais je n'aurais été heureuse et épanouie en l'épousant !

Georges resta muet, mais quelques minutes après, il ajouta :

– C'est vraiment dommage ! Je te répète qu'il te convenait parfaitement !

– C'est votre opinion, Père, non la mienne ! Je ne vous demande pas de me comprendre mais seulement de respecter mon choix ! reprit Cécile.

Georges répondit plus sereinement :

– Bien entendu ma fille, tant que ton choix reste conforme à l'éducation que tu as reçue ! Où étais-tu passée ces derniers jours ?

Cécile répondit vivement :

– J'étais à l'hôpital ! Nous avons énormément de travail nous autres, les infirmières ! D'ailleurs, j'y retourne dès demain, à la première heure !

Georges se releva d'un bon et s'exclama :

– Hors de question ! Tu es épuisée et tu dois d'abord te reposer !

Cécile, prise de court, ne répondit rien.

Le soir venu, lors du dîner, Georges évoqua les pénuries alimentaires qui s'étaient aggravées à Sens lors des derniers jours. Déjà, depuis le début de la guerre les populations manquaient de tout : de viande, de poisson, de beurre et de produits frais ! Mais à présent trouver de la nourriture devenait un exploit. Cécile, qui avait du mal à suivre la conversation, était plongée dans ses pensées au sujet de l'état de santé d'André. Elle aurait aimé être à son chevet et continuer à prendre soin de lui. Elle espérait de tout son cœur qu'il se remette le plus vite possible, mais elle se disait en elle-même :

– Pas trop vite non plus, sinon il va être renvoyé au front !

En fait, Cécile souhaitait qu'André se rétablisse mais qu'ensuite, il soit réformé. Louise, quant à elle, pensait à Frédéric. Elle l'imaginait déjà la demandant en mariage ! Elle le trouvait beau et charmant. Depuis le début du repas, Louise essayait de trouver l'occasion de demander à son père d'inviter Frédéric à déjeuner le dimanche suivant. Mais elle ne savait pas comment s'y prendre avec son père car elle ne lui avait pas encore parlé de cet officier qu'elle avait rencontré quelques semaines plus tôt. Après plusieurs hésitations, Louise dit timidement :

– Père, j'ai récemment fait la connaissance d'un officier, Frédéric Moulin, qui est soigné à l'hôpital. J'aimerais l'inviter à déjeuner dimanche, seriez-vous d'accord ?

Après quelques instants de réflexion, Georges répondit :

– Pourquoi pas ! Je serai ravi de faire sa connaissance ! Invitons-le dimanche, pour le repas dominical !

Louise ne put cacher sa joie et remercia vivement son père :

– Oh merci infiniment, Père ! Je suis certaine qu'il vous plaira... Vous verrez qu'il ne manque pas d'esprit !

Georges, amusé, répliqua gaiement :

– Nous verrons cela mon enfant !

De l'autre côté de la table, Cécile, les yeux écarquillés, regardait sa jeune sœur parler de sa rencontre avec un lieutenant. Elle était contente pour elle mais n'arrivait pas à se réjouir car elle était terriblement inquiète pour André. Cécile n'attendait qu'une seule chose, le revoir, quel que fût son état ! Ce qui comptait pour elle, c'était d'être à ses côtés. Malheureusement, elle devait rester chez elle pour se reposer, comme le lui avait ordonné son père ! Après le dîner, Cécile s'empressa de regagner sa chambre, s'effondra sur son lit et s'endormit aussitôt.

Au milieu de la nuit, la jeune fille se réveilla en sursaut, ouvrit brusquement les yeux dans l'obscurité et comprit qu'elle venait de faire un cauchemar. Son cœur battait très fort, son souffle était court et son visage était couvert de sueur. Se redressant, Cécile essaya de se remémorer les séquences de son mauvais rêve. Mais plus elle tentait d'en comprendre le sens, moins il avait de cohérence. Du reste, la seule image qu'elle gardait distinctement en mémoire était celle où elle se voyait en pleine nuit devant une tombe surmontée d'une simple croix de bois blanc sur laquelle était écrit : « André Tournier 1891-1917. » Cécile, épouvantée par cette vision qui ne la quittait plus, resta immobile dans le noir en pleurant. Elle tenta en vain de trouver le sommeil, mais la peur de perdre André ne la lâchait plus ! Deux heures plus tard, Cécile eut la sensation de voir apparaître dans l'obscurité un cercueil en hêtre blanc et parvint à étouffer ses cris en saisissant fermement son oreiller.

Au petit matin, Louise entra dans la chambre de sa sœur et ouvrit les rideaux. Louise semblait joyeuse et souhaitait partager sa joie avec sa sœur aînée. Éblouie par la lumière du jour, Cécile cacha son visage dans ses mains et dit :

– Louise, laisse-moi ! Il est encore trop tôt !

Louise, qui était d'une humeur joviale et taquine, déclara :

– Il est interdit de traîner au lit d'après l'article 16 de ma nouvelle charte !

Cécile, se dégageant, ne put s'empêcher de sourire et répondit amusée :

– Ah, je comprends, c'est à cause de cet officier que tu as perdu la tête ! Dimanche, je vais pouvoir le lui dire !

Louise méfiante répondit :

– Non, je n'ai pas perdu la tête ! Je l'apprécie beaucoup, mais j'attends qu'il fasse les premiers pas !

Constatant que Louise parlait sérieusement, Cécile répondit gentiment :

– Je te comprends parfaitement ! Je disais simplement cela pour te taquiner un peu !

Louise s'assit au bord du lit et demanda timidement à sœur :

– Comment sait-on que l'on est amoureuse ?

Bien que stupéfaite par sa question, Cécile répondit honnêtement :

– Je ne sais pas !

Comme la réponse de sa sœur ne lui convenait pas, Louise reprit avec insistance :

– Comment as-tu su que tu étais amoureuse de Nicolas ?

Cécile répondit gênée :

– Mais je n'étais pas amoureuse de lui, justement !

Louise insista :

– Je ne te crois pas ! Mais alors, comment as-tu su que tu ne l'étais pas ?

Cécile répondit exaspérée :

– Oh mais je n'en sais rien ! Pourquoi m'importunes-tu avec toutes ces questions ?

Louise insista malicieusement :

– Tu n'en aurais pas une toute petite idée ?

Cécile sentit qu'en tant que sœur aînée, elle se devait de donner une réponse acceptable à Louise. Mais, en cet instant, elle aurait préféré se dérober en adressant sa sœur à sa mère. Cependant, comme inspirée, elle trouva les mots justes pour dire à sa petite sœur qui la regardait avec des yeux ronds :

– Je n'ai pas de réponse mais seulement quelques indices : lorsqu'on pense sans cesse à une autre personne, quand on souffre à chaque fois qu'on la quitte, quand on est anxieux avant de le revoir ou que l'on attend avec impatience sa lettre… on est amoureux, en tous cas ce sont des indices assez clairs.

Louise parut enfin satisfaite. Elle se leva, se dirigea doucement vers la porte, mais Cécile la retint en lui demandant :

– Et toi ? Ne serais-tu pas amoureuse par hasard ?

Louise répondit :

– On verra ça !

Un peu plus tard dans la matinée, Cécile sortit pour se rendre à la ferme des Tournier et leur donner des nouvelles d'André. Dans la pièce principale, Charlotte taillait des bandes de tissus pour les hôpitaux. Joseph venait de déposer son carnet de compte et s'apprêtait à sortir. Il avait passé le seuil d'entrée lorsqu'il aperçut Cécile qui s'approchait de la ferme. Joseph sentit son cœur se serrer, comme s'il craignait d'apprendre de mauvaises nouvelles de son fils. Quelques instants plus tard, Cécile arriva devant la maison et Joseph la fit entrer. En la voyant, Charlotte se leva de sa chaise et s'approcha d'elle en lui disant précipitamment :

– Comment va mon fils ? S'est-il réveillé ?

Cécile répondit brièvement :

– Lorsque je l'ai quitté hier en début d'après-midi, il était de nouveau conscient mais il restait très fatigué et assez faible !

À ces mots, Charlotte sentit son cœur de mère s'émouvoir et ses yeux s'emplir de larmes. Elle n'arrivait pas à articuler le moindre mot. Voyant sa femme affligée, Joseph lui dit délicatement :

– Allez, ne t'inquiète pas ! Je suis persuadé qu'André se rétablira !

Charlotte répondit brusquement :

– Tu n'en as aucune idée Joseph ! Peut-être bien qu'il va mourir ! Mourir, tu entends comme Arthur !

Joseph reprit calmement :

– C'est possible effectivement... !

Ne supportant pas ce discours fataliste, Cécile s'écria avec force :

– Non, il vivra ! Il n'a pas le choix ! Il n'a pas le droit de m'abandonner !

Charlotte et Joseph, surpris, interrogèrent Cécile du regard. La jeune fille eut l'impression d'être allée trop loin et se couvrit le visage de ses mains avant de sortir de la cuisine. Charlotte eut pitié d'elle et alla la rejoindre. Cécile pleurait à chaudes larmes. Charlotte posa sa main maternelle sur son épaule et lui dit avec bienveillance :

– Ne pleurez pas mon enfant ! Je comprends votre angoisse... S'il venait à quitter cette terre, nous serions toutes les deux effondrées ! Vous, vous avez peur de perdre un ami, et moi un fils !

Cécile se retourna, posa sa tête sur l'épaule de la mère d'André et lui dit à mi-mot :

– Je ne pourrais pas vivre sans lui !

Quelques instants après, Cécile reprit en pleurant :

– En le voyant si faible, j'ai compris que je l'aimais !

Charlotte fit mine de ne pas entendre et essaya de consoler la jeune fille tant bien que mal. Elle partageait sa peine mais il lui en coûtait d'accepter qu'elle aimait son fils. Essuyant ses larmes Cécile se décida à prendre congé de la mère d'André et à rentrer chez elle. Le ciel était légèrement voilé par des nuages effilés, d'une blancheur lumineuse.

*

Pendant ce temps, Louise venait d'arriver à l'hôpital. Elle était joyeuse et arborait un large sourire. Elle tenait absolument à revoir Frédéric et à lui proposer de partager le repas dominical avec sa famille. À peine eut-elle déposé ses affaires au pied de son bureau de travail qu'elle s'empressa de sortir dans le couloir à la recherche de l'officier. Elle croisa le docteur Vernet qui, en la voyant de si bonne humeur, lui dit :

– Bonjour mon petit ! Où allez-vous donc de ce pas ?

Louise répondit en rougissant :

– Bonjour docteur ! Je vais rendre une petite visite au lieutenant Moulin !

Le docteur répondit avec entrain :

– Ah oui je vois ! Je viens de le conduire dans le parc, près du grand chêne, vous l'y trouverez sans difficulté !

Louise remercia vivement le docteur et se rendit à l'endroit que Vernet venait de lui indiquer. Elle aperçut Frédéric de loin. Il était assis sur son fauteuil roulant et contemplait les jeunes feuilles fraîchement ouvertes du beau chêne centenaire.

Souhaitant faire une surprise à Frédéric, Louise avança sur la pointe des pieds jusqu'à lui. Arrivée à sa hauteur, derrière le fauteuil, elle mit ses deux mains sur les yeux de Frédéric et prenant une grosse voix, elle s'exclama :

– Qui est-ce ?

Sans hésitation, Frédéric dit sur un ton amusé :

– Si j'en crois la douceur de vos mains, c'est vous ma ravissante Louise !

Louise répondit d'un ton espiègle :

– Non, vous n'y êtes pas !

Frédéric déclara avec ferveur :

– Si, c'est vous, ma princesse !

Surprise et conquise, Louise retira ses mains et serra Frédéric dans ses bras. Elle sentait que son cœur débordait de tendresse pour cet homme. Frédéric était lui aussi très ému de sentir l'étreinte de Louise. Lorsqu'elle retira ses bras, elle lui abandonna sa main. C'est alors qu'il lui déclara avec passion :

– Je vous aime Louise ! Je crois que je suis vraiment amoureux de vous !

À ces mots, Louise sentit son cœur s'emplir d'une immense joie qu'elle aspira profondément comme prenant une bouffée d'air pur. Mais, comme elle restait silencieuse, Frédéric commença à s'inquiéter car il souhaitait savoir si ses sentiments étaient partagés. Louise se rendit compte de la situation mais elle voulut mettre à l'épreuve l'homme qui prétendait l'aimer. Elle lui demanda :

– Vous croyez être amoureux, ou vous l'êtes réellement ?

Frédéric, décontenancé, murmura :

– Je suis amoureux de vous Louise ! Et vous ? Quels sont vos sentiments à mon égard ?

Sans hésiter, Louise répondit :

– Moi aussi, je vous aime !

Frédéric et Louise se regardèrent longuement en un cœur à cœur intense. Puis d'un geste tendre, Louise posa sa main sur l'épaule de Frédéric et l'embrassa. Après cela, elle reconduisit Frédéric dans sa chambre et lui demanda :

– Seriez-vous disponible dimanche prochain pour un déjeuner de famille ? Mon père serait ravi de vous rencontrer !

Frédéric répondit chaleureusement :

– Avec grand plaisir, Louise, mais il faudrait que je demande la permission de sortir au docteur Vernet !

Louise ne s'était pas rendu compte que son ami convalescent ne pouvait pas sortir de l'hôpital sans obtenir au préalable l'autorisation du docteur... Mais sûre d'elle, elle s'exclama :

– Je me charge de Vernet !

Quittant Frédéric, elle alla trouver le docteur qui effectuait son service auprès de ses patients. Il venait de terminer une auscultation, quand Louise vint à sa rencontre. Surpris, il lui demanda :

– Que puis-je pour vous Louise ?

Elle répondit :

– Docteur serait-il possible que le lieutenant Moulin vienne déjeuner avec ma famille dimanche ?

Ernest ne fut guère étonné de la demande et déclara avec un sourire :

– Bien évidemment !

Louise, ravie, répondit :

– Oh merci infiniment docteur !

Louise se préparait à sortir quand Vernet ajouta :

– Mais, il faudra faire attention à ce qu'il ne boive pas d'alcool et, surtout, qu'il ne se fatigue pas trop !

Elle répondit avec gravité :

– Entendu docteur, vous pouvez compter sur moi !

Louise retourna au secrétariat le cœur léger.

Quant à Cécile, après une nuit agitée, elle descendit à la salle manger pour prendre son petit déjeuner en compagnie de son père qui était de très bonne humeur. Cécile lui dit qu'elle souhaitait absolument reprendre son service d'infirmière volontaire. Georges ne fut guère étonné des intentions de sa fille et répondit gentiment :

– Très bien ! Très bien, si tel est ton désir ! Ta mère et moi sommes très impressionnés par ta persévérance et ton courage ! Nous sommes fiers de toi…

Le visage de Cécile s'illumina et un large sourire vint se former sur ses lèvres, elle s'exclama :

– Merci beaucoup, Père !

Lorsqu'elle eut terminé son petit déjeuner, Cécile partit en toute hâte en direction de l'hôpital.

Une fois arrivée, Cécile entra dans la grande salle où étaient installés les blessés les plus atteints et se précipita vers le lit d'André. Il était allongé avec deux oreillers calés sous sa tête. Il était encore très fatigué et semblait mal supporter sa situation. Jamais il n'aurait imaginé vivre tant de souffrances. Il n'aimait guère se voir dans cet état pitoyable et il était horrifié à l'idée que Cécile, la femme dont il était amoureux depuis si longtemps, le voit aussi diminué. Il avait honte de se montrer si affaibli devant elle, lui qui avait été si fort et avait résisté à tant de misère dans les combats et dans le quotidien des tranchées. Mais, lorsqu'il aperçut le visage de Cécile, il oublia toutes ses inquiétudes et s'exclama émerveillé :

– Vous êtes un ange pour moi !

Cécile se mit à rougir et répondit :

– Oh, André, je suis si heureuse de vous entendre à nouveau !

– Et moi de vous parler ! reprit-il.

Cécile s'assit sur un tabouret auprès d'André et lui dit :

– J'aimerais rester toute la journée à vos côtés mais je dois aller aider les autres infirmières ! Je vais m'arranger pour rester une demi-heure avec vous, André !

Après un long moment de silence, André déclara avec douceur :

– Cécile, je vous aime ! Si je suis en vie, c'est grâce à l'amour que j'éprouve pour vous depuis trois ans déjà !

Cécile, rougissant, s'assura par des regards furtifs lancés à droite et à gauche que personne n'avait entendu la déclaration d'amour d'André. Encore tout émue, elle dit à André avec bienveillance et délicatesse :

– Merci, cela me touche profondément ! André, je ne vous demande qu'une seule chose : que vous vous reposiez et que guérissiez ! J'ai besoin de vous !

Cécile se leva, embrassa André sur le front. Il sentit les beaux cheveux châtains de la jeune fille lui effleurer le visage et ce fut comme une caresse douce et consolante. Puis, Cécile s'en alla à son travail et passa toute la journée avec Eugénie à soigner des blessés.

Vers la fin de l'après-midi, Eugénie s'occupait d'un malade couché non loin d'André lorsque celui-ci l'appela d'une voix faible, se plaignant d'avoir terriblement froid et très mal à la tête. Eugénie accourut auprès d'André et posant sa main sur son front, elle s'exclama :

– Mais vous êtes brûlant !

Elle s'éloigna en courant et réapparut cinq minutes plus tard avec des couvertures qu'elle étendit sur André. Elle lui donna aussi un médicament pour faire baisser la fièvre. Au bout d'un quart d'heure, ne constatant aucune amélioration et entendant André répéter sans cesse :

– J'ai froid, j'ai terriblement froid ! Eugénie décida d'aller chercher Cécile. Lorsqu'elle la trouva, elle lui dit précipitamment :

– Votre ami va mal, il me dit qu'il a très froid ! Venez vite à son chevet !

Cécile s'empressa de se rendre auprès d'André qui ne cessait de répéter :

– J'ai très froid et je souffre horriblement !

Cécile ajouta une troisième couverture, donna à André un médicament contre la douleur et pria Eugénie d'aller quérir un médecin.

Quelques instants plus tard, Eugénie revint au chevet d'André, suivi d'un jeune médecin. André délirait en dégoisant des bribes de chants militaires ! Le médecin alla chercher une forte dose de morphine et la lui injecta. Au bout d'une heure, ne constatant aucune amélioration, il alla demander conseil à l'un de ses confrères. Tous deux étaient pessimistes et se préparaient au pire, en pensant qu'il y a des moments où la science ne peut plus rien... Puis ils continuèrent à discuter entre eux en affichant des visages fermés. Après quelques minutes, ils rendirent leur diagnostic qui tomba tel un coup de massue :

– Nous ne pouvons plus rien pour lui !

Lorsque ces terribles mots résonnèrent aux oreilles de Cécile, elle sentit comme une lame lui transpercer la poitrine et elle tomba au pied du lit. Elle saisit vigoureusement la main gauche d'André, poussant un cri de désespoir. Pour Cécile, le temps s'était figé. Eugénie essaya de la consoler en lui disant :

– Soyez forte, ayez du courage !

Mais, Cécile pleurait de plus en plus fort. Elle était maintenant gagnée par la peine et la colère et se répétait à elle-même :

– Pourquoi ? Mais pourquoi ?

Un peu plus tard, quand la nuit commença à tomber, Cécile se releva avec l'aide d'Eugénie. Elle était anéantie et se demandait comment elle allait faire pour continuer à vivre avec cette ombre de la mort qui planait sur André. Ne se sentant plus capable de demeurer plus longtemps auprès de lui, elle se résolut à quitter l'hôpital.

Cécile se mit à déambuler au hasard des rues de la ville de Sens, malgré la pluie qui tombait, faisant écho à ses larmes et à sa détresse intérieure. La jeune fille n'accordait plus aucune attention au monde extérieur qui semblait avoir disparu pour elle. Cette nuit d'avril 1917 était particulièrement froide et pluvieuse. Soudain, Cécile, qui s'apprêtait à traverser le pont de l'Yonne, vit une église sur l'autre rivage, c'était l'église Saint-Maurice. Elle semblait surgir de l'obscurité, tel un vaisseau de lumière, un phare qui éclairait la nuit. Cette petite église Saint-Maurice était d'une incroyable beauté... La lumière qui en émanait semblait trouer l'obscurité, comme un cierge pascal éclairant les ténèbres. Cette église semblait être illuminée par des milliers de cierges... Émerveillée et intriguée, Cécile pressa le pas et voulut entrer pour se recueillir un instant. Elle passa le porche, fit une génuflexion et se signa. Elle s'avança lentement vers la chapelle consacrée à la Sainte Vierge, comme poussée par une force surnaturelle. Arrivée au pied d'une Vierge à l'Enfant, Cécile tomba à genoux et fit cette prière :

– Ô ma Mère, priez pour nous ! Je viens vous supplier pour la guérison de mon cher André !

Cécile pria un long moment, puis sentit qu'une grande paix envahissait son âme. Soudain, elle vit arriver un vieux prêtre, au dos courbé et au visage rayonnant, qui lui dit doucement :

– Nous allons fermer l'église, mademoiselle !

Cécile s'apprêtait à sortir lorsqu'elle entendit le prêtre lui demander :

– Puis-je vous aider, vous semblez avoir pleuré ?

En confiance, Cécile répondit :

– Oui, j'ai besoin de prières. Je viens de l'hôpital, du chevet de mon meilleur ami qui semble condamné par la médecine ! Dans la soirée, il était au plus mal ! N'ayant pas le courage de rester à ses côtés, je suis sortie. À la nuit tombée, j'ai aperçu cette merveilleuse et lumineuse église. D'où vient tant de lumière, mon père ?

Le vieux prêtre, surpris par la question, répondit :

– Je ne sais pas, en semaine, nous n'éclairons pas l'église… Cette clarté que vous avez vue doit venir d'ailleurs, du Ciel sans doute, car ce soir, aucun cierge n'est allumé. Nous les gardons pour l'heure sainte du jeudi soir, pour orner l'autel du Saint Sacrement exposé. Ce soir, il n'y avait pas d'autre lumière dans l'église que celle de la petite lampe rouge du tabernacle !

Cécile répéta avec assurance :

– Je vous assure, mon père, que l'église était aussi lumineuse qu'en une nuit de Pâques !

Le vieux prêtre, ne sachant quoi répondre mais ne voulant pas décevoir la jeune fille, répondit :

– Je ne sais pas pourquoi l'église vous est apparue ainsi, mon enfant ! Peut-être était-ce un signe que Dieu voulait vous donner ! Je vous conseille de retourner auprès de votre ami dès demain ! Quant à moi, je réponds à votre demande de prière et je supplierai la Vierge d'intercéder auprès de son fils pour vous obtenir une guérison.

Remerciant le prêtre, Cécile s'en retourna chez elle.

Le lendemain, lorsqu'elle arriva dans la salle où se trouvait André, quelle ne fut pas sa surprise de le voir debout à côté de son lit, soutenu par un infirmier ! Il avait un large sourire aux lèvres ! Cécile comprit que sa prière avait été exaucée et elle s'avança vers André. Elle le serra dans ses bras. André fut très ému par le geste affectueux et inattendu de Cécile. Elle resta toute la journée auprès de lui, ne voulant plus le quitter. C'est à ce moment-là qu'elle comprit qu'elle était réellement éprise d'André. En milieu d'après-midi, les deux médecins de la veille revinrent voir le malade et exprimèrent leur surprise de constater que, malgré leurs prévisions, André avait survécu. Vers sept heures du soir, Cécile prit congé d'André en lui promettant de revenir le lendemain. Sur le chemin du retour, Cécile avait le cœur léger et l'âme en fête. Elle était très heureuse à l'idée qu'André fût totalement guéri et elle respirait avec bonheur la brise du soir.

En entrant chez elle, Cécile trouva son père assis au salon et elle l'entendit lui déclarer avec agacement :

– Où étais-tu encore passée ?

Cécile répondit doucement :

– J'étais à l'hôpital, occupée à soigner les blessés !

– La prochaine fois, préviens-moi ! dit-il.

Cette nuit-là, Cécile ne parvint guère à dormir. Elle ne cessait de penser à André, repassant en boucle les souvenirs qu'elle avait de lui et de leur relation. Mais quelque chose de nouveau la préoccupait. En effet, depuis la veille, elle s'était rendu compte qu'elle aimait André. Elle avait enfin admis qu'elle était amoureuse de lui et elle venait de prendre la décision de lui dévoiler ses sentiments. Mais, en même temps, elle prenait conscience du mécontentement qu'elle causerait dans sa famille. De plus, elle avait du mal à trouver des mots justes pour dépeindre le plus fidèlement ses sentiments...

Au petit matin, Cécile se leva, se prépara et descendit à la cuisine. En entrant, elle fut surprise de voir la lumière éteinte. Elle se servit un verre de lait et prit la direction de l'hôpital.

Passant par une majestueuse allée plantée d'arbres, Cécile admira les jeunes feuillages vert tendre qui laissaient passer les rayons du soleil levant dans un admirable jeu d'ombres et de lumières. La jeune fille était éblouie par ce ruissellement de vie nouvelle... Soudain, quelle ne fut pas sa surprise d'apercevoir André qui marchait gaiement sous cette nef de verdure. Il s'avança vers elle et lui dit joyeusement :

– Le médecin m'a dit que je n'avais plus rien à faire à l'hôpital !

Cécile se mit à rire et s'empressa de se jeter dans les bras d'André, puis, relevant la tête, elle le regarda tendrement avant de l'embrasser affectueusement. André sentit son cœur bondir de joie, il était heureux et ému par la soudaine preuve d'amour que Cécile lui donnait. Enfin lui était donné de vivre l'amour de cette ravissante jeune femme qu'il aimait tant, l'amour du seul cœur qu'il souhaitait ardemment conquérir ! Cécile, fixant sur lui un regard plein de tendresse et d'amour, lui déclara :

– André, je vous aime ! Oui, c'est cela, je suis vraiment amoureuse de vous ! Et je désire vous aimer tous les jours de ma vie ! Merci de m'avoir attendue durant de si longues années !

À peine eut-il entendu cette belle déclaration d'amour, qu'André embrassa passionnément Cécile. Après quelques instants, il lui dit :

– Oh, Cécile, vous ne pouvez pas savoir combien je vous aime ! Mon cœur est tout à vous ! J'ai longtemps espéré vivre cet instant merveilleux !

André prit la main de Cécile, et tous deux s'en allèrent, marchant à travers les prairies en fleurs.

*

André devait maintenant retrouver les siens. Il arriva à la ferme dans la lumière du soleil couchant. Ces lieux familiers semblaient maintenant lui être devenus étrangers. Il n'en était parti que depuis trois ans, mais il lui semblait que cela faisait une éternité. Sur le seuil de la porte apparut sa mère. Quand il l'aperçut, André courut se jeter dans ses bras et, dès qu'il reconnut son odeur de lait et d'herbe fraîche, il éclata en sanglots en murmurant : « Maman, Maman ! » Alors, toutes les angoisses de mort, toutes les épouvantes et toutes les horreurs accumulées pendant les combats s'effacèrent progressivement, comme lavées par les vagues de la tendresse maternelle. Peu à peu se desserraient les liens qui retenaient André dans les ténèbres de la mort, et il avançait doucement vers la lumière. Il se redressa et esquissa un faible sourire. Sa mère l'entraîna à la cuisine pour dîner. Quelques instants plus tard, son père rentra des champs. André alla l'embrasser sans effusion et lui dit :

– Je suis heureux de vous revoir, Père !

Durant le repas, le silence était lourd. André était fasciné par la propreté de la nappe et la brillance du couvert dressé avec soin… Il se disait qu'il était enfin revenu des tranchées et qu'il se trouvait vraiment auprès des siens. Mais il voyait aussi avec tristesse le vide laissé par l'absence de son frère Arthur. Où pouvait-il bien se trouver en cet instant ? Que signifiait la mention « porté disparu » qui figurait sur une petite carte arrivée récemment du commandement militaire ? André ne parvenait pas à souffler mot et les autres membres de la famille, eux aussi, se taisaient… Tous étaient impressionnés par ce nouvel arrivant qui semblait venir d'un autre monde, qu'ils pressentaient ténébreux et lugubre.

Une fois remonté dans sa chambre, André se sentit seul, séparé de ses frères d'armes restés au front. En ôtant ses lourds godillots, il s'étonna de ne plus y voir l'épaisse boue collante les alourdir, comme à l'ordinaire. Et, en retrouvant son lit, il plongea avec délice dans des draps immaculés, savourant la protection moelleuse des couvertures et de la courtepointe. Mais à peine sombra-t-il dans le sommeil que les ombres et les spectres de la guerre vinrent à nouveau le hanter. André entendait des bruits violents qu'il avait connu quotidiennement au combat : la mitraille, les bombes, les obus, les hurlements des assaillants et les gémissements des agonisants… Soudain, il sursauta dans son sommeil, en proie à des angoisses indicibles, et se réveilla. Mais, il mit du temps à saisir que ce n'était qu'un cauchemar et que tout cela était désormais terminé pour de bon. Il se leva et se dirigea vers la fenêtre pour aspirer une grande bouffée d'air frais et de vie. La nuit était calme et paisible, et pas un bruit ne venait troubler la sérénité et la grâce qui descendaient du ciel étoilé. André se dit :

– C'est la vie qui va reprendre le dessus ! Le reste va se dissiper comme le brouillard ! Courage, maintenant André ! Tu vas devoir te battre pour gagner une dernière bataille pour choisir la vie… !

Le lendemain matin, André apparut reposé et apaisé. Mais, au petit déjeuner, sa petite sœur Jeanne tenta vainement de le faire parler en multipliant les questions sur la guerre. Il n'était pas d'humeur à évoquer ces heures sombres de son existence. Il se contenta de garder le silence, baissant la tête ou regardant la pendule, dans l'espoir d'échapper à ce petit tyran. Il demanda à son père de lui permettre de se rendre en ville. Ayant obtenu son accord, André souhaita avant tout rejoindre ce qui allait devenir sa deuxième maison : Le Foyer du Soldat. Fondé au début de la guerre, dès 1914, dans le but d'accueillir les combattants blessés, ce foyer était devenu très important pour les soldats qui, revenus du front, pouvaient y retrouver leurs compagnons d'armes. André en avait eu l'adresse à l'hôpital et comptait bien s'y rendre dès que possible.

En traversant la ville, il fut étonné par l'atmosphère de légèreté qui y régnait. Il fut presque surpris de voir dans les rues marcher sans se presser toute sorte de gens, propres et sans trace de boue sur leurs vêtements. Son regard s'arrêtait en particulier sur les personnes élégantes portant des souliers soigneusement cirés. Il fut presque étonné de voir jouer des petits garçons et des petites filles sur les places de la ville, de les voir bondir et sautiller avec insouciance. André comprit en cet instant qu'il venait d'un autre monde, mais qu'il n'en était pas encore complètement revenu.

Arrivé devant la porte du foyer, il hésita à entrer comme redoutant le choc causé par la rencontre avec ces êtres qui, comme lui, avait échappé à la mort. Mais, de joyeux airs d'harmonica lui parvinrent de l'intérieur. Il reconnut quelques ritournelles que ses compagnons et lui avaient l'habitude de fredonner au front, mais il n'y avait plus à présent aucune voix pour en prononcer les refrains... Les soldats tombés au combat les avaient emportés avec eux... André entendait encore ces mots résonner en lui mais l'absence de ses frères d'armes l'accablait. Ces gais refrains lui rappelaient tous les moments où, avant les assauts, ils les entonnaient ensemble pour se donner du courage.

Finalement, il se décida à entrer, poussé par le désir de retrouver cette fraternité. Dès qu'il eut franchi la porte, il se sentit chez lui : l'animation autour des jeux de cartes, le brouhaha des conversations, les évocations des noms de lieux, de bataillons, de régiments... Tout ce qui avait fait sa vie militaire, il le retrouvait d'un seul coup. Il se décida à rejoindre l'un des petits groupes de soldats qui bavardaient entre eux à haute voix et s'assit sur un tabouret. Levant les yeux, il fut choqué à la vue d'un visage brisé dont la mâchoire avait été disloquée par plusieurs éclats d'obus. La vision de cette *gueule cassée* lui rappelait subitement l'horreur et la violence de la guerre. Il éprouva immédiatement une grande compassion envers cet homme dont la vie allait être dévastée par le regard des autres. En perdant l'harmonie de son visage, cet homme avait vu disparaître une partie de son humanité. André, passant outre sa répugnance première, entama la conversation avec ce soldat défiguré. Celui-ci retrouva un peu de sa gaieté en voyant quelqu'un qui s'intéressait à lui et évitait de lui faire raconter les circonstances tragiques de son malheur.

Voyant l'heure avancer et le jour décliner, André se décida à rentrer chez lui. À la ferme, ses parents l'attendaient pour dîner. Son père l'invita à plusieurs reprises à partager ses souvenirs de guerre avec sa famille mais André n'était pas encore prêt à chercher les mots pour décrire ce qu'il avait vécu dans les tranchées. Il n'avait qu'une envie, retrouver le calme et la solitude de sa chambre. Son père n'osa pas insister car tous étaient très intimidés, ne sachant pas comment approcher André. Avant de s'endormir, celui-ci se souvint du conseil que le prêtre lui avait donné la veille de son dernier combat, demander à la Vierge de le protéger. À présent, l'ennemi ne venait plus de l'extérieur mais de l'intérieur de lui-même et il fallait le chasser. Ce n'étaient plus les bombes qui l'assaillaient mais les cauchemars qui le menaçaient et le hantaient. Après s'être confié à la Vierge Marie et avoir eu le temps de dire quelques *Ave* dont la douceur était comme un baume sur son cœur, il s'endormit dans la sérénité et la tendresse.

Le lendemain, désireux de retrouver la chaleur du Foyer du Soldat, il en reprit le chemin. Mais quelle ne fut pas sa surprise de rencontrer Cécile qui allait faire des emplettes au centre de la ville ! En la voyant, il comprit que ce n'était plus son passé qu'il devait regarder mais son avenir… Il devait reprendre son travail à la ferme et aider son père. Il s'en ouvrit à la jeune fille en lui demandant de l'aider à retrouver le goût de la vie. Cécile se montra très touchée de la confiance que lui témoignait André. Elle l'assura qu'elle ferait tout pour l'aider. Pour sa part, André lui promit de la revoir dès que possible.

Mais, en attendant, il éprouvait un grand besoin d'aller se confier à un prêtre pour conjurer définitivement le sentiment de culpabilité qui s'emparait de lui lorsqu'il pensait à ceux de ses compagnons qui n'étaient pas revenus. Il se disait en lui-même :

– Pourquoi est-ce moi qui suis revenu, alors qu'eux sont morts? Pourquoi est-ce tombé sur eux et pourquoi n'ai-je rien pu faire?

Il savait qu'il y avait un prêtre à l'église Saint-Maurice à cette heure-là et que seul un homme de Dieu pourrait l'aider à se débarrasser de ce sentiment qui le rongeait. Il trouva le prêtre qui attendait les pénitents dans son confessionnal et décida de lui ouvrir son cœur. Celui-ci lui répondit :

– Mon fils, ce qui vous arrive est normal, vous avez vu mourir des frères et vous ne vous vous pardonnez pas de n'avoir rien pu faire. Mais dites-vous bien que les aléas de la vie causés par les mouvements des hommes créent des situations périlleuses, imprévisibles et chaotiques dont personne ne porte la responsabilité. Et cela est d'autant plus vrai en temps de guerre… Sachez que Dieu ne veut pas la mort, mais qu'il a le pouvoir de la vaincre en la changeant en une plénitude de grâces. Sur cette terre, ne cherchez pas à comprendre ce grand mystère de la mort et de la souffrance qui nous dépasse tous. La seule chose que vous puissiez faire, c'est de poser un acte de Foi dans la sagesse et la miséricorde de Dieu qui seul pourra vous aider à vous en sortir. Marie, la Mère de Dieu est aussi là pour vous secourir!

André sentit immédiatement que ce que disait le prêtre était grand et vrai, et il alla s'agenouiller devant l'autel de la Vierge pour lui demander de le soutenir dans son acte de Foi.

Chapitre 2
L'amour

Le mois de décembre 1917 fut particulièrement glacial et les Sénonais, qui manquaient de charbon et de bois pour se chauffer, souhaitaient ardemment la fin de cette affreuse guerre. Mais plus les années et les mois passaient, moins ils s'attendaient à connaître un jour l'armistice. Pourtant, l'entrée en guerre des États-Unis d'Amérique aux côtés de la Triple-Entente en avril 1917 avait redonné du courage et de l'espoir à l'ensemble de la population et surtout aux soldats qui espéraient remporter la victoire sur l'ennemi.

En ce mardi 4 décembre 1917, la neige se perchait sur les branches grises des arbres dépouillés de leur feuillage avant de tomber silencieusement sur le sol. Dans le coin d'une petite chambre d'hôpital, sur un lit de fortune, était étendu un jeune homme aux cheveux bruns et aux yeux clairs. Il était endormi mais semblait en proie à un sommeil agité. Ses yeux bougeaient sous ses paupières comme épouvantés par un cauchemar épouvantable. La pièce était plongée dans la pénombre, à peine éclairée par une simple chandelle. La faible flamme dansait sur elle-même en dessinant des silhouettes tracées par les ombres et les lumières. Soudain, un homme d'une haute stature et coiffé d'un chapeau melon ouvrit la porte et s'introduisit dans la pièce : c'était Georges Lecomte ! Il s'avança vers le lit où était allongé le jeune homme, effleurant à peine son épaule et murmurant à voix basse pour tenter de le sortir de son sommeil :

– Henri, mon cher fils, c'est moi, ton père!

Henri ouvrit les yeux péniblement et déclara :

– Oh Père, c'est vous? Où suis-je? Aïe ma jambe!

Approchant une chaise du lit d'Henri, Georges s'assit et lui dit :

– Tu as été blessé à la jambe par un éclat d'obus et sous le choc, tu as perdu connaissance! Tu as été évacué d'urgence vers l'arrière et tu es arrivé à Sens il y a six jours!

Henri chercha en vain dans sa mémoire quelques bribes de ce que son père venait de lui apprendre et essaya de se redresser. Mais sa douleur à la jambe était si forte qu'il se résigna à se rasseoir. Après un temps de silence, Henri dit à son père :

– Depuis ma dernière permission, j'ai été promu aspirant!

Georges, à la fois ému et fier, répondit :

– Enfin une bonne nouvelle, mon fils! Toutes mes félicitations, mon grand! J'ai également appris que tu as reçu une citation à l'ordre du régiment ainsi que la croix de guerre! Par cette promotion et ces distinctions, tu honores vraiment ta famille!

Quel soulagement ce fut pour Henri d'entendre de la bouche de son père qu'il avait fait honneur à sa famille! Cela ne s'était encore jamais produit... Quant à Georges, ces nouvelles l'incitaient à reconnaître, au plus profond de lui-même, qu'il avait souvent été injuste envers son fils aîné. Il le lui avoua, non sans effort :

– Henri, je tiens à te demander pardon pour toutes les fois où j'ai été excessif, injuste et dur avec toi! Je reconnais que je n'ai pas été un bon père! Tu sais, Henri, j'ai un peu vécu la même chose que toi : mon père a toujours été intransigeant et même blessant avec moi et mes frères! Nous étions seuls la plupart du temps et livrés à nous-mêmes, jamais notre père ne nous laissait venir avec lui à la pharmacie! Lorsqu'il est mort brutalement, quelques mois seulement après que j'eus obtenu mon diplôme de pharmacien, j'ai dû assumer seul la gestion de l'officine! À cause de cela et de ce que j'avais vécu durant toute mon enfance, je m'étais juré de transmettre le métier et mon savoir-faire à mes futurs enfants afin qu'ils deviennent de bons pharmaciens! Ton frère Albert était très doué et il me semblait fait pour me succéder, mais Dieu en a décidé autrement en l'appelant au séminaire et c'est une chose que j'ai eu du mal à accepter! C'est lorsque j'ai appris que tu avais été blessé au combat que j'ai compris combien j'avais été ingrat et difficile avec toi, mon fils aîné! La terrible nouvelle de ta blessure m'a abasourdi et terrifié... Quand je pense que j'ai failli te perdre! Je me rends compte du prix que tu as à mes yeux... Tu es irremplaçable et unique pour moi. J'ai une chance inouïe de t'avoir à mes côtés et j'espère que Dieu m'accordera le temps de me racheter et de te témoigner enfin mon affection paternelle.

Se mettant à genoux au pied du lit d'Henri, Georges supplia son fils entre deux sanglots :

– Pardonne-moi, je t'en supplie?

Henri, à la fois abasourdi et ému, répondit avec bienveillance :

– Oui, je vous pardonne! Oh Père, comme je suis soulagé de m'être enfin réconcilié avec vous!

À ces mots, Georges serra son fils contre lui et le regarda avec tendresse. Sur ce, une infirmière s'approcha pour vérifier la tension du malade et ce ne fut qu'après son passage que Georges se décida à dire à Henri :

– Ta sœur Cécile s'est mise en tête d'épouser un fils de paysan dont elle s'est entichée à l'hôpital! Tu te rends compte! Je ne sais pas comment l'en dissuader, mais j'y travaille! Jamais une telle chose ne se produira, je te le certifie!

Henri, surpris, s'exclama :

– Cela m'étonne beaucoup de Cécile! Mais vous savez, Père, en temps de guerre, les usages et les barrières sociales sont bouleversés, sans compter que toute une génération d'hommes venant de disparaître au front, les jeunes filles ne se montrent plus aussi difficiles à présent !

Georges répondit :

– Oui, peut-être, mais Cécile doit pouvoir réussir à dénicher un homme de son rang, tout de même ! Un homme issu d'une famille aisée et cultivée ! Certes, elle pourra arguer des hauts faits militaires de son prétendant, comme ceux du lieutenant Moulin, mais elle pourrait faire un effort pour éviter une alliance avec la paysannerie !

Sentant qu'Henri avait besoin de calme, Georges se leva et posa sa main sur l'épaule de son fils en lui disant :

– Repose-toi, nous aurons le temps d'en reparler, je reviendrai te voir au plus vite !

Georges sortit discrètement de la pièce et Henri, brisé par les émotions, s'assoupit.

*

Deux semaines plus tôt, Cécile était sortie de chez elle de bon matin. Elle marchait d'un pas rapide et assuré en direction de la ferme des Tournier. L'air était frais, le ciel était dégagé et le soleil levant rayonnait faiblement. Seules les feuilles mortes qui jonchaient encore les chemins diffusaient une lumière orangée, jaune piquant et rouge vif. Cécile s'en trouvait toute ragaillardie. En arrivant devant la porte de la ferme, Cécile frappa trois coups et Jeanne vint ouvrir. Voyant Cécile, elle lui dit avec gentillesse :

– Oh comme je suis heureuse de vous revoir !

Touchée par cet accueil, Cécile répondit joyeusement :

– Moi aussi ! Nous pouvons nous tutoyer Jeanne !

Elle répondit timidement :

– Comme tu voudras !

Jeanne invita Cécile à entrer et lui proposa une tasse de café. S'asseyant à la table familiale, Cécile entama une conversation avec la petite fille qui avait grandi et décidé de ranger sa poupée. C'était maintenant une petite personne qui ne cessait de parler de sa vie et du certificat d'études qu'elle devait passer l'année suivante :

– Je dois m'améliorer en orthographe et en couture !

Après un moment de silence, Cécile demanda :

– Sais-tu où est André ?

Tout à coup, Jeanne se souvint que sa mère lui avait demandé de réveiller son frère avant huit heures trente. Sans répondre à Cécile, elle monta l'escalier en toute hâte pour aller réveiller son frère :

– André lève-toi, Cécile est là !

André se précipita hors de son lit, s'habilla le plus vite possible, prit quelque chose dans son tiroir et se rendit à la cuisine où l'attendait Cécile. Il déclara avec allégresse :

– Comme je suis heureux de vous voir de si bon matin ! Je suis navré de vous avoir fait attendre !

Cécile répondit sur un ton enjoué :

– Ne vous inquiétez pas, j'étais en compagnie de la plus charmante des petites jeunes filles !

Jeanne rougit légèrement et dit avec un regard malicieux :

– Je dois y aller ! Bonne journée !

Lorsque Jeanne fut sortie, Cécile et André se regardèrent et se mirent à rire.

Un peu plus tard, Cécile et André se promenaient à travers champs et conversaient paisiblement. André, emmitouflé dans un épais manteau, tenait Cécile par le bras. La jeune fille posait sur lui un regard étincelant. Le ciel était d'un bleu pâle et transparent et le soleil n'apportait qu'une faible chaleur. À la lisière d'un bosquet, dans un immense champ givré, ils s'arrêtèrent pour contempler silencieusement la nature endormie. Saisissant Cécile par la main, André la fit tournoyer légèrement et posa un genou à terre. Il admira le doux visage de la jeune fille. Tout en continuant à la regarder, il sortit de sa poche une petite boîte qui renfermait une grande preuve d'amour : une bague ornée d'une émeraude. Comprenant ce qui allait se passer, Cécile sentit son cœur battre la chamade. André ouvrit la petite boîte et s'exclama :

– Ma chère Cécile, voulez-vous devenir ma femme ?

Cécile répondit dans un élan passionné :

– Oui, je le veux ! Je ne désire rien d'autre !

Alors, André sortit la jolie bague de son écrin et la passa au doigt de la jeune fille, puis il se releva. Versant des larmes de joie, Cécile se jeta dans les bras d'André et lui déclara toute émue :

– Merci ! C'est le plus beau jour de ma vie !

André s'apprêtait à lui répondre lorsque Cécile l'embrassa fougueusement. Ils se remirent en chemin et se dirigèrent vers la ferme. Quand ils la virent de loin, ils comprirent qu'ils devaient se séparer et qu'ils devaient attendre encore avant de paraître ensemble devant leurs familles. Sur le chemin qui la ramenait chez elle, Cécile décida d'annoncer ses fiançailles à son père.

Ce jour-là, Georges avait pris une journée de congé pour s'occuper de ses papiers, les trier et les classer. Une fois arrivée, Cécile frappa à la porte du cabinet de travail de son père :

– Entrez ! s'exclama-t-il.

Timidement, elle entra, en veillant à bien garder ses deux mains derrière son dos. Georges déclara :

– Que se passe-t-il ma fille ?

Cécile répondit avec hésitation :

– Voyez-vous, Père, je tenais à vous dire qu'on vient de me demander en mariage !

Surpris et abasourdi, Georges laissa tomber son stylographe et s'exclama joyeusement :

– Toutes mes félicitations ma chère enfant ! Je suis tellement heureux pour toi ! Je serai ravi que tu me présentes mon futur gendre !

Cécile, bien qu'impressionnée par la réaction de son père, sentit qu'elle devait lui avouer le nom de la personne et reprit :

– Certes, ce n'est pas celui que vous souhaitiez me voir épouser !

Georges répondit :

– Ah ! Si tu fais allusion à Nicolas, sache que c'est de l'histoire ancienne, que j'ai tourné la page ! Mais dis-moi, qui est donc la personne qui a demandé ta main, d'où vient-elle ?

Anxieuse et inquiète, Cécile répondit succinctement :

– Il travaille dans l'exploitation agricole de son père et doit lui succéder ! Il habite dans les environs !

Georges se leva brusquement de son fauteuil et s'écria :

– Quoi ? Un paysan ! Tu veux épouser un paysan ! Pourquoi me fais-tu cela, à moi, ton père ?

Sentant la colère monter, Cécile expliqua calmement :

– Mais je l'aime, il m'aime, nous nous aimons ! Ah si vous le connaissiez, je suis sûre qu'il vous ravirait ! C'est le fils aîné de monsieur Tournier !

Georges se mit dans une rage noire et hurla qu'il était hors de question que sa fille aînée fît un tel mariage.

Triste et bouleversée, Cécile se mit à pleurer, mais son père continuait à refuser la situation. Ayant repris courage, elle s'exclama avec force :

– Je l'épouserai, que vous le vouliez ou non ! Je suis assez grande pour me marier avec qui bon me semble !

Cécile sortit de la pièce en claquant la porte derrière elle et se rendit dans le jardin. Après s'être ressaisie, elle s'en alla en hâte rejoindre son fiancé.

*

Parvenue à la ferme, Cécile entendit du bruit du côté de la grange. Elle entra et aperçut André qui chargeait le foin pour aller nourrir le bétail. À peine eut-il constaté la présence de la jeune fille que celle-ci se jeta dans ses bras. André s'enquit de la raison pour laquelle Cécile était venue si vite jusqu'à lui et elle lui répondit :

– Mais pour vous voir bien sûr ! C'est que, dit-elle en hésitant, je viens d'annoncer nos fiançailles à mon père !

André surpris demanda :

– Nous devions lui annoncer ensemble ! Et que vous a-t-il répondu ?

Cécile éclata en sanglots et murmura :

– Il s'est mis dans une colère terrible et m'a fait comprendre qu'il ferait tout pour empêcher notre mariage… Oh, André, c'est affreux !

André sentit une grande colère l'envahir. Cécile tenta de l'apaiser en effleurant délicatement sa joue avec la paume de sa main. André parvint à se contenir et à esquisser un léger sourire.

Quelques instants plus tard, ils sortirent de la grange et prirent la direction de la maison des Tournier. Charlotte était au fourneau, préparant le déjeuner, tandis que Joseph faisait les comptes. Tous deux se retournèrent lorsqu'ils entendirent la porte s'ouvrir et furent étonnés de voir leur fils André en compagnie de Cécile. Joseph fut le premier à engager la conversation :

– Nous sommes très heureux de vous revoir Cécile !

André déclara nerveusement :

– Papa, Maman, nous venons, Cécile et moi, vous annoncer nos fiançailles!

Cécile sentit son cœur tressaillir de joie quand elle vit le visage de la mère d'André s'illuminer et qu'elle entendit des paroles chaleureuses :

– Toutes mes félicitations et tous mes vœux de bonheur mes enfants!

Joseph ajouta :

– Bienvenue dans notre famille Cécile!

Pour fêter l'événement, Charlotte invita Cécile à partager le repas avec eux et Joseph déboucha une bonne bouteille de vin rouge. Quelques minutes avant de passer à table, Jeanne, qui était rentrée de l'école pour le repas du midi, exprima sa surprise de voir Cécile assise à côté de ses parents et d'André :

– Tu es venue nous rendre une nouvelle petite visite?

André eut un large sourire et répondit à sa petite sœur :

– Cécile et moi allons nous marier!

Poussant des exclamations de joie, Jeanne courut serrer Cécile dans ses bras et s'exclama d'un air réjoui :

– Ah Cécile! Mais tu deviens ma grande sœur! J'espère que tu m'apprendras à devenir une jeune fille aussi élégante et brillante que toi!

Cécile répondit toute émue :

– Bien sûr, ma petite sœur! Oui, je suis désormais ta sœur!

Charlotte était très touchée de voir son fils aîné prendre une épouse. Mais elle restait surtout très préoccupée par l'absence de son fils Arthur qui avait été porté disparu depuis déjà sept longs mois. Elle ne cessait de prier pour qu'il reste en vie et puisse être soigné dans quelque hôpital de campagne. Charlotte songeait que son fils était peut-être devenu amnésique mais elle souhaitait surtout qu'il revienne vivant, et elle n'en demandait pas davantage!

À la fin du repas qui se déroula dans une atmosphère joyeuse et familiale, Cécile prit congé de tous et déposa un baiser sur la joue de son fiancé.

*

Lorsqu'elle arriva à proximité de la demeure familiale, Cécile rencontra sa sœur Louise et fut bien contente d'avoir ainsi l'occasion de converser avec elle, seule à seule. Louise parla de Frédéric qui venait de partir à Lyon chez ses parents pour un séjour de quelques semaines, avant de revenir à Sens. Louise se confia à sa sœur :

– Cécile ! Je suis amoureuse de Frédéric et, figure-toi, que lui aussi partage mes sentiments ! Nous nous le sommes dit, il y a quelques mois déjà ! C'est l'homme de ma vie ! Nous sommes tellement proches et complices ! Il m'a promis de m'écrire tous les jours durant son absence et moi, je vais en faire autant ! Je suis sûre qu'à son retour, il ne manquera pas de demander ma main !

Cécile fut très touchée que sa sœur se confie à elle d'une manière aussi spontanée et lui dit avec bienveillance :

– Je suis si contente pour toi, ma chère Louise ! J'espère que vos projets vont se concrétiser !

Prenant confiance, Cécile se livra à son tour à sa sœur et lui dit :

– Louise, à mon tour de te confier quelque chose !

– Je t'écoute ! répondit Louise avec des yeux pétillants de curiosité.

Cécile ajouta :

– André et moi, nous nous sommes fiancés aujourd'hui même ! Nous allons nous marier au mois d'octobre prochain ! Nous sommes très amoureux l'un de l'autre ! Tu sais combien il m'a fallu de temps pour le comprendre et m'avouer que j'étais éprise de lui ! Mais Père ne veut pas de cette union, il s'obstine dans son refus et…

– Ah ! Eh bien, je préfère te dire qu'il ne cédera jamais ! poursuivit Louise.

Cécile répliqua :

– Il faudra bien qu'il s'y fasse ! Sinon, il me perdra ! Crois-moi, cela me brise le cœur d'y penser mais si je n'ai pas d'autre choix, je n'hésiterai pas ! Entre lui et André, mon choix est déjà fait !

Louise déclara avec franchise :

– Je te comprends Cécile ! Parfois j'ai du mal à saisir ce qui passe par la tête de notre père ! J'espère que tu n'auras pas à aller jusqu'à la rupture. En tout cas, je suis très heureuse pour toi. Tu sais, je me doutais bien depuis le début que tu avais un faible pour lui ! Je te souhaite de connaître le bonheur avec André !

Les deux jeunes filles entrèrent discrètement dans la maison et regagnèrent leur chambre.

Le soir venu, toute la famille prenait son dîner dans la salle à manger. Tous observaient un lourd silence. Georges était exaspéré à l'idée que sa fille épouse un fils de paysan qui ne pouvait être selon lui qu'un rustre et grossier personnage. Il était bien décidé à faire changer sa fille d'avis. Il ne pouvait concevoir cet aveuglement causé par l'amour et cette conduite hors de toute raison et de toute logique. Cécile n'osait regarder son père et gardait les yeux fixés sur son assiette. Elle ressentait en elle-même une grande colère devant le refus de son père. Elle avait l'impression d'être victime d'une terrible injustice mais elle était résolue à ne pas se laisser faire. D'autant plus qu'elle ne semblait pas pouvoir bénéficier de l'appui de sa mère qui était demeurée silencieuse depuis le début du repas et ne voulait pas contrarier son époux. Quant à Louise, elle sentait que la situation devenait très délicate et elle essaya de détendre l'atmosphère en engageant la conversation avec sa mère, mais ses tentatives restèrent infructueuses.

Après le dîner, Georges prit sa fille Cécile à part et eut des propos menaçants :

– Je te préviens ma fille, si tu ne renonces pas à ce mariage, je ferai tout pour qu'il n'ait jamais lieu. Si par malheur tu y parvenais, sache que je briserai ce mariage !

Cécile, n'y tenant plus, courut se réfugier dans sa chambre et s'enferma à double tour. Elle se jeta sur son lit et éclata en sanglots. Elle était tellement indignée par ce que son père venait de lui dire, qu'elle se sentait prête à tout quitter pour pouvoir épouser André. Sur ce, sa mère vint la retrouver dans sa chambre et elle se souvint de ses confidences au sujet de son amour malheureux pour Léon, un ouvrier orléanais. Cela la conforta dans son refus de se résigner et elle prit sa mère à témoin :

– Mère, pardonnez-moi ! Je n'ai ni votre vertu ni votre sens de l'abnégation pour m'éloigner de celui que j'aime ! Oh, mon Dieu, comme je me sens faible et petite !

Anne-Marie ne répondit rien mais serra sa fille dans ses bras avant de s'en aller. Cécile fut touchée par ce geste de tendresse qui parvenait à dépasser toutes les divisions et tous les conflits.

Un peu plus tard, quelqu'un frappa à la porte en murmurant :

– Cécile, ouvre-moi, c'est Louise !

Cécile s'approcha de la porte, la déverrouilla et fit entrer sa sœur. Elle se jeta au cou de Cécile en s'exclamant :

– J'ai entendu tout ce que Père t'a dit ! C'est inacceptable, je suis révoltée et je te soutiens ! Quant à moi, jamais je n'accepterai que Père m'interdise d'épouser Frédéric ! Oh je t'en prie, ne pleure pas…

Cécile, effondrée, s'était assise sur le bord de son lit et se laissa consoler par Louise qui lui dit :

– Je comprends ce que tu ressens ! Je suis là ! Sois forte et prends courage ! Ne t'inquiète pas, tout finira certainement par s'arranger ! Père finira bien par accepter la situation. De toute manière, il n'aura pas le choix, s'il ne veut pas perdre ses deux filles !

Mais Cécile pleurait toujours et demeurait inconsolable. Louise tenta encore de la réconforter, mais en vain. Elle demanda alors à sa sœur :

– Cécile regarde-moi, s'il te plaît ! Écoute, je vais tenter de raisonner notre père !

Lorsque Cécile entendit que sa sœur lui proposait d'aller parler à son père, elle lui dit :

– Oh merci ma chère sœur ! Dis-lui que s'il maintient son opposition à mon mariage avec André, il n'aura plus aucune nouvelle de sa fille !

Se relevant, Louise répondit brièvement à sa sœur :

– Très bien je vais le voir de ce pas !

Quelques instants plus tard, Louise entra dans le salon où se trouvait Georges. Rassemblant tout son courage, elle se risqua à demander :

– Père, pourquoi refusez-vous à Cécile le droit d'épouser André Tournier ?

Se levant violemment de son fauteuil, Georges s'exclama :

– Alors comme cela, il s'appelle André celui-là ! Eh bien je vais te le dire : jamais je n'accepterai que l'une de mes filles se marie au-dessous de sa condition ! Ce Tournier n'est pas un bon parti pour Cécile ! Elle, devenir une paysanne ? Te rends-tu compte de ce que cela signifie pour notre famille ? Vous voulez que je le traîne avec nous dans la bonne société sénonaise et que je le présente à ma clientèle comme mon gendre ?

Indignée par l'égoïsme et l'étroitesse d'esprit de son père, Louise répondit sèchement :

– En fait, vous ne pensez qu'à vous et à l'image que vous donnez aux gens ! C'est tout à fait écœurant…

Rouge de colère et indigné, son père hurla :

– Tais-toi ma fille ! Comment oses-tu me parler sur ce ton !

Sans être intimidée par les hurlements de son père, Louise renchérit :

– C'est le bonheur et l'épanouissement personnel de vos filles qui devraient vous préoccuper au premier chef! Cécile aime vraiment André! Elle se mariera avec ou sans votre bénédiction, et vous ne la reverrez plus jamais! Et si vous persistez dans votre refus, ce n'est pas une, mais deux filles que vous perdrez...

Ahuri et interloqué par l'impertinence de sa cadette, Georges hors de lui, se mit à crier :

– Espèce de petite peste! Monte immédiatement dans ta chambre!

Humiliée et choquée, Louise sortit de la pièce en courant et alla s'enfermer dans sa chambre.

*

Quelques jours plus tard, Cécile se rendit aux aurores chez les Tournier. Elle avait la ferme intention de demander à André d'aller rencontrer son père. Le jour se levait à peine et, à cause du froid mordant, Cécile avançait péniblement à travers les champs, les doigts tout engourdis par la bise. Arrivée devant la porte de la ferme, Cécile eut la joie de voir que c'était André qui venait lui ouvrir. Lorsqu'il aperçut sa jolie fiancée, André tressaillit de bonheur et l'embrassa tendrement. La jeune fille lui dit :

– André, je pense que le moment est venu de prendre les devants et d'aller ensemble voir mon père pour le convaincre de donner son accord pour notre mariage!

André qui s'attendait à cette invitation acquiesça :

– Oui, je crois aussi qu'il faut obtenir son consentement!

Au même instant, les parents d'André entrèrent dans la cuisine et accueillirent Cécile avec bienveillance. Charlotte, la mère d'André, proposa une tasse de café noir à Cécile et à son fils, et les invita à s'asseoir. Puis, Jeanne entra dans la pièce et se jeta dans les bras de Cécile en lui disant :

– Bonjour Cécile ! Je suis tellement heureuse que tu sois là !

Quelques minutes plus tard, l'horloge indiqua sept heures trente et Cécile dit à André :

– Si nous voulons voir mon père, nous devons partir sans tarder !

André se leva, mit son manteau et suivit sa fiancée. Joseph et Charlotte les regardèrent s'en aller, tandis que Jeanne s'exclama :

– Bon courage à tous les deux !

*

Une vingtaine de minutes plus tard, Cécile et André arrivèrent devant la maison familiale des Lecomte, main dans la main, unis face à l'adversité. Cécile était très anxieuse et appréhendait la réaction qu'aurait son père lorsqu'il se retrouverait face à son fiancé. André, quant à lui, était inquiet, mais faisait confiance à la Providence. Les deux jeunes gens entrèrent discrètement dans la maison. Louise et Georges finissaient tout juste leur petit déjeuner. Levant les yeux, Louise fut stupéfiée d'apercevoir sa sœur en compagnie d'André. Cherchant à esquiver le conflit, la jeune fille se leva de table et s'excusa auprès de son père en disant :

– Père, je dois partir !

Georges répondit succinctement :

– Très bien !

Louise adressa un petit sourire à son père et remonta dans sa chambre. Cécile s'avança vers lui et lui dit calmement :

– Père, veuillez m'excuser de paraître ainsi devant vous, sans vous avoir prévenu, mais je tenais à vous présenter André Tournier, mon fiancé !

S'étant retourné brutalement, Georges se leva et s'écria :

– Allez-vous-en immédiatement ! hurla-t-il sans même jeter un regard au jeune homme et en appelant son domestique.

– Raymond ! Raymond ! Mais où est-il celui-là ? Ah, Raymond, mettez ces deux jeunes gens à la porte immédiatement !

Raymond empoigna André et le fit sortir comme un moins-que-rien. Cécile, quant à elle, tenait fermement ses positions. Georges, regardant sévèrement sa fille, lui déclara :

– Toi aussi ma fille, va-t'en !

Cécile, offensée, quitta la maison en s'écriant :

– Puisque c'est ainsi, vous ne me reverrez plus jamais !

Toute bouleversée, Cécile rejoignit André et fondit en larmes en posant sa tête sur son épaule. Celui-ci tenta de la consoler en lui disant :

– Je suis là, Cécile, je suis là, mon cœur ! À nous deux, nous sommes invincibles, nous sommes inébranlables !

Quelques instants plus tard, Cécile et André marchaient dans les rues de Sens, lorsqu'André dit à Cécile :

– Venez, je voudrais vous montrer quelque chose !

Cécile fut surprise mais elle était résolue à suivre son fiancé aveuglément partout où il irait. André souhaitait faire connaître à Cécile un lieu chargé de sens pour lui, la petite église Saint-Maurice.

Lorsqu'ils arrivèrent sur le pont de l'Yonne, Cécile, apercevant l'édifice, s'exclama :

– Oh mais je la connais cette merveilleuse petite église ! Je m'y suis rendue en pleine nuit quand vous étiez au plus mal ! J'ai prié pour vous devant une très belle Vierge à l'Enfant ! Un vieux prêtre m'a même parlé !

Interloqué, André lui répondit :

– C'est incroyable, j'ai vécu exactement la même chose mais à un autre moment, un peu avant que la guerre n'éclate ! Cette église, ne vous serait-elle pas apparue emplie de lumière dans la nuit ?

Cécile répondit avec enthousiasme :

– Mais oui, tout l'édifice semblait jaillir de l'obscurité ! C'est tout à fait prodigieux d'avoir vécu cette même expérience en des temps différents, avant et pendant la guerre !

André renchérit :

– Vous voyez Cécile, c'est certainement un signe que Dieu nous fait pour nous dire son désir de nous voir unis l'un à l'autre !

S'approchant de l'église, Cécile et André constatèrent qu'il y avait un enterrement car le porche et les murs de l'église étaient tendus de draps noirs en signe de deuil. Un cercueil de bois avait été déposé à la croisée du transept. Et, du haut de la chaire, un jeune prêtre commençait son homélie :

– Mes biens chers frères, nous pleurons aujourd'hui la mort de notre cher père Gauthier ! Comme vous le savez, le père Thomas Gauthier était très aimé et apprécié de tous ! Malgré son grand âge, il demeurait à l'écoute de ses paroissiens et les portaient jour et nuit dans ses prières ! Nous le reverrons, soyons-en convaincus, nous qui mettons notre espérance dans la Résurrection et la vie éternelle. Nous pouvons être assurés qu'il a trouvé sa place auprès du Père !

Cécile et André furent saisis en comprenant qu'il s'agissait du vieux prêtre qui les avait accueillis l'un et l'autre. Ce n'était pas une nouvelle coïncidence, mais un nouveau signe de la présence de Dieu dans leur vie. Ils avancèrent discrètement par le bas-côté gauche et s'arrêtèrent au pied de la Vierge Marie. Ils allumèrent un cierge et se mirent à prier en silence dans le secret de leur cœur pour confier leur désir de se marier à l'intercession de la Reine du Ciel.

Ensuite, Cécile et André se rendirent au parc du Moulin et se promenèrent main dans la main. L'air était glacial et peu propice à cette promenade. Mais leur amour les tenait unis et les rendait heureux.

André prit les deux mains de Cécile dans les siennes pour tenter de les réchauffer. Regardant amoureusement Cécile, il lui demanda :

– Voulez-vous toujours m'épouser malgré le refus de votre père?

Cécile répondit sans hésitation :

– Oui je le désire de tout mon cœur! J'ai besoin de vous, André, et je ne peux pas m'imaginer un seul instant vivre sans vous! Je vous aime!

Soulagé et touché, André s'exclama :

– Oh moi aussi, je vous aime! Que serais-je sans vous?

Silencieusement, ils se regardèrent et s'embrassèrent tendrement.

*

Quittant le chevet de son fils Henri, Georges rentra chez lui. En chemin, Georges se sentait vraiment soulagé d'avoir pu dire à son fils ce qui lui pesait sur la conscience et de lui avoir demandé pardon. Il espérait désormais qu'Henri se rétablisse au plus vite et qu'il reprenne son travail à la pharmacie familiale. Il trouvait la guerre bien longue et douloureuse, et vivait dans l'angoisse permanente de perdre son second fils. Georges sentait que sa vie était déstabilisée et faisait l'expérience de son impuissance. Le projet de mariage de Cécile n'arrangeait rien et Georges ne pouvait se résoudre à la voir épouser André. Mais dans le conflit qui l'opposait à sa fille, il se sentait démuni et percevait bien que rien ni personne ne pourrait la dissuader d'épouser ce paysan. Pour autant, Georges refusait de se résigner et il était prêt à défendre jusqu'au bout sa vision des choses.

En entrant chez lui, il alla trouver sa fille Louise qui était assise au salon près de la cheminée et lui dit :

– Louise, mon enfant, je viens de rendre visite à ton frère Henri!

Regardant son père, elle lui demanda :

– Comment va-t-il ? J'espère que sa jambe ne le fait pas trop souffrir ?

S'asseyant sur la banquette, puis allumant un cigare, Georges lui répondit :

– Il va bien, mais il souffre encore beaucoup ! dit-il d'une voix éteinte.

Louise poursuivit :

– Que disent les médecins ? Va-t-il s'en remettre ? Pourra-t-il remarcher ?

Après quelques secondes de silence, Georges dit :

– Les médecins ont l'air plutôt optimiste ! Oui, il s'en remettra, mais nous ignorons s'il pourra vraiment remarcher ! Nous verrons bien, le plus important c'est qu'il soit en vie ! N'est-ce pas ?

Soulagée, Louise répondit :

– Oui, c'est le plus important, en effet !

*

Le samedi suivant, André passa toute la matinée à aider son père aux travaux de la ferme. Joseph était très préoccupé par le fait que Cécile ait décidé de rompre avec son père et enjoignit à son fils aîné de tenter le tout pour le tout en ayant une discussion avec le père de sa fiancée. Bien qu'il ne crût pas vraiment à l'amélioration de la situation, André partit en hâte en direction de la belle maison de la famille Lecomte. Le long du chemin, il réfléchissait pour trouver les arguments capables de convaincre le père de sa fiancée de ne plus s'opposer à leur mariage.

C'est Pauline, la cuisinière qui vint lui ouvrir. Quand elle vit André, elle le reconnut et s'exclama joyeusement :

– Vous, vous êtes André, le fiancé de Cécile ! Comme je suis heureuse de faire votre connaissance ! J'étais sûre depuis le début que Cécile était amoureuse de vous ! Oh pardonnez-moi de me mêler de vos affaires ! Que puis-je pour vous ?

Surpris par l'attitude de la cuisinière, André déclara un peu gêné :

– Savez-vous où je peux trouver monsieur Lecomte ? Je souhaiterais m'entretenir avec lui un moment !

Pauline s'exclama perplexe :

– Ah oui je vois... Il est dans le jardin ! Suivez-moi !

Arrivés dans le jardin. Pauline lui dit :

– Monsieur ne doit pas être bien loin, attendez-le ici ! Bon courage jeune homme !

Elle disparut et laissa André seul.

Georges s'était rendu dans l'écurie pour inspecter l'état de la toiture qui donnait des signes de faiblesse. Absorbé par sa tâche, il ne s'était pas rendu compte qu'un incendie venait de se déclarer, sans doute provoqué par un court-circuit. Le feu avait pris en bas, dans un recoin, dans des bottes de paille. Intrigué par une odeur de fumée qui montait jusqu'à l'étage où il se tenait, Georges se pencha et aperçut des flammes qui menaçaient de le cerner de toutes parts. Une terrible angoisse s'empara de lui et le figea sur place. Il était comme pétrifié. Ne sachant quoi faire et terrorisé à l'idée de rester coincé au-dessus de l'échelle qui lui avait permis de monter, Georges cria pour demander de l'aide.

À l'extérieur, au même instant, André vit une épaisse fumée sortir de l'écurie et entendit quelqu'un appeler au secours. Sans attendre, il s'élança et ouvrant la lourde porte de bois, il fut comme aspiré par le brasier. Il reconnut la voix du père de sa fiancée qui appelait désespérément à l'aide. Au mépris du danger, André s'engouffra au milieu des flammes crépitantes et ronflantes et monta précipitamment l'échelle. Arrivé à la hauteur de Georges, André eut l'impression de revivre un assaut contre l'ennemi. Mais cette fois, le bataillon était celui du feu qui s'élançait vers deux hommes qui devenaient de ce fait des compagnons d'armes, unis par le danger. André cria à Georges, qui ne l'avait toujours pas reconnu :

– Prenez ma main, vite ! Je vais vous sortir de là !

Apercevant le jeune homme, Georges cessa de crier mais resta tétanisé face aux puissantes flammes qui se dressaient devant eux. André, voyant que Georges refusait de bouger, dit une seconde fois :

– Allez, suivez-moi monsieur ! Si nous voulons sortir vivants de cet enfer, tous les deux, il nous faut emprunter l'échelle maintenant !

Totalement paniqué, Georges dit d'une voix haletante :

– Êtes-vous certain que nous devons prendre l'échelle ?

André répondit sévèrement :

– Mais oui, c'est la seule issue, voyons ! Mais vous pouvez toujours sauter, si cela vous chante !

Georges accepta de descendre l'échelle et les deux hommes sortirent en hâte de l'écurie, juste avant que la toiture ne s'effondre.

Quelques instants plus tard, les pompiers arrivèrent enfin, et commencèrent à éteindre l'incendie. Le feu fut très vite maîtrisé, mais il ne devait plus rester qu'un tas de cendres et de pierres à la place du bâtiment de l'écurie. Lorsqu'André et Georges eurent recouvré leurs esprits, celui-ci invita son sauveteur à entrer un instant dans le salon. C'est alors que Pauline accourut vers eux en s'exclama à l'intention de Georges :

– Oh Dieu soit loué, vous êtes sains et saufs ! Quand j'ai vu une épaisse fumée provenir des écuries, j'ai tout de suite appelé les pompiers !

Georges remercia la cuisinière en déclara :

– Merci Pauline ! Si je suis en vie, c'est grâce à ce jeune homme !

Puis s'adressant à André, il s'exclama :

– J'admire votre courage et votre sang-froid jeune homme ! Allez, nous allons nous remettre en buvant un petit verre de mirabelle ! J'en ai de l'excellente !

Georges tendit un verre à André et lui demanda :

– Je ne sais vraiment pas comment vous remercier de m'avoir sauvé de ce brasier! Si vous n'étiez pas intervenu, je ne serais plus qu'un cadavre calciné à l'heure qu'il est!

André répondit :

– Ce n'était vraiment rien, je vous l'assure!

Intrigué par la modestie d'André, Georges qui ne se demandait même pas pourquoi le jeune homme s'était trouvé chez lui lorsque le feu s'était déclaré, lui dit :

– Vous êtes épatant! Comment puis-je vous remercier? Que puis-je donc faire pour vous être agréable? Car j'ai maintenant une lourde dette envers vous, mon garçon!

André déclara :

– Voyez-vous monsieur, j'ai quelque chose de la plus haute importance à vous demander!

Intrigué, Georges s'exclama :

– Tout ce que vous voudrez jeune homme!

S'armant de tout son courage, André dit avec beaucoup d'audace :

– Monsieur, je vous demande la main de votre fille Cécile?

Ahuri, Georges s'exclama en balbutiant :

– Co... comment? Mais quoi? Ne me dites pas que vous êtes André Tournier?

Amusé par la tournure que prenait la situation, André s'inclina en disant :

– Si, André Tournier en personne!

Georges, se demandant s'il ne venait pas de tomber dans un piège, sentit en son for intérieur que son honneur était en jeu et qu'il n'avait pas d'autre choix que d'accorder sa fille à André. Il murmura :

– Elle est à vous puisqu'elle le veut aussi... mais n'attendez de moi ni aide ni soutien!

Dans un soupir de soulagement, comme s'il venait de terrasser un dragon, André répondit avec assurance :

– Je vous donne ma parole monsieur que jamais nous ne solliciterons de vous le moindre secours !

Georges déclara enfin :

– Maintenant, nous sommes quittes ! Asseyez-vous et parlez-moi un peu de vous !

Ainsi, le père de Cécile et son futur gendre conversèrent ensemble durant un bon moment. Lorsqu'André évoqua sa vie dans les tranchées, Georges comprit qu'il avait à faire à un homme vaillant et à un héros de guerre !

En fin d'après-midi, quelle ne fut pas la surprise de Louise et de Cécile de trouver André et leur père tranquillement assis au salon et conversant amicalement. Se précipitant vers André, Cécile s'exclama :

– Qu'est-ce que cela signifie ?

Prenant la parole, Georges expliqua :

– Ma chère enfant, cet homme m'a sauvé la vie ! Un énorme incendie s'est déclaré dans l'écurie lorsque j'étais en train d'examiner la toiture. Alors que j'étais cerné par les flammes et que j'appelais au secours, André, qui était venu pour me parler, a risqué sa vie pour me sauver ! En guise de remerciement, il n'a souhaité qu'une seule chose, que je lui accorde ta main ! Et moi, qui suis un homme de parole et d'honneur, j'ai accepté sa requête, bien entendu !

À ces mots, Cécile s'exclama :

– Oh, merci André ! Merci d'avoir sauvé mon père !

Puis Cécile s'adressant à son père, lui dit avec gratitude :

– Merci de me permettre d'épouser l'homme de ma vie !

Georges demanda à André :

– À quand avez-vous fixé le mariage ?

André répondit :

– Nous devons voir cela avec l'abbé Bellec, mais nous souhaitons nous marier en octobre prochain !

Anne-Marie, qui avait assisté à la scène sans intervenir, se réjouissait intérieurement de voir le bonheur de sa fille. Louise, qui était restée en retrait, avait les larmes aux yeux. Elle était heureuse pour sa sœur et soulagée que son père ait finalement accepté le mariage de Cécile. Quant à elle, il ne lui restait plus qu'à espérer que son prétendant la demande enfin en mariage.

Quelques jours plus tard, Louise alla rejoindre Frédéric qui s'était annoncé et l'attendait au jardin. Il était près de la fontaine, assis dans son fauteuil roulant et emmitouflé dans une épaisse couverture. Lorsqu'elle le vit, Louise courut à sa rencontre et se jeta dans ses bras. Elle était si heureuse de le revoir enfin, après de longues semaines de séparation ! Regardant tendrement Frédéric, Louise s'agenouilla devant lui et lui dit :

– Je vous aime Frédéric ! Et vous, m'aimez-vous vraiment ?

Frédéric s'exclama avec émotion :

– Oui, bien-sûr que je vous aime Louise !

Prenant un air inquiet, Louise demanda timidement :

– M'aimez-vous au point de vouloir un jour m'épouser ?

Surpris que ce soit la jeune fille qui lui pose la question, Frédéric répondit sincèrement :

– Oui !

Se relevant, Louise embrassa affectueusement Frédéric.

Chapitre 3
La paix

Quelques jours avant le mariage de Cécile et d'André qui avait été fixé en pleine guerre au 5 octobre 1918, toute la famille s'affairait pour préparer la modeste réception prévue chez les Lecomte. Tous souhaitaient que les détails fussent soignés pour pallier le manque d'abondance causé par les pénuries et les privations de la guerre. La salle à manger devait pouvoir contenir le nombre des invités qui n'excédait guère une trentaine de personnes. Cécile et André avaient tenu à ne pas remettre à plus tard leur mariage qu'ils souhaitaient intime.

À l'étage, Cécile se trouvait dans sa chambre en compagnie de Marguerite Dumont, couturière à la retraite, pour la dernière séance de retouches de sa robe de mariée. Marguerite Dumont l'avait confectionnée elle-même et désirait en faire cadeau à Cécile. Jeanne était également présente, conversant joyeusement avec la jeune fille. La chambre était inondée d'une magnifique lumière automnale qui se diffusait en une légère nuée jaune orangé. Jeanne demanda à Cécile :

– Qui sera ton témoin de mariage ?

– Mon amie infirmière, Eugénie ! répondit-elle.

Puis Cécile ajouta :

– André, quant à lui, a demandé à l'un de ses amis qui venait de partager sa vie au front d'être son témoin !

En effet, André avait envoyé une longue lettre à son ami François Dupuis pour lui donner de ses nouvelles : son rétablissement miraculeux, ses fiançailles, son mariage avec Cécile; et il lui avait demandé d'être son témoin. Apprenant cette merveilleuse nouvelle, François avait accepté avec joie et émotion. Pour l'occasion, François avait reçu une permission exceptionnelle de trois jours, pour être resté au front malgré une légère blessure au bras gauche. Lorsque Marguerite eut terminé les dernières retouches, Jeanne s'exclama non sans une pointe d'envie :

– Cette robe te va à ravir Cécile!

Ce jour-là, André était allé chercher son costume de noces à Orléans en compagnie d'Henri, son futur beau-frère. Celui-ci était rétabli de sa blessure à la jambe mais il boitait encore légèrement. D'ailleurs, les médecins lui avaient dit qu'il ne retrouverait jamais complètement la marche.

Après avoir récupéré son beau costume, André s'installa avec Henri à une terrasse de café et tous deux commandèrent chacun un petit noir. Le café dans lequel ils se trouvaient était quasiment désert, seuls quelques vieillards et de rares soldats réformés ou en permission s'y étaient attablés. Henri dit d'un air enjoué :

– Si on m'avait dit que le jeune soldat qui nous avait aidés, mon frère et moi, à fabriquer une crèche de Noël dans l'enfer des tranchées deviendrait un jour mon beau-frère, jamais je ne l'aurais cru!

Soudain, un vieil homme tout courbé s'approcha d'eux et d'un regard menaçant s'écria :

– Regardez-moi ces jeunes gens qui se prélassent et traînassent, tandis que les jeunes de leur génération, leurs frères, combattent au front pour sauver la France! C'est scandaleux et répugnant! Regardez-moi ces bourgeois, ces fils à papa, qui ne savent rien faire d'autre que de compter leurs sous! Moi, jeunes hommes, j'ai donné mes deux fils à la patrie et je vais sans doute devoir en offrir un troisième!

À peine le vieil homme avait-il commencé à parler que tout le monde s'était tu. Sentant la situation se tendre, Henri régla le montant de sa note et tapota l'épaule d'André pour lui signifier qu'il fallait mieux s'en aller. Mais André voulut absolument répondre au vieillard. Il en faisait une question d'honneur :

– Monsieur, sachez que je suis un ancien combattant... J'ai connu l'enfer des tranchées pendant près de trois ans et j'ai été grièvement blessé ! Alors la guerre, je connais et j'y suis allé. Et contrairement à ce que vous prétendez, je ne me suis jamais planqué !

Dévisageant André, le vieillard répondit avec méfiance :

– Vous me semblez bien en forme pour quelqu'un qui a été blessé ! Maintenant que vous êtes remis, allez, retournez-vous battre, nom d'un chien !

Henri voulut s'interposer entre André et le vieil homme mais, freiné par sa boiterie, il n'y parvint pas et ce fut André qui répondit au vieillard :

– J'ai été déclaré inapte ! Je pense en avoir assez fait pour ma patrie ! Vous ne croyez pas ?

Pressentant que la situation pouvait dégénérer, Henri dit à André :

– Nous devrions vraiment y aller !

André acquiesça en hochant la tête et quitta le café en compagnie de son futur beau-frère. Les voyant s'en aller, le vieillard s'écria :

– C'est ça ! C'est ça ! Barrez-vous, les mauviettes !

Lorsqu'ils se retrouvèrent sur le trottoir, près de la gare, André ne put s'empêcher de dire :

– Encore un peu et je l'aurais taillé en pièces !

– Calmez-vous, André ! Enfin, vous avez vu qu'il était complètement saoul et puis vous n'allez pas vous battre la veille de votre mariage dit Henri, conciliant.

– Mais, cet individu nous a insultés !

Haussant les épaules, Henri répondit :

– Et alors ! Vous savez que le meilleur moyen de se défendre, c'est de ne pas accorder d'attention à celui qui vous insulte !

– Oui c'est bon ! J'ai compris ! coupa André.

*

À la ferme des Tournier, dans l'une des dépendances, Joseph et Georges Lecomte achevaient les derniers travaux de la future maison des jeunes mariés. Cette petite dépendance de trois pièces de plain-pied avait été entièrement rénovée et transformée, devenant un agréable logis. Georges, qui avait pourtant très clairement dit à son futur gendre qu'il ne donnerait pas le moindre centime, avait finalement voulu financer la quasi-totalité des travaux. Il craignait que sa fille ne manque de quelque chose. Au début, Cécile avait refusé catégoriquement l'aide de son père mais Jeanne l'avait fait changer d'avis en lui faisant comprendre qu'elle avait besoin d'un foyer pour y accueillir ses futurs enfants. Jeanne avait aussi dû expliquer à Cécile qu'elle ne devait pas considérer la générosité de son père comme un moyen que celui-ci avait trouvé pour s'immiscer dans sa vie de jeune mariée. Georges Lecomte et Joseph Tournier posaient des vitres aux fenêtres et, tout en travaillant, ils conversaient et riaient ensemble. L'ambiance était fraternelle et cordiale. Georges en vint même à faire des confidences au futur beau-père de sa fille. Il lui raconta un épisode de son enfance, l'histoire de son lapin Gaston, qui lui avait été offert pour son huitième anniversaire. Il fut ému de rappeler à Joseph que Gaston n'avait vécu que quelques mois par manque d'attentions et de soins. De son côté, Georges se plaisait à évoquer la sévérité de son propre père qui l'avait envoyé en pension chez les jésuites, chez lesquels il n'avait pas été heureux. Joseph fut très touché par les confidences de Georges. Une fois le travail achevé, celui-ci rentra chez lui, satisfait de la tournure que prenaient ses relations avec la belle famille. Dans la fraîcheur du soir, il profitait des derniers rayons du soleil couchant qui teintaient le ciel de rose, de rouge et d'orangé.

Finalement, il se réjouissait du mariage de sa fille et il trouvait que la famille Tournier était tout à fait respectable. Bien évidemment, Georges ne pouvait nier qu'il aurait préféré que sa fille épousât un riche bourgeois ou un officier. Mais, il se disait :

– Si ma fille est heureuse avec l'homme qu'elle a choisi, alors il n'y a plus à discuter !

*

Anne-Marie Lecomte et sa fille Louise se trouvaient à la cuisine avec Pauline, lui donnant des instructions pour la préparation des petits fours du cocktail, des plats de fête, des accompagnements et des desserts. Prenant le papier sur lequel était écrit le menu, Louise le lut à haute voix à la cuisinière :

– Crème de Volaille à la Sévigné ; truite de Rivière au bleu avec sa sauce Mousseline et ses pommes nouvelles ; poularde de Bresse à la broche en habit vert ; parfait Princesse Alice et ses friandises ; oh ! dites donc, cela vous en fait du travail ! Pauline, pourrez-vous préparer tout cela seule ou vous faut-il une aide-cuisinière ?

Pauline répondit qu'elle ne voulait personne d'autre qu'elle dans sa cuisine et, comme si la question était déplacée, elle rétorqua :

– Mais, qu'est-ce que vous croyez ! Je n'en suis pas à mon premier repas de mariage ! Alors, laissez-moi faire ! Allez, ma petite, faites-moi confiance !

Louise s'apprêtait à sortir de la cuisine lorsqu'elle se retourna en disant :

– Surtout, faites bien attention à la cuisson du poisson !

Puis, abandonnant la partie, Louise finit par laisser Pauline se débrouiller toute seule. Elle alla rejoindre son père qui était très préoccupé par une nouvelle terrifiante qu'il venait de lire dans le journal : l'arrivée de la grippe espagnole qui se propageait comme une traînée de poudre ! Cécile, affolée par la diffusion rapide de cette épidémie, dit :

– Père, vous vous rendez compte, il ne manquait plus que cela !

Quelques instants plus tard, Cécile descendit au salon, vit André qui était rentré d'Orléans et se jeta dans ses bras en s'exclamant :

– Ah, vous êtes enfin là ! Pouvons-nous sortir un instant ?

André se dirigea vers le jardin avec sa future épouse. Ils goûtaient leurs retrouvailles et cet instant de paix qui leur était donné.

– Sentez ce merveilleux parfum de la pelouse fraîchement coupée ! Et voyez comme le ciel est beau ! s'extasia Cécile transportée de bonheur. André, émerveillé, lui aussi s'exclama :

– Que c'est bon de sentir ce délicieux parfum de vie !

Regardant Cécile, André saisit délicatement sa main et lui déclara avec émotion :

– Nous en avons vécu des épreuves depuis notre rencontre et voilà que demain, nous serons unis devant Dieu, pour la vie ! Vous ne pouvez imaginer à quel point je suis comblé ! Cela me rappelle le jour où, à genoux dans la petite église Saint-Maurice, j'avais prié pour pouvoir partager ma vie avec vous !

– Et il vous a accordé cette grâce ! poursuivit-elle en prenant son futur époux par le bras en signe de soutien.

– Il m'en a accordé bien d'autres, dont celle d'être sorti vivant de cette guerre monstrueuse, c'est extraordinaire !

– Demain, nous allons vivre le plus beau jour de notre vie ! dit Cécile, mais pour l'heure, il nous faut encore rentrer chacun chez nous et nous séparer !

Un peu plus tard dans la soirée, Albert Lecomte, le séminariste, arriva à la maison familiale et s'empressa d'aller saluer sa sœur Cécile qui se trouvait dans la bibliothèque. Lorsqu'elle vit son frère, Cécile s'exclama :

– Oh Albert, mon grand frère préféré, comme je suis heureuse que tu aies pu venir pour mon mariage ! Viens, je vais te présenter mon fiancé !

– Mais, je le connais déjà ! Nous étions ensemble sur le front il y a quatre ans et nous avons même fabriqué les santons et la crèche de Noël ensemble !

Sortant de la bibliothèque, Albert et Cécile se rendirent au salon pour rejoindre André qui bavardait avec le reste de la famille Lecomte. Lorsqu'Albert aperçut André, il lui donna une accolade fraternelle en s'exclamant :

– Ah, André, comme je suis content de vous retrouver ! Cela faisait un petit bout de temps que l'on ne s'était vus depuis les tranchées !

Albert se plaça dos à la cheminée et demanda à André de lui raconter sa rencontre avec sa petite sœur. Georges écoutait attentivement les explications de son futur gendre comme s'il désirait en connaître, lui aussi, les moindres détails. Ce fut un beau moment de partage familial.

Le lendemain matin eut lieu le mariage civil dans la salle des fêtes de l'hôtel de ville. Ce fut monsieur le sénateur-maire qui présida cette cérémonie. En milieu d'après-midi, vers seize heures, tous les invités se dirigèrent en cortège vers l'église Saint-Mathis pour le mariage religieux. André entra le premier pour aller attendre sa bien-aimée au pied de l'autel. Cécile entra au son de l'orgue au bras de son père, suivie de deux enfants d'honneur qui tenaient son voile. Elle était vêtue d'une magnifique robe de soie blanche brodée et portait un long voile retenu par une couronne de fleurs d'oranger. La célébration fut belle et émouvante, très simple, dépourvue des fastes d'un grand mariage mondain. Le plus important, pour Cécile et André, fut le moment où le prêtre représentant du Christ reçut leur promesse de fidélité et d'amour. Pour eux, c'était comme si Dieu lui-même venait s'engager pour les soutenir et leur donner la force de vivre toute leur vie ensemble. André saisit le prix inestimable de ce sacrement de mariage qui les unissait maintenant devant Dieu. Lors de l'échange des consentements, Louise serra très fort la main de Frédéric comme pour lui dire :

– La prochaine fois, ce sera notre tour !

Après la cérémonie, les invités se retrouvèrent chez les Lecomte pour le cocktail qui fut servi sur la grande terrasse donnant sur le jardin, dans une atmosphère de joie et d'allégresse retrouvées.

Le soir venu, tous les invités furent heureux de se retrouver autour du bon repas de mariage qui semblait merveilleux après toutes ces années de privations et de sacrifices. À table, Louise était assise à côté du docteur Vernet qui lui dit avec un grand sourire pour engager la conversation :

– Après la guerre, je vous promets d'ouvrir à nouveau mon cabinet et de vous garder comme secrétaire.

Louise répondit :

– Oh merci docteur, comme je suis heureuse ! Vous savez, j'ai une raison supplémentaire de souhaiter de tout mon cœur la fin de cette guerre !

Ernest marqua un temps de silence et reprit :

– Ah, je m'en doute, vous devez sûrement songer à ce monsieur Moulin ?

Louise se mit à rougir et répondit intimidée :

– Oui, docteur, on ne peut rien vous cacher !

Ernest s'exclama sur un ton taquin :

– En tout cas, j'espère que tout va se passer selon votre désir !

Peu après cette conversation, Louise tourna son regard vers Frédéric et prit soudain conscience qu'il leur restait encore beaucoup de chemin à parcourir.

Sentant que la jeune fille le regardait, Frédéric lui sourit. Et subitement, il comprit que Louise attendait sa demande en mariage. Il se promit alors d'agir dès que l'occasion se présenterait à lui. François était assis à côté de son ami André, son fidèle camarade des tranchées. Il était heureux d'être présent au mariage de son ami et de rencontrer enfin cette ravissante Cécile aux cheveux châtains dont André lui avait si souvent parlé.

Pendant ce temps, dans le salon, Jeanne et les jumelles étaient sorties de table et bavardaient joyeusement. Elles avaient bien grandi toutes les trois et allaient bientôt fêter leur quatorzième anniversaire ! Bien que ce fût la première fois que Jeanne et les jumelles se rencontraient et qu'elles venaient de mondes différents, elles semblaient s'être toujours connues et s'entendaient à merveille. Jeanne, qui était plutôt habituée à jouer dans la cour de la ferme et dans les champs, se sentait pourtant à l'aise avec ces deux petites filles de la ville, Alice et Adélaïde, et paraissait même avoir vaincu sa timidité.

*

Vers la fin du mois d'octobre 1918, Frédéric demanda à André de l'accompagner à Orléans pour une affaire de la plus haute importance.

Le lendemain, André avisa Cécile de son voyage avec Frédéric. Cécile répondit avec un large sourire :

– Ah oui ? Pensez-vous que ce soit pour acheter ce joli bijou que l'on glisse dans une petite boîte ?

Ayant compris qu'elle faisait allusion à une bague de fiançailles, André reprit :

– Ah ça, je n'en sais rien !

Cécile ne put s'empêcher de penser que Frédéric avait des projets de mariage avec sa sœur Louise, mais pour l'heure elle murmura :

– Nous finirons bien par le savoir !

Un peu plus tard, André rejoignit Frédéric dans le petit appartement qu'il habitait à deux pas de la gare et tous deux partirent prendre le train de huit heures pour Orléans. Durant le trajet, Frédéric demanda discrètement à André de le conduire à la bijouterie où il avait acheté la bague de fiançailles de son épouse. André comprit que Frédéric avait l'intention de demander la main de la sœur de Cécile, mais ne put s'empêcher de poser la question de rigueur :

– Et qui peut bien être l'heureuse élue ?

– Mais vous le savez ! répondit joyeusement Frédéric.

– Cécile avait donc deviné ! dit-il.

– Cela n'est pas étonnant, les femmes sentent ces choses avant les hommes !

Une fois descendus sur le quai, André et Frédéric se rendirent directement à la bijouterie. Lorsqu'ils arrivèrent devant la vitrine, Frédéric fut ébloui par une magnifique bague. C'était un beau saphir bleu, d'un bleu étincelant. En entrant, il s'adressa directement au bijoutier en désignant d'un air décidé le bijou exposé dans la vitrine :

– Cette bague est-elle en vente, monsieur ? Si oui, elle m'intéresse...

Le joaillier s'exclama :

– Ah ! Excellent choix ! Excellent ! C'est une petite merveille ! Vous êtes un homme de goût !

André, visiblement effrayé par le prix affiché sur une petite étiquette glissée sous la bague, intervint discrètement auprès de Frédéric :

– Vous êtes sûr que le prix ne dépasse pas vos moyens ?

– Non, cela ira ! répondit Frédéric.

– C'est ce qu'il y a de mieux pour une femme élégante ! renchérit le joaillier, d'un air persuasif.

Peu après, Frédéric acheta le splendide saphir. Le vendeur le retira de la vitrine, le plaça dans un bel écrin de velours rouge et le tendit à Frédéric qui le rangea soigneusement dans sa poche droite. Ensuite, les deux amis retournèrent à Sens par le train de l'après-midi.

Frédéric se rendit chez les Lecomte, sans avoir oublié les gants beurre frais requis, pour faire sa demande au père de Louise. Quand

Georges entra au salon où Frédéric avait été prié de s'installer, le jeune officier dit en tremblant :

– Monsieur, permettez-moi de vous faire une demande dont dépend mon bonheur.

– Faites, jeune homme, je vous écoute ! dit Georges qui n'était guère surpris.

– Monsieur, j'ai l'honneur de vous demander de m'accorder la main de mademoiselle Louise, votre fille.

– L'honneur est pour moi, je vous l'accorde si toutefois elle accepte. Nous allons le lui demander sur le champ !

Monsieur Lecomte fit appeler sa fille Louise qui vint au salon avec un gros bouquet de dahlias or et feu qu'elle venait de cueillir au jardin. Elle salua son père et manifesta sa joie de voir Frédéric qui ne tarda pas à parler :

– Ah Louise vous êtes là ! dit-il bouleversé mais bien résolu à faire sa déclaration. Comme je ne peux pas me mettre à genoux pour vous demander votre main, je ne vous supplierai pas moins avec tout mon cœur de me l'accorder ! Ma chère Louise, je viens d'obtenir l'autorisation de votre père de vous faire ma demande : mademoiselle Louise Lecomte, voulez-vous devenir ma femme ?

À peine eut-il achevé que Louise le serra très fort dans ses bras en pleurant de bonheur et en ne cessant de répéter :

– Oui, je le veux ! Je le veux !

*

Le lundi 11 novembre 1918, à onze heures du matin, les cloches des églises de Sens et de la cathédrale sonnèrent à toute volée. Puis, le clairon retentit dans la caserne du 168e régiment d'infanterie et dans les différents hôpitaux militaires basés dans la ville, pour annoncer l'armistice. Ce 11 novembre 1918 marqua la fin d'une effroyable guerre qui avait duré plus de quatre longues années. Celle que l'on appela désormais « La Grande Guerre », qui avait été terrible et apocalyptique, venait de provoquer la mort de plus de dix-huit millions de personnes de par le monde, dont plus d'un million et demi de français. L'armistice avait été signé entre la France et l'Allemagne en cette même matinée dans un wagon situé dans une clairière de la forêt de Rethondes. Cet armistice, demandé par l'Allemagne, signifiait qu'elle reconnaissait sa défaite. Les alliés pouvaient donc se déclarer victorieux. Mais cette victoire était largement ternie pour le nombre exorbitant des morts, blessés ou disparus. Cette première guerre mondiale allait laisser le souvenir de la plus grande boucherie humaine de l'histoire, où l'homme n'avait été que de la chair à canon. Ce conflit avait décimé la plus grande partie de toute une génération d'hommes. Elle marqua à jamais le corps et l'esprit de ceux qui avaient eu la chance de revenir vivants de cet enfer. Malgré la joie de la victoire, il y avait encore beaucoup de larmes. Ces larmes devaient s'inscrire dans la pierre de milliers de monuments aux morts qui allaient être érigés dans toutes les communes de France pour tenter de rendre hommage à tous ces hommes tombés sur le champ de bataille. Mais cela ne resterait qu'une offrande dérisoire face à la multitude des sacrifices que des milliers de jeunes soldats avaient été contraints de faire de leur vie dans une épouvantable tuerie.

En entendant les cloches et le clairon, toute la population de la ville sortit spontanément dans les rues. Les habitants des fermes alentour, dont Jeanne, sa mère et sa belle-sœur Cécile se rendirent aussi en ville. Joseph et son fils André, qui étaient aux champs, laissèrent leur labeur et les suivirent. Pauline, Raymond, Frédéric et Louise partirent vers la grand-place. Les rues de la petite ville de Sens étaient si encombrées qu'il était devenu impossible de se frayer un passage. Voyant ces mouvements de foule en liesse, les clients, qui étaient à l'intérieur de la pharmacie des Lecomte, sortirent à leur tour. S'élançant derrière eux, Georges et son fils Henri les suivirent après avoir précautionneusement fermé à clé la double porte de l'officine.

À la vue de ces rues bondées et de la foule massée au pied de l'hôtel de ville, le sénateur-maire, Lucien Cornet, savait qu'il devait absolument s'exprimer publiquement sur les récents événements. Monsieur le maire rassembla le conseil municipal devant la mairie. La place était noire de monde et la foule commençait à s'impatienter, d'autant plus que les lourdes cloches de la cathédrale Saint-Étienne avaient cessé de sonner. Après avoir obtenu le silence de la foule, le sénateur-maire déclara avec émotion et solennité :

– Sénonaises et Sénonais, un armistice a été signé ce matin à l'initiative de l'ennemi ! Depuis onze heures ce jour, un cessez-le-feu a été décrété ! C'est donc avec une immense émotion que je vous annonce que la guerre est enfin terminée et que la paix est proche ! Réjouissez-vous mes amis car nous avons gagné la guerre ! Ce sont nos valeurs et celles de la République qui ont triomphé et qui nous ont permis de remporter cette grande victoire ! Le droit, la justice, la liberté et nos valeurs universelles ont triomphé du despotisme allemand !

Sidérés et soulagés, les Sénonais applaudirent durant de longues minutes.

– Enfin cette terrible épreuve s'achève ! pensa Joseph.

Dans les heures et les jours qui suivirent, les appelés démobilisés regagnèrent leurs foyers. Les trains qui ramenaient les soldats étaient pris d'assaut et les retrouvailles furent des moments d'intense émotion. Malheureusement, il y eut également les cris de douleur et les larmes de ceux qui ne voyaient pas revenir un être cher, un fils, un époux, un fiancé, un père ou un oncle. Pour les familles dont un ou plusieurs membres avaient été portés disparus, le coup était encore plus rude… Pour elles, il était impossible d'accepter la mort sans en avoir la preuve. Pour elles, l'angoisse causée par le vide des disparitions les poussa à engager de longues recherches afin de retrouver les leurs. Mais la tâche allait s'avérer ardue car plus d'un soldat était devenu amnésique ou défiguré et donc difficilement identifiable.

Chez les Tournier, Arthur n'était pas revenu : il avait été déclaré disparu. Ses parents engagèrent les procédures de recherche mais ils devaient patienter car cela risquait de prendre des années.

Le samedi suivant, monseigneur Chesnelong organisa une grande veillée de prière pour le repos des âmes des soldats morts à la guerre et pour la paix. Ce soir-là, devant l'immense cathédrale, des centaines de personnes s'étaient rassemblées, tenant un cierge, signe d'espérance et de paix. L'archevêque de Sens ouvrit le lourd portail de l'entrée principale et entra suivi du vicaire général, de plusieurs prêtres et de l'ensemble des fidèles. Tous pénétrèrent avec émotion dans cet imposant édifice chargé de la prière de nombreuses générations et qui avait été épargné par la guerre. Les deux clochers étaient intacts et demeuraient ancrés dans le Ciel, signe du lien immuable et sacré entre Dieu et les hommes. La ville de Sens, à l'image de la France entière, semblait s'être recueillie dans une ardente supplication pour demander à Dieu de conduire les peuples de la terre vers la paix et la réconciliation. Le chant du psalmiste résonna ce soir-là avec une acuité particulière : « Amour et vérité se rencontrent, justice et paix s'embrassent ! »

Dans la nef de la cathédrale, on ne voyait plus que les petites flammes des cierges qui, tels des myriades d'étoiles, guidaient les voyageurs sur le sentier de la Vie qui renaissait peu à peu. La chorale de la maîtrise enfin de retour entonna un majestueux *Te Deum* au son des grandes orgues. Ce cantique solennel fut suivi par les chants des fidèles.

Toute la famille Tournier était présente, Charlotte priait de toute son âme pour son fils Arthur. Elle suppliait le Seigneur de lui rendre son second enfant. Jeanne, elle aussi, était très émue par toute cette ferveur et de petites larmes coulaient le long de ses joues. Joseph, à genoux et dans un élan de repentir, demandait pardon à Dieu pour son manque de foi. André et Cécile, à genoux également, remerciaient le Seigneur pour toutes les grâces qu'ils avaient reçues.

Un peu en retrait, adossé contre un pilier et les bras croisés, le docteur Vernet regardait, perplexe, la scène qui se déroulait sous ses yeux. Il se demandait comment ces gens pouvaient rester là, à genoux, priant un Dieu qu'ils ne voyaient pas et dont ils ne pouvaient être certains de l'existence. Mais malgré tout, Ernest trouvait cet instant particulièrement touchant et c'était la première fois qu'il voyait prier vraiment des hommes et des femmes. Leur confiance en la présence divine le déconcertait et l'amenait secrètement à se poser des questions.

*

Au début du mois de mars 1919, Cécile se rendit chez le docteur Vernet parce qu'elle se sentait affaiblie et fatiguée depuis plusieurs semaines. Ernest Vernet lui annonça joyeusement :

– Ma chère enfant, vous attendez un heureux événement ! Il faudra patienter neuf mois !

Sentant son cœur bondir d'allégresse, Cécile demanda :

– Vous pensez vraiment que je suis enceinte ?

– Oui, vous l'êtes ! Toutes mes félicitations ! répondit le docteur aimablement.

Sans plus attendre, Cécile se précipita hors du cabinet et s'empressa d'aller retrouver son époux pour lui annoncer la merveilleuse nouvelle.

– Enfin, se disait-elle, nous allons devenir une vraie famille !

Lorsqu'elle vit qu'André qui revenait des champs, Cécile courut se jeter dans ses bras et l'embrassa passionnément. Puis elle lui annonça joyeusement :

– Êtes-vous prêt à être père dans quelque temps ?

André comprit que sa femme attendait un enfant et s'exclama tout bouleversé :

– Oh, mon amour, c'est le plus beau jour de ma vie ! Je suis un homme comblé. Quel père émerveillé je vais être en berçant dans mes bras le fruit de notre amour !

Chapitre 4
La vie en abondance

En septembre 1919, l'été touchait à sa fin. Louise venait de passer un mois de vacances à Lyon pour faire plus ample connaissance avec la famille de son fiancé. À son retour, elle reprit sa place de secrétaire auprès du vieux docteur Vernet. Cet après-midi-là, la jeune fille, qui était à son bureau près de la fenêtre, tentait de profiter des chaleureux rayons du soleil automnal qui inondait la pièce. Elle sentait son visage se réchauffer et gardait les yeux fermés pour savourer cet instant de quiétude. Elle était complètement plongée dans ses pensées et espérait vraiment garder son travail après son mariage. Mais, elle n'osait pas en parler à Frédéric de peur que celui-ci refuse catégoriquement qu'elle continue à travailler.

– Mais que vais-je faire de mes journées si je n'ai plus cet emploi ? se demandait-elle.

Soudain, un nuage vint se placer juste devant le soleil. S'étant habituée à sa chaleur et ayant l'impression soudaine de sombrer, Louise revint à la réalité et rouvrit les yeux. Quelle ne fut pas sa surprise de voir le docteur qui, debout devant elle, les bras croisés, la regardait d'un air à la fois intrigué et moqueur. Il s'exclama :

– Alors on fait la sieste, mon petit !

– Mais non, docteur ! Je réfléchissais ! répondit-elle avec sérieux.

– Eh bien, en voilà une façon de réfléchir ! C'est un nouveau style ? répondit Ernest.

– Peut-être bien docteur !

Au même instant, un patient entra dans la salle d'attente et Ernest dit à sa secrétaire :

– Vous m'excuserez, mais ma clientèle me demande !

Puis s'adressant à son patient, il lui fit signe d'entrer :

– Venez mon brave, que puis-je pour vous ?

Un peu plus tard, Louise sortit du cabinet et se rendit chez Frédéric. Après l'avoir embrassé, elle s'assit à une table située dans un coin de la petite cuisine et fut rejointe par son fiancé. C'est lui qui entama la conversation en déclarant sur un ton affligé :

– La petite maison près du parc du Moulin vient d'être vendue… Je ne sais plus où donner de la tête pour nous trouver un toit…

Posant sa petite main sur celle de Frédéric, sans le quitter des yeux, Louise répondit doucement :

– Il ne faut pas vous inquiéter, nous finirons bien par trouver quelque chose ! Et puis, si nous n'avons rien d'ici à notre mariage, nous habiterons dans votre modeste appartement !

– Sinon, j'ai une autre idée, nous pourrions chercher un logement à Lyon ! dit-il.

– Il n'en est pas question ! Vous savez très bien que j'ai mon travail ici, ma famille et tous mes souvenirs ! Que voulez-vous que j'aille faire là-bas ? répondit-elle en s'emportant légèrement.

Frédéric fut surpris par la réaction de sa fiancée mais il ne put s'empêcher de répondre :

– Vous m'aviez pourtant dit que vous aimiez la région lyonnaise et que vous vous entendiez bien avec mes parents !

Louise exaspérée répondit :

– Ce n'est pas le problème ! Comme je vous l'ai dit, je souhaite continuer à exercer mon poste de secrétaire chez Vernet !

– Ah ! Ah bon ! Mais je comprends mieux maintenant ! Oui bien sûr, vous pourrez travailler après notre mariage ! déclara-t-il généreusement.

– Soyez tranquille, dès que je serai mère, je me consacrerai entièrement à mes enfants ! dit-elle pour rassurer son fiancé.

Frédéric approuva ce que venait de dire Louise avec un grand sourire. La jeune fille se leva et alla préparer du café. Elle était soulagée que Frédéric accepte l'idée qu'elle continue à travailler après leur mariage. En outre, elle avait compris que son salaire serait bienvenu pour subvenir aux besoins de leur future famille. Tandis qu'elle servait le café, Frédéric la regardait tendrement et lui dit :

– Je vous aime, ma chérie !

Touchée par l'affectation de son fiancé, Louise répondit avec douceur :

– Moi aussi !

S'asseyant, Louise reprit :

– Pensez-vous pouvoir trouver un travail en ville ?

Frédéric ne sut pas quoi répondre et haussa les épaules. Pourtant, en lui-même, il se dit :

– Ce ne pourra être qu'un métier qui ne demande pas de se servir de ses jambes et ça, c'est très difficile à dénicher ! Oh bien sûr, si je retournais à Lyon, je retrouverais ma place dans les bureaux de l'entreprise familiale, la grande fabrique de soierie. Frédéric se souvenait qu'avant la guerre, depuis plusieurs années, il aidait son père dans la gestion de la société.

Mais comme Louise le fixait avec insistance, il répondit tristement :

– Je ne sais pas !

Devant la réponse laconique de son fiancé et sentant qu'il s'agissait là d'un point extrêmement sensible, Louise voulut changer de sujet.

Constatant l'absence de réaction de la part de sa fiancée, Frédéric lui demanda gentiment :

– Quand doit naître le bébé de Cécile ?

Louise, toute contente de passer à autre chose, répondit gaiement :

– D'un jour à l'autre je l'espère ! Je suis tellement impatiente de serrer ce petit dans mes bras ! Je suis vraiment très heureuse pour André et Cécile !

Conquis par le débordement de joie de sa fiancée, Frédéric déclara :

– J'espère que ce sera un garçon ! Je suis sûr que votre père voudra en faire un pharmacien !

Puis mimant la voix de son futur beau-père, il s'exclama :

– Il faut qu'il devienne pharmacien comme tous les ancêtres de son illustre famille !

À ces mots, Louise ne put s'empêcher de rire et Frédéric avec elle.

*

Un peu après sept heures du soir, André et son père rentrèrent des champs. Sur le chemin qui les ramenait de la ferme, Joseph demanda à son fils :

– Comment se porte ton épouse ?

– Bien, même si elle est assez fatiguée en ce moment ! répondit André.

– C'est normal, je pense ! J'imagine que tu dois être impatient de voir la naissance de cet enfant ! reprit-il avec bienveillance.

– Oui je le suis ! Et vous, cela vous plaît-il d'être bientôt grand-père ? demanda-t-il.

– Je ne te cache pas que cela nous fiche un coup de vieux à ta mère et moi, mais nous sommes tellement heureux pour Cécile et toi ! répondit-il.

En arrivant à la ferme, Joseph dit avec inquiétude à André :

– Nous n'avons toujours aucune trace de ton frère, cela affecte beaucoup ta mère…

– Moi aussi, Père ! répondit aussitôt André.

– Je le sais fiston ! Nous avons donc pris la décision de faire le tour des hôpitaux de campagne, situés près du front pour essayer de le retrouver ! Le seul problème c'est que nous ne n'avons pas les moyens de faire ce long périple ! Mais nous allons les trouver ! expliqua Joseph préoccupé mais déterminé.

André souhaita une bonne soirée à son père et rentra chez lui où l'attendait sa jeune épouse. Il désirait de tout son cœur être appelé « papa », même s'il savait qu'il devrait patienter plusieurs mois avant que le petit bébé ne puisse prononcer ces deux syllabes. En entrant dans la maison, il se lava les mains, déposa son béret noir et se glissa discrètement dans la chambre. Cécile était allongée dans son lit et s'était légèrement endormie. Elle semblait épuisée, mais rayonnante. André s'avança doucement près du lit, se pencha vers sa femme et l'embrassa sur le front. Puis il passa délicatement sa main dans les beaux cheveux châtains de Cécile. Sentant cette présence de son époux, Cécile sortit de son sommeil et s'exclama à mi-voix :

– Oh c'est vous, mon amour ! Comme c'est bon de vous revoir !

De sa petite main chaude, Cécile caressa tendrement la joue d'André. Ils restèrent là durant de longues minutes à se regarder silencieusement. Enfin, Cécile se leva du lit, passa une robe de chambre et ils descendirent préparer le dîner. Après avoir mis le couvert et béni la table, André et Cécile parlèrent des préparatifs de la naissance. Il régnait dans ce foyer une ambiance de simplicité chaleureuse et aimante. Cécile se réjouissait de devenir mère et espérait bientôt accoucher. Elle s'impatientait et trouvait le temps long avant de pouvoir prendre son bébé dans ses bras, de le bercer, de lui chanter de doux refrains et de le nourrir aussi !

*

Le lendemain matin, Louise sortit de chez elle de bonne heure et se rendit joyeusement à son travail. L'idée de continuer à exercer son métier de secrétaire après son mariage la remplissait de joie. Tout en marchant sur le chemin qui la conduisait au cabinet du docteur Vernet, elle regardait avec ravissement les feuilles des grands arbres tomber en virevoltant sur le sol. Lorsqu'elle arriva, Louise fut surprise de trouver la porte verrouillée. Mais heureusement, Vernet lui avait confié une clé de la porte d'entrée. Elle s'introduisit à l'intérieur et posa ses affaires sur son bureau de travail. Après plusieurs longues minutes d'attente et comme le docteur Vernet n'était toujours pas arrivé, Louise commença à s'inquiéter :

– Que fait-il ? Où est-il donc ? se demandait-elle.

Quelques instants plus tard, il entra précipitamment dans le cabinet tout essoufflé en s'exclamant :

– Ah, je suis vraiment navré de vous avoir fait attendre mon petit ! Mais voyez-vous mon cheval est une vraie tête de mule, il a délibérément refusé de tirer la voiture attelée ! J'ai donc dû venir à pied jusqu'ici !

Louise répondit soulagée :

– Ne vous inquiétez pas, docteur ! Je suis simplement désolée que cette marche ait pu vous être pénible !

Ernest s'apprêtait à entrer dans son bureau, lorsque Louise lui dit :

– Je voulais vous dire que même après mon mariage je continuerai à être votre secrétaire !

Ernest fit volte-face et s'exclama :

– Mais mais… mon petit, je comptais prendre ma retraite à ce moment-là… ! Je n'aurais donc plus besoin de vos services !

Complètement effarée et bouche bée, Louise s'effondra sur son siège. Après quelques secondes, elle déclara :

– Oh mais c'est affreux… que vais-je devenir sans ce travail ?

Ennuyé, Ernest répondit :

– Eh bien, vous vous occuperez de votre foyer et puis de vos futurs enfants ! Je suis persuadé que vous ne vous ennuierez jamais !

Louise ne parut guère heureuse à cette perspective, mais ne répondit rien. Elle se demandait comment elle pourrait désormais trouver un nouvel argument pour convaincre Frédéric de rester à Sens.

*

À la ferme, Cécile était assise dans un fauteuil près de la cheminée. Son ventre rebondi annonçait le terme de sa grossesse. Malgré sa fatigue qu'on pouvait lire aisément sur son visage, elle tricotait tranquillement. Elle regardait silencieusement le ciel qui venait de s'assombrir.

Après quelques instants, elle vit la pluie s'abattre brusquement sur les graviers gris et blanc de la cour. Soudain, elle sentit de fortes contractions mais resta assise. En effet, cela faisait plusieurs jours qu'elle en souffrait et elle se disait que l'accouchement n'était plus très loin. Mais les contractions devinrent de plus en plus violentes et la douleur était telle que Cécile se leva d'un bon. Faisant quelques pas, elle s'appuya fermement sur le manteau de la cheminée. C'est alors qu'elle perdit les eaux. Comprenant que les douleurs de l'enfantement venaient de commencer, Cécile sortit de chez elle et s'avança péniblement, sous une grosse pluie, jusqu'à la maison de la famille Tournier.

Lorsqu'elle se trouva devant la porte, Cécile frappa énergiquement et Jeanne vint lui ouvrir. Quand elle vit Cécile le visage trempé de sueur, elle s'exclama effrayée :

– Que t'arrive-t-il ?

– Il va arriver ! Vite, appelle ta mère ! répondit Cécile.

N'ayant pas compris de qui il s'agissait, Jeanne demanda avec stupeur :

– Qui donc doit arriver Cécile ?

Cécile s'écria avec force :

– Mais le bébé, voyons !

Aussitôt, Jeanne courut chercher sa mère qui était à l'étage en criant à l'adresse de Charlotte :

– Maman, le bébé de Cécile arrive !

– Je viens, je viens ! répondit précipitamment Charlotte en dévalant les escaliers.

Lorsqu'elle fut dans la cuisine, Charlotte déclara en tenant sa belle-fille par le bras :

– Venez avec moi Cécile, allongez-vous sur mon lit ! Ne vous inquiétez pas, tout va bien se passer !

Puis s'adressant à sa fille qui était restée là, la bouche grande ouverte et les yeux ronds :

– Mais ne reste pas plantée là ! Prépare plutôt une bassine d'eau et des linges !

Sans plus attendre, Jeanne s'exécuta et apporta le tout dans la chambre. Cécile était allongée sur le lit et se tordait de douleur mais Charlotte répétait d'une voix forte :

– Calmez-vous ! Détendez-vous !

– Où puis-je déposer ça, Maman ? demanda Jeanne catastrophée en montrant la bassine.

Charlotte désigna une console et s'exclama :

– Là ! Va vite chercher André !

À ces mots, Jeanne partit comme une flèche. Quand elle aperçut son frère non loin de la ferme, Jeanne lui fit de grands signes et lui lança :

– Hé ho André ! Hé ho ! Cécile est en train d'accoucher !

Le vent emportant les paroles dans le sens opposé, André n'entendit quasiment rien mais il comprit qu'il se passait quelque chose d'important. Joseph, son père, qui était juste à côté de lui, demanda :

– Qu'est-ce qu'elle dit ?

André répéta :

– Que dis-tu, Jeanne ?

– Cécile est en train d'accoucher !

André laissa tomber ses outils et rejoignit sa petite sœur. Il était à la fois inquiet et joyeux. Lorsque Joseph comprit ce qui se passait, il s'élança à la suite de son fils.

Quelques instants plus tard, Joseph, André et Jeanne entrèrent dans la cuisine et la jeune fille leur dit :

– Attendez ici, on vous préviendra lorsque vous pourrez la voir !

Puis Jeanne disparut dans la chambre. André entendait sa femme crier et il était terrorisé.

Ne tenant plus en place, André faisait les cent pas dans la pièce, il avait les traits tirés. Il attendait avec beaucoup d'anxiété la naissance de son premier enfant.

– Est-ce que tout se passe bien ? Combien de temps faut-il attendre ? Pourquoi crie-t-elle autant ? aurait-il aimé demander à quelqu'un mais les femmes étaient occupées à l'intérieur de la chambre.

Son père, lui, s'était assis sur une chaise et attendait patiemment que le temps passe. Il trouvait le temps long et pour se calmer il bourra sa pipe, l'alluma et se mit à fumer. André, lui, marchait de long en large sans s'interrompre. Il avait le visage extrêmement crispé et ne savait plus quoi penser. Il ne quittait pas l'horloge du regard.

Tout à coup, André entendit un cri, puis des pleurs de nouveau-né, et il se précipita à la porte de la chambre en demandant à sa femme :

– Est-ce que je peux entrer maintenant, ma chérie ?

Aussitôt sa mère déclara :

– Oui, tu peux venir auprès d'elle !

André tourna la poignée de la porte et entra discrètement. Cécile était allongée sur le lit, elle semblait épuisée mais son visage était rayonnant de tendresse maternelle. Dans ses bras, elle tenait un beau petit bébé tout rose, emmailloté dans des langes. Cécile l'avait posé contre son cœur de mère. Elle le contemplait avec un regard attendri et plein d'amour. André s'approcha doucement de sa femme et du bébé, il était émerveillé, ému et touché par ce petit être tout mignon et tout fragile. André se mit à genoux à côté du lit pour embrasser son enfant sur le front. Conquise par la délicatesse de son époux, Cécile versa des larmes de joie. Elle dit doucement et à voix basse :

– C'est une fille, mon chéri !

Entendant cela, André regarda Cécile avec gratitude et, dans un même élan et d'une seule voix, tous deux s'exclamèrent :

– Nous l'appellerons Anne !

Cécile adressa un merveilleux sourire à André et ils s'embrassèrent passionnément.

Quelques minutes plus tard, Jeanne, Charlotte et Joseph vinrent entourer Cécile, André et le petit bébé, Anne Tournier, qui venait de naître en ce lundi 8 septembre 1919.

Dans les jours qui suivirent cette naissance, les membres des deux familles, Lecomte et Tournier ainsi que leurs amis vinrent rendre visite à la mère et à l'enfant. Lorsque Georges et son épouse Anne-Marie se présentèrent devant leur fille et leur première petite-fille, Anne, ils ne purent contenir leur émotion ! Apprenant la naissance d'Anne, Louise accourut immédiatement auprès de sa sœur pour voir sa nièce.

Une vingtaine de jours plus tard, Anne fut baptisée en l'église Saint-Mathis, l'église paroissiale de la famille Tournier. Anne avait été revêtue d'une magnifique robe blanche en dentelle, confectionnée par Marguerite Dumont. Albert, le séminariste et frère de Cécile, fut choisi comme parrain et Élisabeth Dumont accepta avec beaucoup d'enthousiasme d'être la marraine. Après le baptême, une petite réception familiale fut organisée chez les Lecomte. La petite Anne était un très joli bébé qui se portait très bien. Cécile s'était complètement remise de l'accouchement et passait ses journées à s'occuper de sa fille et à la bercer. C'était une mère comblée.

À la nuit tombée, lorsqu'André rentrait des champs, il s'asseyait près de la cheminée et il prenait sa fille dans ses bras pour lui chanter de tendres berceuses. Il était fier et heureux d'avoir une fille aussi ravissante. Puis, quand elle s'endormait, André la recouchait dans son berceau et regardait, attendri, sa fille qui dormait paisiblement.

Au début du mois d'octobre, André eut la joie de recevoir une longue lettre de son ami François qui lui racontait ses retrouvailles avec sa femme et ses enfants à son retour de la guerre. À la fin de son récit, François les invitait tous les trois à le rejoindre chez lui en Normandie. Lorsqu'il eut achevé la lecture de la lettre de François, André s'empressa d'aller trouver Cécile pour lui annoncer l'événement de leur invitation :

– Je viens de recevoir une longue lettre de François ! Il nous propose de venir passer quelques jours chez lui à Étretat ! Il nous y attend dans deux semaines ! Qu'en pensez-vous ?

Cécile répondit avec joie :

– C'est une excellente nouvelle, mon chéri, nous allons partir tous les trois, ce sera notre premier voyage en famille !

*

Pendant ce temps, Louise se rendait chez Frédéric. Depuis que le docteur Vernet lui avait annoncé qu'il prendrait sa retraite au lendemain de son mariage, Louise sentait bien qu'elle n'avait plus d'argument pour convaincre son fiancé de s'établir à Sens. Finalement, elle avait accepté l'idée de le suivre là où il irait, après leur mariage. C'est cela qu'elle venait lui annoncer. Lorsqu'elle entra, Louise trouva son fiancé à son bureau en train d'écrire quelque chose sur un cahier. Elle s'empressa d'aller l'embrasser, puis lui dit :

– Frédéric, j'ai quelque chose d'important à vous dire !

– Je vous écoute ma chère ! répondit-il en posant son stylographe et en refermant son cahier.

Louise déclara alors timidement :

– Le docteur Vernet m'a annoncé qu'il allait prendre sa retraite ! Comme je n'aurai bientôt plus d'emploi, cela serait vraiment égoïste de ma part de refuser de partir vivre avec vous, à Lyon ! Après y avoir longuement réfléchi, je suis d'accord pour que nous nous y installions après notre mariage !

Touché par les propos de Louise, Frédéric répondit avec émotion :

– Merci ma Louise ! Je suis vraiment très heureux de cette perspective !

Louise entoura le cou de Frédéric de ses bras et lui dit gentiment :

– Je pense que c'est la meilleure solution pour nous deux ! Au moins là-bas, vous aurez un travail et nous trouverons plus facilement à nous loger ! Vous savez, j'ai toujours rêvé de vivre dans une grande ville ! La seule chose que je vous demande, c'est que nous ayons une véritable indépendance vis-à-vis de vos parents. Je voudrais que nous menions notre propre vie !

Frédéric écouta avec beaucoup d'attention ce que lui disait Louise, puis il répondit :

– Oui, je comprends très bien Louise et je vous remercie de me dire cela en toute simplicité !

*

Un soir, Joseph et Charlotte Tournier avaient invité les Lecomte à dîner. Au moment du dessert, Georges demanda avec bienveillance à ses hôtes :

– Avez-vous des nouvelles de votre fils disparu ?

– Non, nous n'en avons aucune... répondit péniblement Charlotte.

Joseph reprit avec tristesse :

– Je pense que le mieux serait d'aller le chercher nous-mêmes dans les hôpitaux de campagne situés près du front... Peut-être qu'Arthur y est soigné et qu'il a simplement perdu la mémoire ! Le seul problème, c'est que nous n'avons pas les moyens de financer un tel périple !

Compatissant à la douleur des parents de son gendre, Georges dit avec générosité :

– Mais moi, je peux vous aider ! Dites-moi combien il vous faut et je paierai les frais !

– Merci, mais je ne peux pas accepter, monsieur Lecomte ! s'exclama Joseph gêné.

Georges renchérit :

– Mais si, j'insiste ! D'ailleurs, d'une certaine façon nous sommes maintenant de la même famille de sorte que je fais cela pour votre fils qui est aussi l'un des nôtres !

Joseph répondit enfin :

– C'est vrai cela. Bon, eh bien dans ces conditions, j'accepte volontiers votre participation ! Mais, si l'occasion se présente, je vous revaudrai cela !

Quelques minutes plus tard, les Lecomte remercièrent Charlotte et Joseph Tournier de leur hospitalité, puis s'en retournèrent chez eux en voiture, tous très fiers de leur véhicule flambant neuf.

Deux semaines plus tard, Cécile et André achevaient de préparer leurs bagages et s'apprêtaient à partir à la gare pour prendre le train de dix heures du matin en direction de Paris. Cécile fit trois fois le tour de sa maison par peur d'oublier quelque chose d'important pour sa fille Anne. Une fois que tous les bagages furent installés dans la voiture de son père, Cécile enveloppa son bébé dans plusieurs couvertures et le serrant contre elle, elle monta dans la voiture. André verrouilla la porte d'entrée de la maison, alla saluer ses parents et leur dit :

– Nous serons de retour dans une dizaine de jours ! J'espère que tout se passera bien durant notre absence !

– Tout ira bien mon fils ! À ton retour, ta mère et moi partirons à la recherche de ton frère ! répondit son père Joseph avec assurance.

Charlotte était très émue de voir partir son fils, sa belle-fille et surtout de voir s'en aller sa petite-fille, et elle déclara avec émotion à André :

– Reviens-nous vite, mon fils ! Que Dieu vous protège tous les trois !

Quittant ses parents, André monta dans la voiture et s'installa à côté de son épouse. Juste avant qu'André ne ferme la portière, Jeanne se précipita pour embrasser Anne sur le front et elle s'exclama :

– Reviens-moi vite, petite enfant !

Louise, qui avait tenu à accompagner les voyageurs jusqu'à la gare, était assise à l'avant, à côté de son père, et s'écria avec enthousiasme :

– C'est parti ! Prochain arrêt, la gare !

En chemin, elle dit à sa sœur et à son père :

– Frédéric et moi avons pris une décision importante : après notre mariage, nous irons habiter à Lyon…

– Ah ! Je m'en doutais ! répondit Georges déçu.

Quant à Cécile, elle souhaita soutenir sa sœur et dit :

– Je suis très contente pour vous deux ! Toi, tu as toujours voulu t'établir dans une grande ville ! s'exclama joyeusement Cécile.

Après être montés dans le train, André, Cécile et leur petite Anne s'installèrent dans leur compartiment. Sur le quai, Georges et Louise leur faisaient de grands signes et s'exclamaient en chœur :

– Bon voyage ! Au revoir Anne ! Ramenez-nous des souvenirs de Normandie !

Soudain, la locomotive se mit à siffler en crachant une épaisse fumée blanche. Le chef de gare s'écria :

– En voiture tout le monde !

Quelques secondes plus tard, le train se mit en marche et quitta la gare. À l'intérieur du compartiment, Cécile était à la fois émue de quitter Sens et enthousiasmée par l'idée de découvrir la Normandie. André, lui, était heureux de revoir François, son ancien compagnon d'armes, et de rencontrer sa famille. Il ne pouvait détacher ses yeux du rayonnant visage de son épouse et lui dit avec beaucoup de tendresse :

– Que vous êtes belle, ma chère !

Cécile, qui regardait son mari, se mit à rougir. La petite Anne, blottie dans les bras de sa mère, souriait aux anges.

*

Un peu plus tard, André regardait ébahi défiler les paysages, les champs aux labours profonds, les forêts bien entretenues, les fermes proprettes. Contemplant ces nouveaux horizons, André ressentit un incroyable frisson de liberté. En face de lui, Cécile et sa fille Anne dormaient paisiblement comme bercées par le roulement du train.

Le train arriva à Paris, en gare de Lyon. Mais, Cécile et André devaient changer de train pour se rendre en Normandie. Il leur fallait se rendre à la gare Saint-Lazare avec tous leurs bagages et il leur en coûta de trouver leur chemin dans la foule des voyageurs de la grande ville. Ils se sentaient un peu perdus et avaient hâte d'arriver à destination.

Lorsqu'ils atteignirent enfin Étretat, ils furent accueillis par une pluie battante, et par François Dupuis qui les attendait sur le quai, vêtu d'un épais manteau de drap gris foncé et abrité sous un parapluie. De l'eau ruisselait et s'écoulait des rebords du parapluie mais François était tout sourire. Après lui avoir adressé un bref salut, Cécile, se couvrant la tête et serrant son nourrisson dans ses bras, courut se réfugier à l'intérieur du hall de gare. Pendant ce temps, André, aidé de François, descendait rapidement les valises et tous deux s'en chargeaient.

Lorsque François posa la dernière valise sur le sol, il s'exclama en riant :

– Bienvenus dans mon pays !

Cécile, inquiète, demanda :

– Votre voiture est-elle loin ?

François répondit avec bonne humeur :

– Non, elle est à deux pas d'ici ! Allez, courage mes amis ! Affrontons bravement le petit déluge normand !

Lorsque Cécile et André arrivèrent chez François, ils virent ses deux jeunes enfants se précipiter dans leurs bras pour les accueillir joyeusement :

– Bonjour, Cécile ! Bonjour, André ! Oh, le joli petit bébé !

Au même moment, madame Dupuis entra dans la pièce. La femme de François était une ravissante jeune femme d'une trentaine d'années. Elle avait des cheveux brun foncé et de grands yeux noirs. François fit les présentations en disant :

– Henriette, voici mon ami André, sa jeune épouse Cécile et leur petit trésor Anne !

– Je vous souhaite la bienvenue ! dit très gentiment Henriette.

– Ma femme et moi sommes enchantés de faire votre connaissance ! Vos enfants sont vraiment charmants ! répondit poliment André.

– Oui, mais ils sont parfois très polissons ! Venez, mes enfants, que je vous présente à nos amis ! Voici Clémence et voici Jacques !

S'adressant à Clémence, Cécile la questionna :

– Quel âge as-tu, ma petite ?

– Bientôt dix ans, madame ! répondit-elle fièrement.

André demanda doucement à Jacques qui s'était réfugié derrière sa mère :

– Et toi, quel âge as-tu, mon grand ?

Soudainement très intimidé, Jacques se blottit fermement contre sa mère et celle-ci répondit pour lui :

– Il vient de fêter ses six ans la semaine dernière !

– Oh, mais tu es un grand garçon ! s'exclama joyeusement André.

André et Cécile furent conduits par Henriette et François dans leur chambre pour y déposer leurs bagages. Un petit berceau avait été installé à l'opposé de la fenêtre. Une demi-heure plus tard, Henriette vint leur dire que le dîner était servi. Tous se régalèrent d'un plat typiquement normand, un feuilleté à l'andouille, aux pommes et au camembert ! Le feuilleté était comme de coutume arrosé d'un excellent cidre brut. Et le dessert ne démérita pas, c'était la traditionnelle tarte aux pommes normande. Ce fut un moment de partage convivial très mémorable. Les uns se confiaient sur ce qu'ils avaient vécu durant les quatre longues années de guerre, les autres évoquaient leurs projets d'avenir.

À la fin du dîner, Cécile alla rejoindre sa petite Anne, la prit dans ses bras et la berça silencieusement. François et André s'installèrent au salon et bavardèrent durant de longues heures, se remémorant une foule de souvenirs de la guerre.

Un peu après minuit, lorsqu'André entra dans la chambre, il trouva Cécile et Anne endormies l'une contre l'autre, le visage lumineux. Alors, il s'exclama complètement subjugué :

– Ah, qu'elles sont belles !

Le lendemain, en fin d'après-midi, André partit vers l'aiguille d'Étretat pour admirer la fameuse falaise trouée et la mer qu'il allait découvrir pour la première fois. Il tenait serrée contre son cœur sa fille Anne qui dormait paisiblement, abandonnée entre les bras de son père. André sentait le petit cœur de sa fille battre contre le sien. Leurs deux cœurs battaient à l'unisson.

André fut ébloui par la vision de la mer qui s'étendait à perte de vue au-delà de la haute falaise tombant à pic. Devant lui, un magnifique soleil couchant plongeait dans la Manche. Il semblait se laisser engloutir peu à peu, telle une boule de feu flottant sur un miroir. André marchait lentement sur une vaste étendue d'herbe rase dont le vert pâle contrastait avec la blancheur éclatante et éblouissante de la falaise calcaire, immense muraille de pierre. En contrebas, les vagues se brisaient contre les rochers et les galets. Dans un ciel orangé flottaient encore de petits nuages argentés et quelques mouettes rieuses virevoltaient au-dessus de la mer. Arrivé au plus près du bord de la falaise et relevant la tête, André sentit une légère brise automnale lui effleurer les joues. Contemplant ce ciel et cette mer immense, il fut transporté d'émerveillement et s'exclama en son âme :

– Le Ciel semble déjà là devant moi... Pourtant, ce spectacle grandiose n'en est qu'une pâle promesse !

Alors qu'André voyait le soleil disparaître dans la mer, il entendit une petite église sonner l'angélus.

Table des matières